NAIMA SIMONE

Passion AND INK

NAIMA SIMONE

Passion AND INK

ROMAN

Aus dem Amerikanischen
von Charlotte Petersen

more
Immer mit Liebe

Titel der Originalausgabe
Passion and Ink

FSC
www.fsc.org
MIX
Papier | Fördert gute Waldnutzung
FSC® C083411

ISBN 978-3-98751-013-7

More ist eine Marke der Aufbau Verlage GmbH & Co. KG

1. Auflage 2023

Published by Arrangement with Entangled Publishing, LLC, Parker, CO 80134 USA
Satz LVD GmbH, Berlin
Druck und Binden CPI books GmbH, Leck, Germany
Printed in Germany

www.aufbau-verlage.de

Für Gary. 143.

Sie haben versucht, uns zu begraben. Sie wussten nicht, dass wir Samen sind.

– Mexikanisches Sprichwort

Kapitel 1

CYPRESS

Vor allem sei stets die Heldin deines eigenen Lebens, nicht das Opfer.

Stumm wiederhole ich die weisen Worte der Drehbuchautorin und Regisseurin Nora Ephron wie ein Mantra, klammere mich daran fest wie eine Ertrinkende, während ich einen Bierkrug mitten auf den Tisch stelle, zwischen mehrere völlig aufgedrehte Jungs aus irgendeiner Studentenverbindung.

Früher mal habe ich meinen Bachelor und Master in Rechnungswesen dazu genutzt, Geschäftskonten zu überwachen und den Markt auf Expansions- und Akquisitionsmöglichkeiten hin zu analysieren. Jetzt benötige ich meine Fähigkeiten nur noch dafür, Trinkgelder zu zählen oder die Anzahl der Anmachen und Grabschereien pro Nacht.

Scheiß. Auf. Mein. Leben.

Dass mir Leute in den Hintern kneifen oder auf die Brüste glotzen, gehört quasi zur Stellenausschreibung bei meinem neuen Job im *Rabbit Hole*, einer Spelunke im Ukrainischen Dorf von Chicago. Die Ironie des Ganzen ist mir durchaus bewusst – meinen vorigen, im hohen fünfstelligen Bereich bezahlten Job habe ich verloren, weil ich die systematische sexuelle Belästigung in der Firma angeprangert habe.

»Ich und die Jungs lassen nächste Woche im Verbindungshaus ’ne Party steigen. Komm doch vorbei. Wir von Pi Nu wissen, wie man richtig feiert«, lädt mich Verbindungsbengel Nummer eins ein, mit einem anzüglich-betrunkenen Grinsen, von dem er bestimmt glaubt, es bringe alle Mädchen dazu, sofort das Höschen runterzulassen. Pech gehabt. Ich bin kein naives College-Mädchen, und in den ganzen sechsundzwanzig Jahren meines Lebens war ich noch nie *so* verzweifelt, dass ich einen wie ihn genommen hätte. »Wir könnten jemanden wie dich gut gebrauchen. Ein Mädchen mit deinen …« Das Grinsen wird noch anzüglicher, rast mit Volldampf an *unangenehm* vorbei in Richtung *pfui Teufel.* »… Vorzügen.«

Da er meine Titten anstarrt und eine Hand nach meinem Hintern ausstreckt, bräuchte ich keinen meiner beiden Abschlüsse, um zu begreifen, was er mit »Vorzügen« meint. Was zum Geier? Also nicht nur ein Idiot, sondern ein waschechter Scheißkerl. Bieten die an seiner Uni etwa Arschloch-Seminare an? Hier hätten wir also das perfekte Beispiel für ein Arschloch, das eines Tages womöglich genau so eine Firma leiten wird wie die, bei der ich aufgehört habe. Einer von denen, die es Frauen bei jeder sich bietenden Gelegenheit erschweren, zur Arbeit zu gehen, ihren Job zu erledigen, ohne belästigt zu werden.

Du brauchst diesen Job. Du darfst Gästen kein Bier über den Kopf kippen. Du brauchst diesen Job.

Diese Worte wiederhole ich stumm immer und immer wieder in meinem Kopf, während sich meine Lippen zu einem Lächeln verziehen, das sich so spröde anfühlt, als könnte es jederzeit in der Mitte durchbrechen. Ich schaffe es, seiner zupackenden Hand auszuweichen, aber nicht schnell genug, seine Fingerspitzen streifen mich noch. Mein Magen krampft sich vor Übelkeit zusammen, und der in mir aufgestaute Zorn droht überzukochen. Am liebsten würde ich diesen Typen, seine Kumpels und den ganzen Block, in dem sich das *Rabbit Hole* befindet, in Stücke reißen.

Die inzwischen vertraute Hilflosigkeit und Ohnmacht brodeln in mir, drohen mich zu überfluten. Es macht mich so wütend, wie vertraut sie mir sind. Wütend, dass ich jemandem so viel Macht über mich gebe, dass er diese Gefühle in mir auslösen kann.

Dass ich nicht weiß, was ich tun soll, damit es aufhört.

»Danke für die Einladung«, bringe ich zwischen den Zähnen heraus, wende mich ab und gehe Richtung Bar. »Ich denk drüber nach.«

»Mach das«, sagt er und seufzt dann in meinem Rücken: »Seht euch nur diesen Arsch an.«

Ich könnte zu seinen Gunsten annehmen, dass er geglaubt hat, ich wäre schon zu weit weg, um es zu hören. Aber so naiv bin ich nicht mehr, seit Bobby Russo in der fünften Klasse oder so ständig Schwester Mary Catherine darum gebeten hat, den »Pussywillow-Song« zu singen, und dann hinten im Klassenzimmer mit seinen Freunden vor sich hingekichert hat.

Als ich den Blick über meine Tische schweifen lasse und überprüfe, ob jemand mehr Alkohol, Essen oder vielleicht die Rechnung haben will, vibriert das Handy in meiner Potasche. Da Ben, der Geschäftsführer, es gar nicht gern sieht, wenn die Kellner während der Schicht ihre Handys dabeihaben, ziehe ich es heraus und drehe mich rasch zur Theke, um mein Vergehen zu tarnen. Vielleicht ist es Mom. Bei ihr ist alles denkbar, von einem »schlechten Tag« bis hin zu irgendwas, das mit ihrem Herzinfarkt und der OP vor drei Monaten zu tun hat. Seit der entsetzlichen Sprachnachricht, die mich darüber informiert hat, dass meine Mutter in der Mittelschul-Cafeteria zusammengebrochen ist, in der sie arbeitet, seit ich denken kann, will ich Anrufe nicht mehr ignorieren. Vor allem jetzt, da ihr Arzt dringend eine weitere Operation empfiehlt, habe ich zu viel Angst, um nicht nachzusehen.

Das Telefon zwischen meine Hüfte und den Bartresen geklemmt, schiele ich aufs Display runter. Die nagende Furcht verfliegt, wird von Erleichterung abgelöst und gleich darauf von Verärgerung. Und Resignation.

Dad.

Vermutlich mal wieder eine Einladung zum Sonntagsessen in seinem Haus. Mit seiner Frau.

Die Frau, die vor vielen Jahren meine Mutter ersetzt hat.

Mit einer Familie, die mich ersetzt hat.

Einer meiner Gäste winkt mich heran, und Dankbarkeit durchweht mich wie ein kühlender Windhauch. Gut. Jede Ablenkung, die mich davon abhält, diese abgenutzte, von Schlaglöchern nur so strotzende Gedankenstraße langzulaufen, ist mir willkommen. Dieser Weg ist vollgemüllt mit Reue, Schmerz und nutzlosen Was-wäre-Wenns, und ich bin verdammt nochmal zu müde dafür, ihn schon wieder entlangzustolpern.

Einige Minuten, eine Drinkbestellung und einen mit Essen versorgten Tisch später mache ich mich mit einem unterdrückten Seufzer auf zu der Sitznische ganz hinten, die auch zu meinem Bereich gehört. Noch zwanzig Minuten bis zur Pause. Und dann noch dreieinhalb Stunden, bis ich hier abhauen und mich bis Sonntagnacht in meiner Wohnung verkriechen kann, denn diese Woche habe ich einen meiner seltenen freien Freitage. In einer Woche schmeißt meine Mitbewohnerin mich vermutlich raus, damit ihr Freund wieder einziehen kann – das »fremdgehende Arschgesicht, das sich verpissen und meinetwegen irgendwem den Schwanz lutschen kann«, dem sie angeblich niemals verzeihen würde –, aber bis dahin ist noch eine Woche Zeit. Zumindest bis dahin weiß ich noch, wo ich schlafen werde.

Ich zwinge ein Lächeln auf meine Lippen, das hoffentlich eher »Willkommen, ich freue mich sehr, dich heute bedienen zu dürfen« sagt als »O Gott, was willst du eigentlich hier?«, und nähere mich der geschwungenen Nische und dem einsamen Gast darin, während ich schon mal einen frischen Zettel auf meinem Bestellblock aufschlage.

»Hallo, willkommen im *Rabbit Hole*. Ich heiße Ro.« Ich hebe den Blick. »Was kann ich … dir … bringen?«

Der Standardsatz bleibt mir auf der Zunge kleben, weil auf einmal sämtliche Feuchtigkeit aus meinem Mund verdampft. Meine Augen werden groß – ich spüre verdammt nochmal ganz genau, wie sie kugelrund werden –, und ich versuche zu schlucken, was schwierig ist, weil meine Kehle auf einmal so unbeweglich ist wie Kris Jenners Gesicht nach einer Botoxbehandlung. Mein Herzschlag hallt in meinem Kopf wider wie ein Donnerschlag vor bedrohlich dunklem Himmel, und Gesicht, Kehle und Brust kribbeln und sind plötzlich viel zu heiß.

Heilige Scheiße.

Er ist … wunderschön.

Auf eine Engel-bringt-den-Hirten-frohe-Botschaft-Art wunderschön.

Dunkelblondes Haar in der Farbe schmutzigen Golds, das gerade frisch aus der Erde gegraben wurde, umrahmt in kurzen Locken sein Gesicht, längere Strähnen fallen ihm in die Stirn und streifen die Wangenknochen. Lieber *Gott*, diese

Wangenknochen. Wie Klingen unter der gebräunten Haut. Als könnte ich mir die Daumen aufschneiden, wenn ich vorsichtig darüberstreiche.

Mein ungeduldiger, hungriger Blick fällt auf einen Mund, bei dessen Anblick sich meine Schenkel anspannen. Als könnte ich bereits diese weichen, aber zugleich fast grausamen Lippen – die Unterlippe ist ein wenig voller – zwischen den Beinen spüren, wie sie über meine Pussy streichen, in Richtung meines Kitzlers vorpirschen, daran saugen … Ein Schauer überläuft mich.

Es ist lange her, schon über ein Jahr, seit ein Mann in mich eingedrungen ist, und als ich jetzt die breiten Schultern und die mächtige Brust anstarre, die sich unter einem langärmligen schwarzen Hemd verbergen, spüre ich jeden Monat, jeden Tag der sexuellen Enthaltsamkeit deutlich in mir widerhallen. Das Licht in der Bar ist gedämpft, und in dieser Ecke ist es sogar noch dunkler, aber bei Gott, trotzdem sehe ich die Andeutung der harten, gut definierten Muskeln, die sein Henley-Shirt nur unzureichend zu verbergen vermag.

Mit plötzlich wie zugeschnürter Kehle ringe ich nach Luft. Witzig, wie unwichtig mir meine sexuelle Abstinenz bis zu diesem Moment vorgekommen ist. Bis ein Mann mit dem Körper eines fleischgewordenen Gotts und dem Gesicht eines …

Hatte ich *Engel* gesagt?

So ein Blödsinn. *Erz*engel.

Denn kein einfacher Engel, dessen Aufgaben sich darin erschöpfen, die Geburt eines unbefleckt empfangenen Kindes zu verkünden und irgendwelche Leute zu beschützen, hat solche Augen. So glühend, so wissend, so … wild.

Grünes Feuer. Ein loderndes smaragdfarbenes Feuer, das alles – und jeden – in seinem Weg verschlingen wird.

Himmel, ja. Nur ein vom Kampf gezeichneter Kriegsengel hat solche Augen.

Mein Mund erinnert sich wieder daran, wie man lächelt. Wenn auch etwas zittrig. »Was kann ich dir für den Anfang denn bringen?«

»Ein Hopsurd und einen Jameson«, sagt er. Seine Stimme ist tief und klingt wie ein Grollen, wie schwarzer Samt über Geröll. »Du bist neu.«

Ich notiere mir »IPA-Bier und Whiskey« und starre so konzentriert auf meinen Bestellblock, als wären soeben wie durch Zauberhand die Zehn Gebote darauf erschienen. »Eigentlich nicht«, antworte ich betont munter. »Ich arbeite schon seit zwei Monaten hier.«

Sein Blick wandert rasch an mir hinab und richtet sich dann wieder auf mein Gesicht, aber anders als bei den Studenten eben löst das bei mir nicht das Bedürfnis aus, mich mit Steinsalz abzuschrubben. Stattdessen muss ich gegen den Drang ankämpfen, mit der Hand überall dort entlangzufahren, wo sein prüfender Blick meinen Körper berührt hat, um das sinnliche Kribbeln meiner Haut einzufangen und ihm nachzuspüren. Mich zu fragen, ob diese Lippen wohl weich wären oder fest und fordernd, wenn sie über meine Brüste gleiten und sich um meine Brustwarzen schließen. Angesichts dieses fast etwas grausamen Zugs um den wunderschönen Mund tippe ich eher auf fordernd …

Oh, um Himmels willen. Reiß. Dich. Zusammen.

»Ich geb die Bestellung durch, bin gleich wieder da.«

Ich renne nicht Hals über Kopf weg. Das wäre würdelos.

Aber ganz bestimmt marschiere ich sehr zackig davon.

Einige Minuten später kehre ich mit seinem IPA und dem Whiskey zurück, und während ich auf seinen Tisch zugehe, beschleicht mich das beunruhigende Gefühl, beobachtet zu werden. Auch ohne aufzusehen, weiß ich, dass er mir entgegenblickt.

In meiner Arbeitskleidung, bestehend aus einer knallengen Skinny Jeans, Stiefeln und einem hautengen T-Shirt, auf dem quer über meinen Brüsten der Name der Bar steht, bin ich es gewohnt, dass Gäste mich mit den Blicken ausziehen. Aber sein prüfender Blick ist ganz anders als die der anderen, so individuell wie ein Fingerabdruck. Einzigartig. Eben *seiner.* Unter diesem Blick zuckt und schmerzt mein Magen, es ist zugleich ein herrliches und ein schreckliches Gefühl. Meine Pussy zieht sich krampfartig zusammen. Auf einmal wird mir bewusst, wie lange es her ist, dass ich einem anderen Menschen erlaubt habe, mich zu berühren. Wie sehr ich es vermisse.

Ich nähere mich seiner Nische so vorsichtig, als würde ich über ein Hochseil balancieren, das über einen klaffenden Abgrund gespannt ist. Richte den Blick stur auf die Drinks und den Boden, wappne mich innerlich gegen die Wucht des Moments, in dem ich ihm wieder ins Gesicht sehe.

Die Mühe ist ganz und gar vergebens.

Sobald ich die Bierflasche und das Glas vor ihm abgestellt habe und den Kopf hebe, bin ich verloren. Hilflos. Machtlos. Wie verdammtes Wachs in seinen Händen.

»Danke.« Er greift nach dem Bier, schraubt den Deckel ab, und verdammt, was für ein heißer Anblick es ist, wie sich diese große, starke Hand mit den langen, überraschend eleganten Fingern um die Flasche schließt. Es besteht kein Zweifel daran, dass er mit diesen Händen zugleich sanft als auch grob sein kann.

Gegen meinen Willen zucken Bilder davon, wie er mich berührt – wie er *in mir* ist –, durch meinen Verstand, und zwar in lebhafter, farbintensiver HD-Schärfe. Mit diesen Fingern könnte er mich ausfüllen. Schon zwei dieser Finger würden mich vermutlich dehnen, bis das vernachlässigte Gewebe zwischen meinen Beinen brennt. Himmel, wie gern ich brennen will.

»Wenn du ansonsten nichts brauchst …«

»Wie heißt du noch mal?«, unterbricht er mich, hebt das Bier an die Lippen, trinkt einen Schluck und wartet auf meine Antwort, während ich meine Eifersucht auf die Flasche niederringe, die so intimen Kontakt zu diesen Lippen genießt.

Damit ist es offiziell. Ich brauche Hilfe. Die Art Hilfe, die einen Schwanz erfordert und zum Orgasmus führt.

»Ro«, bringe ich irgendwann heraus. Scheiße, was für eine heftige Wirkung er auf mich hat. Fast hätte ich »Cypress Winters« gemurmelt, dabei ist die Dummheit, einem der Gäste in dieser Spelunke meinen echten Namen zu verraten, ganz weit oben auf meiner Liste der No-Gos. Steht direkt unter der Regel, nicht mit ihnen zu vögeln. Eine weitere Barriere, um Distanz zu wahren. Und so albern es auch klingen mag, es fühlt sich tatsächlich an, als würde ich mit dem Spitznamen weniger von mir selbst preisgeben. Ro ist ein Kostüm, eine Maske, die ich aufsetze, sobald ich den Laden betrete.

»Du bist nicht aus der Gegend, oder?«

»Nein.« Ich schüttle den Kopf. »Kalifornien.« Zumindest habe ich dort die letzten zehn Jahre gelebt. Aber er muss ja nicht gleich meine ganze Lebensgeschichte erfahren. Dies ist das erste und letzte Mal, dass wir uns unterhalten, es sei denn, er möchte nach den Drinks noch eine zweite Runde. »Wenn du noch irgendwas brauchst …«

»Dich.«

Ich blinzle. Dann blinzle ich noch mal. Diese direkte, schnörkellose Antwort trifft mich bis ins Mark, ein Volltreffer mitten aus dem Nichts, der mich besinnungslos zu Boden zu strecken droht, wenn ich mich nicht schnell wieder einkriege. Aber Himmel, es fällt mir wirklich schwer, die Lust abzuschütteln, die wie eine Stichflamme in mir hochschießt, an meinen Brustwarzen leckt, an meinem Kitzler. Aus instinktivem Selbstschutz weiche ich einen Schritt zurück, ehe ich mich bremsen kann. Ich habe mir geschworen, nie wieder Schwäche zu zeigen, schon gar nicht einem Mann gegenüber. Und auch wenn in diesem unverwandten, ruhigen Blick keine Spur wölfischen Lauerns liegt, fühle ich mich verwundbar. Wie ein Beutetier, das seine Kehle darbietet.

»Was?«, frage ich heiser. Und zucke beim Klang meiner eigenen Stimme zusammen. Empörung. In meiner Frage sollte eigentlich Empörung liegen statt heiserem Schrecken und, *verdammt*, Sehnsucht. »Hör mal, vielleicht ist es dir ja nicht aufgefallen, aber ich habe zu tun, also …« Ich verstumme, weiche erneut einen Schritt vor der Versuchung zurück, die er verkörpert.

»Warte. Es tut mir leid. Ich versau es gerade völlig.« Er schüttelt den Kopf, und weitere lange Haarsträhnen fallen ihm in die Stirn. Er streicht sie zurück. »Ich verstehe das«, murmelt er, und obwohl er so leise spricht, höre ich jedes Wort, trotz Musik, Hintergrundsummen der Gespräche und rauem Gelächter in der Bar. Vielleicht rücke ich deshalb näher, trotz meiner inneren Alarmsirene, die losplärrt wie eine Tornadowarnung. Die Tischkante bohrt sich in meine Oberschenkel. »Du bist es gewohnt, dass irgendwelche Fremden dich anbaggern, und genau wie einer von denen komme ich dir wahrscheinlich auch gerade vor. Aber um die Wahrheit zu sagen:

Ich hatte einen Scheißtag. Ach was: eine Scheißwoche. Und deshalb bin ich hier – ich wollte was trinken und das alles für eine Weile vergessen.« Er beugt sich vor, stützt die Unterarme auf den Tisch und schlägt mich mit seinem hypnotischen Blick in den Bann, so dass ich mich nicht mehr rühren könnte, selbst wenn ich es wollte. Ich stelle mein Tablett ab – eine wortlose Aufforderung, weiterzusprechen. Versenke die Zähne in der Innenseite meiner Unterlippe, um mich daran zu hindern, ihn zu fragen, was seinen Tag – nein, seine Woche – so schrecklich gemacht hat. »Dann hab ich dich gesehen. Hinreißend. So nah, aber unberührbar. Und das Beste daran? Ich kenne dich nicht, du mich nicht. Ich könnte schonungslos ehrlich mit dir sein oder lügen, dass sich die Balken biegen, und du wüsstest es nicht zu unterscheiden. Hast du dir das jemals gewünscht, Ro? Einfach für eine Weile jemand ganz anderes zu sein?«

Ungefähr einmal pro Stunde. Kurz schließe ich die Augen, und etwas in mir, das ich für längst verkümmert hielt nach all den Enttäuschungen, dem Verrat, dem Schmerz … rührt sich ganz sachte, aufgeschreckt von diesem … Etwas in seiner Stimme. Sehnsucht, Not, stille Verzweiflung. Genau das hallt scheppernd in mir wider, jede Nacht, wenn es still wird und mich nichts mehr von meinen Gedanken ablenkt, von meinen Erinnerungen. Von mir selbst.

Ich hasse und fürchte diese Stunden.

Und irgendwie nehme ich es ihm übel, dass er mich dazu bringt, es mir einzugestehen.

Warum kann er denn nicht einfach nach einem schnellen Fick fragen wie alle anderen Typen hier – und ab und zu auch mal eine Frau? Ich habe kein Problem damit, zuzugeben, dass ich schon One-Night-Stands hatte. Mit Beziehungen habe ich es nicht so, mit Sex schon. Nicht, dass ich je mit einem aus dem

Rabbit Hole etwas angefangen hätte, aber ein paar Stunden Spaß zwischen zwei Leuten, die deutlich sagen, was Sache ist, ohne Gefühlschaos, gelogene Liebesbekundungen und gebrochene Treueversprechen, die alles beflecken … das ist sozusagen meine Spezialität.

Doch irgendwas an diesem Mann warnt mich, dass es keine unkomplizierte Nummer wäre, drauflos und Orgasmus und fertig. Er verströmt eine Aura aus Kompliziertheit. Oh, ich hege keinerlei Zweifel, dass er das mit dem Orgasmus ausgezeichnet hinbekäme, aber der Rest? Vor allem, da ich es für möglich halte, dass ich gar nicht will, dass er wieder geht, sobald mein Orgasmus verklingt. Wenn ich bedenke, dass bei seinem bloßen Anblick mein ganzer Körper aufzuleuchten scheint wie der Himmel über Disneyland beim großen Feuerwerk, dann ist diese Möglichkeit für meinen Geschmack nur allzu gut vorstellbar.

Lieber Himmel. Ich öffne den Mund, um zu sagen … weiß der Teufel, was ich sagen wollte, aber ehe ich auch nur ein Wort herausbekomme, greift er fluchend in seine Tasche und fischt ein Handy heraus.

»Verdammt nochmal«, knurrt er und betrachtet das Display. Seine vollen Lippen werden ganz schmal. Er wirft mir einen raschen Blick zu, und die Mischung aus schierer Lust und innerem Aufruhr trifft mich mit solcher Wucht, dass es sich anfühlt, als würde ich zurücktaumeln, obwohl ich mich gar nicht rühre. Wieder ringe ich den Impuls nieder, ihn zu fragen, was ihn so verletzlich macht, was passiert ist. »Tut mir leid«, sagt er jetzt schon zum zweiten Mal innerhalb weniger Minuten. »Wie auch immer. Ich muss …« Er runzelt die Stirn, schiebt sich aus der Nische raus und richtet sich zu voller Größe auf. Ich bin keine kleine Frau, trotzdem überragt er mich um ein gutes Stück. Er steckt eine Hand in die Tasche und fördert sein Portemonnaie zutage, entnimmt ihm mehrere Dollarscheine. »Danke für die Drinks, Ro«, murmelt er.

Wie betäubt nehme ich das Geld entgegen, und mit einem weiteren Blick aus schmerzerfüllten Augen macht er sich davon in Richtung der Toiletten, wo sich auch der Ausgang in die Seitenstraße neben der Bar befindet.

Gut. Das ist gut. Er ist weggegangen, ehe ich etwas unglaublich Dummes tun konnte. Zum Beispiel ihn fragen, was los ist. Mich ihm öffnen, so dass er Chaos in meinem Leben anrichten kann.

So ist es am besten.

Und als ich kurz darauf in meinen Mantel schlüpfe und die Bar durch dieselbe Tür verlasse wie er, ist der einzige Grund dafür, dass ich meine letzte Pause für heute mache. Auf keinen Fall habe ich vor, nachzusehen, ob er noch dort draußen ist.

Vielleicht hätte ich mir selbst diese Lüge sogar abgekauft, wenn mich nicht bei der bloßen Vorstellung, ihn wiederzusehen, ein freudiger Schauer durchlaufen hätte.

Kapitel 2

JUDE

»Scheiße«, fluche ich, während ich den Flur entlanglaufe, der zu Toiletten und Hinterausgang führt. Auf dem Schild blinken rote Buchstaben, allerdings ist das x von »Exit« kaputt und bleibt dunkel.

Ich stoße die schwere Stahltür auf und trete in die kalte Februarnacht hinaus. Es herrschen kuschlige vier Grad, und ich bin froh, dass mein schwarzer Parka gefüttert ist. Restschnee von letzter Woche klammert sich hartnäckig in der dunklen Ecke neben den grünen Mülltonnen und am Kellerfenster des Gebäudes auf der anderen Straßenseite fest. Trotz des frischen Windes und der kleinen Häufchen Schnee mieft es nach Müll und schaler Pisse. Vermutlich weichen häufig Gäste hierher aus, wenn die Toiletten besetzt sind.

Es stinkt echt furchtbar. Was bestens zu meiner Stimmung passt.

Ich schließe die Hand um mein Handy, um mich daran zu erinnern, weshalb ich überhaupt rausgegangen bin. Nämlich um mich daran zu erinnern, weshalb es eine schlechte Idee ist, mich mit einer Frau einzulassen, selbst wenn es nur für eine Nacht ist.

Ana war ursprünglich ebenfalls ein One-Night-Stand. Und jetzt … Ich blicke auf mein Handy hinunter, obwohl ihre Nachricht nicht mehr auf dem Display zu sehen ist. Jetzt werde ich meine Ex-Freundin nicht mehr los.

Seufzend fahre ich mir mit einer Hand durchs Haar, ziehe an den kürzeren Strähnen am Hinterkopf, ehe ich den Arm wieder sinken lasse. Wut, Trauer, das Gefühl, zu ersticken … all das begleitet mich jetzt schon seit zu vielen Jahren. Aber in letzter Zeit … es kommt mir vor, als würde es immer schlimmer, als hätten sich diese Gefühle gegen mich verschworen, um mich fertigzumachen, und ich hab mich ihnen einfach ergeben, ohne mich zu wehren.

Heute Nacht bin ich ins *Rabbit Hole* gegangen, um dem ganzen Mist zu entkommen – oder ihn wenigstens für eine Weile in Alkohol zu ersäufen.

Aber dann habe ich sie gesehen. Die Kellnerin. Ro.

Hätte ich nur den kleinsten Funken Verstand besessen, wäre ich aufgestanden und hätte mich woanders hingesetzt, um bei jemand anderem zu bestellen und nicht bei dieser Mila-Kunis-Doppelgängerin mit Kurven, gefährlicher als die Talladega-Rennbahn. Hätte mich volllaufen lassen, wie ursprünglich geplant. Stattdessen habe ich herausgefunden, welche Tische sie bedient, und mich unklugerweise an einen davon gesetzt.

Ich schnaube über dieses Understatement des Jahrhunderts.

Unklug ist es, meinen klassischen schwarzen 1970er Dodge Charger draußen stehen zu lassen, nicht abgeschlossen und mit ausgeschalteter Alarmanlage. *Unklug* ist es, nach Mitternacht im *Rabbit Hole* noch etwas zu essen zu bestellen. *Unklug* ist es, zu spät zu meiner Arbeit bei *Hard Knox Ink* zu kommen, dem Tattoo-Studio, das meinem großen Bruder gehört, und einen gewaltigen Anschiss von Knox zu riskieren.

All das kam hin und wieder schon mal vor, ich weiß, wovon

ich rede. Also kann ich kraft meiner Expertise sagen: Ja, das alles sind echte Dummheiten.

Aber der neuen, brandheißen Kellnerin nachzustellen, und das ausgerechnet in einer Bar, in der sich nicht nur mein Bruder und die anderen aus dem Studio öfter mal blicken lassen, sondern auch meine Ex? Das ist einfach nur saudumm. Unfassbar irrsinnig saudumm.

Vielleicht war Anas Nachricht, in der sie mich anfleht, mich mit ihr zu treffen, mit ihr zu reden, ein Segen. Ein Faustschlag in den Magen mit herzlichen Grüßen von der Realität. In wenigen Wochen verlasse ich Chicago. Und so, wie ich mein Glück kenne, könnte aus einer kleinen Anbandelei, ehe ich weggehe, schnell eine zweite Ana werden. Das Risiko ist es nicht wert.

Mit meinen siebenundzwanzig denke ich schon lange nicht mehr ausschließlich mit dem Schwanz. Meinem gesunden Menschenverstand zu gehorchen und zu gehen, ehe ich der dunklen Lust nachgeben konnte, die Ro in mir weckt, war meine beste Idee seit Langem. Ich kaufe einfach unterwegs noch ein Sixpack und betrinke mich in meiner Wohnung, wo es erheblich sicherer ist. Ja, bloß weg hier …

»Ich weiß, was du denkst.« Zu meiner Rechten erklingt eine Stimme, in der nicht der leiseste Hauch eines Chicagoer Akzents liegt, und mir ist zumute, als würden sich Geisterhände unter meine Jacke schieben und über meine plötzlich fieberheiße Haut streichen. Erschrocken wirble ich herum und begegne dem ironischen, ein wenig spöttischen Lächeln meiner Kellnerin. »Aber ich hab gerade Pause, und glaub mir – wenn du mehrere Stunden in dieser Mischung aus Körpergerüchen und den Dünsten von frittiertem Essen verbracht hättest, wäre dir das hier auch lieber.«

Genau jetzt hätte ich mich entschuldigen und das Weite suchen sollen, so schnell mich meine Füße tragen. Doch als ich in diese ovalen Augen blicke, kann ich nicht aussprechen, was mir bereits auf der Zunge liegt.

Im schummrigen Licht dort drinnen habe ich angenommen, ihre Augen wären so dunkel wie ihr Haar, aber das Licht der nackten Glühbirne über der Tür enthüllt meinen Irrtum: Sie sind so blau wie eine fabrikneue Jeans und mit hellen Sprenkeln durchsetzt. Ich würde darauf wetten, dass diese Flecken noch heller leuchten, wenn sie lacht, wütend ist – oder erregt. Als ehrlicher Mann würde ich mir jetzt eingestehen, dass der Plan, diese Hypothese zu überprüfen, sich gerade auf meine To-do-Liste für diese Nacht schmuggelt. Aber es ist mir längst zur zweiten Natur geworden, mich selbst und andere zu belügen.

»Ich dachte, der Laden hätte einen Pausenraum.« Zumindest hat das Hakim erzählt, einer meiner Kollegen aus dem Studio. Einen Pausenraum und eine Toilette fürs Personal. Er muss es wissen, immerhin hat er dort so ungefähr ein bis fünf Kellnerinnen gevögelt.

Sie zieht eine Schulter hoch. »Ja, hat er auch, aber das fühlt sich immer nicht nach einer richtigen Pause an, weil ständig Leute kommen und gehen. Hier hingegen …« Noch mal zieht sie die Schulter hoch. »Hier höre ich meine eigenen Gedanken. Der einzige Moment Stille in meiner Sechs-Stunden-Schicht.«

Ich hebe eine Braue. Die Geräusche des nächtlichen Chicagos wehen heran – das Hupen vorbeifahrender Autos, Gelächter und lautstarke Unterhaltungen der Leute, die zum *Rabbit Hole* oder dem die ganze Nacht geöffneten Imbiss gegenüber wollen. Irgendwo bellt ein Hund.

Einer ihrer hübschen Mundwinkel zuckt. »Gegen den Lärm da drinnen ist es hier quasi so ruhig wie in einer Bibliothek«, stellt sie fest. »Aber ja, stimmt, ich hab gelogen.« Jetzt lächelt sie schief. Steckt die Hände in die Taschen ihres kamelhaarfarbenen Mantels und senkt das Kinn. »Du hast aufgewühlt ausgesehen, als du gegangen bist. Ich wollte nachsehen, ob alles in Ordnung ist.«

Mir wird die Kehle eng angesichts dieser lässigen Offenheit, und ich bringe kein Wort heraus. Was eigenartig ist, denn von uns Brüdern ist Knox derjenige, der an selektivem Mutismus leidet. Der Charmeur hingegen ist eindeutig Connor – *war* Connor.

War.

Der Schmerz fährt mir durch den Leib wie eine rasiermesserscharfe, lichterloh brennende Klinge. Ich balle die Hände zu Fäusten und hole tief Luft. Schüttle die Erinnerung mühsam ab und starre verzweifelt die Frau an, die vor mir steht; klammere mich an ihren Anblick wie das Opfer eines Schiffbruchs, das sich mit letzter Kraft an brennenden Trümmern festkrallt.

Ich konzentriere mich auf den schräg geschnittenen dunklen Bob, der ein paar Zentimeter unter einem zarten Kinn endet, das von der kaum sichtbaren Andeutung eines Grübchens geteilt wird. Auf die leicht schrägen Brauen über den sinnlichen, lasziven Augen, die das liebliche, fast ätherische Gesicht stark wirken lassen, eindringlich … atemberaubend. Auf den eleganten Winkel ihrer Nase, die Mulde über der Oberlippe, die aussieht, als hätte Gott persönlich einen Finger auf ihre Haut gedrückt und diese kleine Spur hinterlassen.

Auf den um eine winzige Spur zu breiten Mund, dessen üppiger, sündhafter Schwung jeden Mann dazu verleiten würde, sich vorzustellen, wie diese Lippen seine Brust streifen, seinen

Bauch, ehe sie sich öffnen, um seinen Schwanz aufzunehmen. Und meine Vorstellungskraft ist überdurchschnittlich gut ausgeprägt.

Vor Lust erzittere ich am ganzen Leib. Bitte, lieber Gott, mach, dass sie glaubt, es läge an der Kälte. Auch wenn ich ehrlich gesagt kein bisschen mehr friere, denn ihre Gegenwart verwandelt mich in eine lebendige Flamme.

Ich wende den Blick ab und starre über den Zaun hinweg zum leeren Parkplatz und dem kleinen Lebensmittelgeschäft auf der anderen Straßenseite. Da weht mich – fast als würde mir Gott den Mittelfinger zeigen – ein leichter Wind an, der den süßen, dunklen Duft nach Äpfeln und voll erblühten Rosen mit sich trägt, unterlegt mit der schwereren Moschusnote goldbrauner, leicht verschwitzter Haut. Ihr Duft. Ich bin ihr noch gar nicht nahe gekommen, habe mein Gesicht nie in ihrer empfindsamen Halsbeuge vergraben, trotzdem weiß ich instinktiv, dass es ihr Duft ist. Und jetzt habe ich eine Vorahnung, welcher Geruch mich umgeben würde, wenn ich ihre Schenkel spreize und mit der Zunge in sie eindringe.

Ich knirsche mit den Zähnen. Das wollte ich doch eigentlich gar nicht so genau wissen. 1:0 für Gott.

»Weshalb arbeitest du hier?« Die Frage kommt mir viel barscher über die Lippen als beabsichtigt. Aber ich kämpfe gerade eine zusehends verlorene Schlacht gegen den Drang, sie gegen die verwitterte Backsteinmauer zu drücken, diese verlockend sündigen Lippen zu erobern, die Jeans runterzuschieben, die so eng anliegt wie eine zweite Haut, und meinen Schwanz bis zum Anschlag in ihrer heißen, nassen Pussy zu versenken.

Sie strafft die Schultern und hebt das Kinn. »Weil ich das Geld brauche«, sagt sie, gerade eben bissig genug, dass ich begreife: Ich habe sensibles Terrain betreten und muss aufpassen, dass ich nicht direkt ins nächste Fettnäpfchen weiterstolpere.

Ich sollte es gut sein lassen, das Thema wechseln oder, jaja, ich weiß: *Einfach. Verdammt. Nochmal. Gehen.* Aber dieses rastlose Kribbeln in mir, das mich dazu getrieben hat, mich überhaupt erst an einen von ihr bedienten Tisch zu setzen, kehrt machtvoll zurück, knistert unter meiner Haut. Drängt mich dazu, weiterzureden, damit ich sehe, wie diese himmelblauen Sprenkel in ihren tiefblauen Augen aufblitzen.

»Du gehörst nicht hierher«, stelle ich mit absichtlich ausdrucksloser Stimme fest. Ganz unverblümt. Und es ist wahr: Das tut sie nicht. Den Eindruck hatte ich schon in dem Augenblick, als ich sie zum ersten Mal gesehen habe.

»Ist das so?« Sie zieht die Hände aus den Taschen und verschränkt die Arme vor der Brust. »Na, dann erklär mir doch mal, wohin ich stattdessen gehöre.«

Der Sarkasmus ist eine ebenso deutliche Warnung wie ihr Tonfall. Doch auch diesmal lasse ich es nicht einfach gut sein. Vielleicht will ich absichtlich jede Chance zunichtemachen, ihr an die Wäsche zu gehen. Vielleicht will ich aber auch nur mehr über sie erfahren. Diese lebende, atmende Widersprüchlichkeit von Zartheit und Stärke fasziniert mich viel mehr, als gut für mich ist. Als ich es mir leisten kann.

»In irgendeine Führungsetage. Oder in ein Seminar. Oder in ein Büro mit Ausblick auf den Willis-Tower und die Skyline der Stadt. Dieser Mantel …« Ich deute mit einem Nicken auf besagtes luxuriöses wollenes Kleidungsstück, das sich eng an ihren schlanken Körper schmiegt und bis knapp übers Knie reicht. »Jemand, der seinen Lebensunterhalt damit verdient, Drinks und fettiges Essen zu servieren, könnte sich den niemals leisten.« Ich weiß das deshalb so genau, weil ich vor ein paar Jahren meiner Mom ein ziemlich ähnliches Teil geschenkt habe, und das hat mich lässige eins fünf gekostet.

»Es ist völlig in Ordnung, Drinks und fettiges Essen zu servieren.« Ihre Stimme klingt fast wie ein Knurren. Und Scheiße, wenn das nicht sexy ist. Ich möchte sie mit genau demselben Knurren meinen Namen sagen hören, während sich ihre Fingernägel in meinen Rücken bohren, ihre Fußknöchel sich links und rechts an meine Hüfte schmiegen und ich bis zu den Eiern in sie stoße.

Mein Schwanz pocht zustimmend, mein Verstand allerdings tadelt mich für die preiswürdig versauten Bilder, die durch mein Hirn zucken.

»Das hab ich ja auch nicht gesagt. Nur, dass es nicht zu dir passt.« Ich gehe auf sie zu, umfasse sanft, aber entschlossen ihr Handgelenk und drehe ihre Handfläche nach oben. Ihre Haut fühlt sich heiß an, als ich sie berühre. Zum allerersten Mal. Eigentlich ist es eine völlig unschuldige, harmlose Berührung. Aber die Heftigkeit, mit der sich meine Eingeweide zusammenziehen, mein Körper sich versteift, spricht eine andere Sprache. Ebenso wie ihr kaum merklich stockender Atem.

Behutsam streiche ich über die winzigen Schwielen an ihren Fingerspitzen, sehe auf und begegne ihrem undeutbaren Blick. Aus dieser Nähe entdecke ich das kleine Muttermal neben ihrem Mund. Sehe die hauchzarten Schatten unter ihren Augen. Frage mich, woher sie kommen. »Diese Schwielen sind ganz frisch«, sage ich leise und streiche noch einmal über die aufgeraute Haut. »Und ich wette, an deinen Füßen hast du ganz ähnliche.«

Sie entzieht mir ihre Finger, und ich schiebe beide Hände in meine Jackentaschen. Schließe sie zu Fäusten, als wollte ich die Erinnerung an ihre weiche, glatte Haut festhalten.

»Und ich dachte, du müsstest dir Luft machen, weil du einen Scheißtag hattest, nicht wegen meiner Berufswahl«, sagt sie schnippisch. Und da leuchten sie auch schon auf, die hellblauen Sprenkel. Wie Sterne am Mitternachtshimmel.

Ja, sie hat recht. Aber solange ich hier draußen stehe, ihren blumig-fruchtigen Duft einatme und sie dazu bringe, mir etwas über sich zu erzählen, muss ich nicht über das Jobangebot nachdenken, das mir mein Bruder heute Nachmittag unterbreitet hat. Und auch nicht über die Karrierechance, die viele, viele Kilometer entfernt auf mich wartet. Die Endlostexte, die mein Handy überfluten. Die alptraumhaften Bilder voller Blut und Tränen und Schmerz, die in meinem Verstand lauern und darauf warten, dass ich die Augen schließe. Bilder aus der Vergangenheit und der Gegenwart.

»Du möchtest also nicht darüber reden. Hast Geheimnisse.« Ich nicke. »Ich verstehe. Bitte entschuldige, dass ich dich bedrängt habe.«

»Du möchtest über das eine oder andere auch nicht gern reden«, sagt sie sanft.

Wieder nicke ich, diesmal langsamer, und frage mich unwillkürlich, was wohl im Bier gewesen sein mag, dass ich es ihr gegenüber einfach so zugebe. Doch zugleich wünsche ich mir, sie würde … mich trösten.

Anscheinend hab ich nicht nur den Verstand verloren, sondern auch meine Eier.

»Hör zu.« Ich reibe mir mit einer Hand über den Hinterkopf, blicke erst nach links, dann nach rechts. Fast als würde ich mich nach einer Fluchtmöglichkeit umsehen. »Danke, dass du nach mir gesehen hast, aber …«

Ich verstumme, als ich sehe, wie ein leichter Schauer sie überläuft. Ohne nachzudenken, setze ich mich in Bewegung, schirme sie gegen den Wind ab, streife meine Jacke ab und lege sie ihr um die Schultern. Ich bin in Chicago geboren und aufgewachsen, also bringen mich diese Temperaturen nicht um. Sie trägt zwar einen Mantel, aber der eignet sich eher für einen kalifornischen Herbst, und meine Jacke spendet ihr zusätzliche Wärme.

Ihre Augen schimmern auf. Überraschung und eine plötzliche Hitze bringen die Sternensprenkel wieder zum Leuchten. In mir schießt Verlangen auf wie eine Stichflamme.

»Verrate mir etwas, über das du nicht reden willst«, sagt sie leise und tritt dichter zu mir heran. Legt den Kopf zurück, und kurz gleitet mein Blick über ihren hübschen Mund, ehe ich ihr wieder in die Augen sehe.

Ich bin kein besonders mitteilsamer Mensch. Scheiße … seit ich zwölf war, behalte ich alles, was mich betrifft, am liebsten für mich.

»Mein Bruder hat mir einen Job angeboten, für den die meisten Menschen töten würden. Ich wäre ein verdammter Idiot, wenn ich ablehne.«

Scheiße.

Kurz mustert sie mich mit zusammengekniffenen Augen. »Und du hast abgelehnt«, sagt sie.

»Ja.« Und Knox' Enttäuschung nagt noch immer an mir.

»Warum?«

Weil ich dieses eine Mal in meinem Leben Jude Gordon sein will, ein begabter Tattoo-Künstler, und nicht nur der kleine Bruder von »Hard Knox«.

Weil das Leben im Schatten meines großen Bruders Kälte bedeutet und Einsamkeit und dass niemand einen sieht, und in letzter Zeit ist es immer unerträglicher geworden.

Diese selbstsüchtigen, selbstgerechten Worte drängen auf

meine Zunge, aber ich schlucke sie runter. Manches sollte man nicht laut aussprechen. Es ist schon schmerzhaft genug, es mir selbst einzugestehen, denn es klingt jämmerlich und undankbar.

»Ich hab vorhin nicht die ganze Wahrheit gesagt«, stoße ich mit rauer Stimme hervor. Muss dringend das Thema wechseln, um den bitteren Geschmack von meiner Zunge zu spülen, den der Verrat an den Menschen, die ich liebe und die ich beschützen will, darauf hinterlassen hat. Und sie könnte mir dabei helfen. Mit ihrem Geschmack. Mit ihrer Zunge. Mit ihrer nackten, weichen Haut, die sich an meine schmiegt, nass von hart erarbeitetem Schweiß. »Ja, als ich in die Bar kam, wollte ich Ablenkung, eine Weile an was anderes denken. Dann hab ich dich gesehen und wollte dich. Ich wollte dich vögeln.« Ihr flacher, schneller Atem bildet kleine Wölkchen in der Luft, und ich senke den Kopf, bis ich diese Wölkchen auf meinen Lippen spüre. »Und das will ich immer noch.«

Kapitel 3

JUDE

Ihre Pupillen vergrößern sich, bis der Mitternachtshimmel beinahe die Sterne verschluckt. Also habe ich mich geirrt: Ihre Augen werden durch Leidenschaft nicht heller, sondern dunkler.

Ich könnte in diesen bodenlosen blauen Tiefen glatt ertrinken.

»Bin ich damit genau so wie die anderen Arschlöcher hier?«, frage ich, obwohl ich die Antwort bereits kenne: eindeutig Ja. Aber ich rede weiter. Vor allem deshalb, weil ich mich nicht bremsen kann. In ihrer Gegenwart scheint der Ausschaltknopf für meinen Mund – also mein Hirn – zu klemmen oder ganz außer Betrieb zu sein. »Bin ich ein Arschloch, wenn ich mich frage, ob du im Bett vor Lust schreist oder eher stöhnst? Vielleicht gibst du aber auch gar keinen Laut von dir. Es wäre gelogen«, murmle ich, »wenn ich behaupten würde, dass ich es nicht gern rausfinden möchte.« Mir ist klar, dass sie mich jede Sekunde stehen lassen könnte, so wie LeBron damals seine Mannschaft, die Cavaliers, hat stehen lassen. Aber vielleicht fache ich auch den Hunger an, den ich in ihren Augen habe aufblitzen sehen, bis er wilder und heller auflodert. Ich könnte selbst nicht sagen, welche Möglichkeit mich nervöser macht. Aber diese Unschlüssigkeit hält meinen Mund nicht auf. Anscheinend weiß er genau, auf welche Option er setzt. »Willst du mir jetzt eine Ohrfeige verpassen? Mir sagen, dass ich mich verpissen soll? Oder stellst du dir dasselbe vor wie ich? Wie du dich vor mir ausstreckst, die Schenkel an meinen Kopf drückst, mir am Haar ziehst, während ich dich mit der Zunge ficke?«

Ihre Wimpern senken sich, verbergen diese unglaublichen Augen vor mir, und wieder erschauert sie. Diesmal allerdings bezweifle ich, dass es wegen der Kälte ist, denn zugleich entfährt ihr ein halb erstickter Laut zwischen Stöhnen und Seufzen. Und sie packt mich am Hemdsaum.

Stellt sich auf die Zehenspitzen und öffnet ihren feuchten, heißen Mund, drückt ihn ganz unten auf meine Kehle.

»*Verdammt*«, knurre ich, vergrabe die Finger in ihrem dunklen Haar, ziehe sie dicht an mich. Über mein Rückgrat zucken kleine Blitze.

Ich spüre ihre Zähne an meiner Haut, weder zärtlich noch schüchtern. Nein, diese über meine Haut kratzenden Zähne verraten eine Wildheit, bei der mein Schwanz so hart wird, dass ich damit glatt einen Nagel in die Ziegelwand neben uns schlagen könnte. Ich packe ihr dickes, seidenweiches Haar fester und ziehe mit einem Ruck ihren Kopf in den Nacken.

Und falle über ihren Mund her.

Das ist die einzig passende Art, zu beschreiben, wie meine Lippen auf ihre runterkrachen. Wie meine Zunge in ihren Mund vordringt – ganz wie ein angreifendes Heer, das eine befestigte Burg stürmt. Aber sie lässt diesen Angriff nicht nur zu, nein, sie heißt ihn willkommen, erwidert meine Leidenschaft mit voller Wucht. Es ist wie eine Schlacht, und wir beide nehmen keine Gefangenen.

Noch nie war ich nur durch einen Kuss so kurz davor, zu

kommen. Ein wilder, alles in Brand setzender Kuss, trotzdem … ich bekomme nicht genug von ihr, von dem Stöhnen, das sich ihr entringt, von der fordernden Entschlossenheit ihrer Zunge.

Ich will mehr. Drehe den Kopf, hebe die Hand, die nicht ihr Haar gepackt hält, an ihr Kinn und ziehe es nach unten, öffne ihren Mund noch weiter. Und dann tauche ich noch tiefer ein. Nehme mir mehr. Meine Zunge spielt mit ihrer. Es fühlt sich so gut an, dass sich in meinem Bauch alles zusammenzieht, als würde jede sinnliche Sekunde an meiner Kontrolle reißen, die mir zusehends entgleitet.

Verdammt, ihr *Geschmack.* Sie schmeckt nach schmutzigen Verheißungen in der Dunkelheit, nach geflüsterten Phantasien … nach dem allerversautesten Sex. Nach Süße und Moschus. Sie ist wie Wasser für den Verdurstenden und zugleich der Schmerz in den Eingeweiden eines Mannes, der gerade verhungert.

In diesem kurzen Moment setzt sie für mich den Maßstab, wird zu jenem unermesslich hohen Ziel, dem man sein Leben lang hinterherjagt, ohne es je zu erreichen. Aber ich bin bereit, auf der Jagd danach zu verbrennen.

Sie versenkt die Zähne in meiner Unterlippe, und ich stoße ein Grunzen aus, das mehr nach einem Tier klingt als nach einem Menschen. Sie fährt mit der Zungenspitze über die schmerzende Stelle, dann leckt sie flüchtig erst über den einen, dann über den anderen Mundwinkel, über mein Kinn, meinen Unterkiefer. Jede dieser Liebkosungen lässt eine Stichflamme in meiner Brust aufschießen, in meinem Bauch, in meinem Schwanz. Mir ist, als wäre ich straffer gespannt als eine Bogensehne, die im nächsten Augenblick den Pfeil schwirren lassen wird. Es fehlt nicht viel, damit ich komme …

Sie fährt mit einer Hand unter mein Hemd, streicht über die empfindliche Haut meines Rückens. Zieht die Nägel über die Muskeln, weder zärtlich noch zögerlich. Wie ihr Kuss ist auch diese Berührung so leidenschaftlich, dass es an Schmerz grenzt. Fordernd. Eine Herausforderung, weiterzugehen. Wenn ich es wage.

Ich falle noch heftiger über ihren Mund her, verschlinge sie förmlich, schiebe sie rückwärts, bis sie mit dem Rücken gegen die Wand stößt. Öffne hastig den Gürtel und die Handvoll Knöpfe, die ihren Mantel geschlossen halten, schiebe die Hände darunter und umfasse ihre Brüste, die meine Hände gut ausfüllen. Die Frage, wie sie wohl aussehen und schmecken mögen, zerreißt mich fast. Fest werden sie sein, aber zugleich so üppig, dass sie sicher ein wenig nach unten ziehen. Nippel von der Farbe reifer Beeren. Und sicher schmecken sie nach dem Apfel-und-Rosen-Duft, der mir auch jetzt wieder in die Nase steigt. Als Künstler habe ich eine sehr lebhafte Vorstellungskraft, und was Ro betrifft, ist das Fluch und Segen zugleich.

Mit einem Grollen knete ich ihre Brüste. Sie antwortet mit einem ganz ähnlichen Geräusch, wölbt sich mir entgegen; lässt mein Hemd los und legt mir auch die zweite Hand auf den Rücken. Ihre Lider flattern, senken sich, verbergen ihre Augen vor mir. Aber ihre Lippen öffnen sich noch weiter, sie leckt sich hastig über die Unterlippe – ihre Lust ist unübersehbar, vor allem, als ein Schaudern ihren ganzen Körper erfasst.

Liebe Güte, sie ist so weich. Abgesehen von den Nippeln unter meinen Daumen … die sind hart wie Diamanten. Mein Mund schmerzt vor Verlangen danach, darüberzulecken. Sie genau zu erkunden und herauszufinden, ob sie es mag, wenn ich langsam darüberlecke, mit der Zunge dagegenstoße oder sie sogar meine Zähne spüren lasse.

»Sag mir, dass sie meinetwegen so hart sind, nicht wegen der Kälte.« Um ihr zu zeigen, was ich meine, zwicke ich mit Daumen und Zeigefingern hinein. »Sag mir, dass du meinen Mund auf deiner Haut spüren willst. Dass ich diese herrlichen Brüste mit der Zunge erforschen soll, bis du so feucht bist, dass du es kaum noch aushältst.« Ich betrachte ihr Gesicht so aufmerksam, als hätte ich mich verirrt und ihre Züge wären die Landkarte, mit deren Hilfe ich den Weg wiederfinde. In diesem Augenblick ist ihre Antwort, ihr Einverständnis für mich fast lebenswichtig.

»Ja.« Wieder stößt sie ein Grollen aus, das ich unglaublich sexy finde, und hebt die Arme, gräbt die Finger in mein Haar, hart genug, dass es wehtut. Ich beiße die Zähne zusammen. Genieße es. Will mehr davon.

»Sag auch den Rest«, befehle ich ihr, und die Erregung lässt meine Stimme so unnachgiebig klingen wie Stahl. Ich senke den Kopf, fahre mit den Lippen über ihre Kehle, verharre kurz, um an der Halssehne zu knabbern, was ihr wieder ein Grollen entlockt. Wie von selbst stoßen meine Hüften vor, und ich reibe den Schwanz an ihrem Bauch. »*Fuck*«, knurre ich und ziehe mich ein wenig zurück, nur so weit, dass wieder ein Millimeter Luft zwischen uns ist. »*Sag es.*«

Ihre Fäuste krallen sich fester in mein Haar, es tut weh. Als wollte sie mich dafür bestrafen, dass ich es wage, ihr Befehle zu erteilen. Verdammt. Würde sie wollen, dass ich sie auf die Knie drücke? Würde sie meinen Schwanz so tief in den Mund nehmen, bis er hinten an ihren Rachen stößt? Bei dem bloßen Gedanken hämmert mir das Herz gegen die Rippen, und vor Lust wird mir schwindelig. Ich habe nie darauf bestanden, beim Sex die Kontrolle zu haben – solange die Frau auf ihre Kosten kommt und ich auf meine, ist alles bestens. Aber mit ihr … Bei unserem Gerangel um die Dominanz kommt mein Atem in schweren, abgehackten Stößen. Mit ihr würde ich den Kampf genießen.

»Ich will deinen Mund auf meiner Haut spüren«, sagt sie endlich, und in ihrer Stimme liegt wieder die Andeutung eines Knurrens. Ja, sie sagt, was ich hören will, doch es ist nicht mit einer Bitte zu verwechseln; es ist eindeutig ein Befehl, und sie erwartet, dass ich ihm Folge leiste. »Fick mich mit deiner Zunge.« Sie ruckt an meinem Haar, und gehorsam senke ich den Kopf. »Und mach es gut«, flüstert sie an meinen Lippen.

Kurz schließe ich die Augen, sende ein stummes Stoßgebet gen Himmel, dass ich nicht wie eine Bestie über sie herfalle oder, schlimmer noch, komme, noch ehe ich ihre bloße Haut unter meinen Lippen spüre. Aber irgendwie schaffe ich es, keine dieser beiden Sünden zu begehen, auch wenn es nach ihrem geflüsterten Befehl wirklich haarscharf war. Ebenso gut hätte sie in meine Hose greifen, die Hand um meinen Schwanz schließen und einmal kräftig auf und ab pumpen können. Genau so, wie ich es liebe.

Ohne den Blickkontakt zu unterbrechen, beuge ich mich vor, lege die Hände an die Hinterseite ihrer Oberschenkel und hebe sie hoch. Pinne sie zwischen der Wand und mir fest, reibe meinen Schwanz zwischen ihren Beinen; er schmiegt sich fest in ihren jeansbedeckten Schritt.

Vermutlich ist es nur meine Vorstellungskraft, die mich darunter ihr weiches Fleisch spüren lässt. Ihre feuchte Hitze, die mich wärmt. Meine Vorstellungskraft – oder meine Verzweiflung.

Aber das hält mich nicht davon ab, mich weiter an ihr zu reiben. Mit den Hüften vorzustoßen und immer wieder meinen Schwanz über ihren Kitzler kreisen zu lassen. Der Reißverschluss meiner Hose schneidet mir ins Fleisch, und perverserweise verstärkt der dumpfe Schmerz meine Lust nur noch.

Sie krallt die Finger in meine Schultern und stützt sich auf mich. Hängt nicht schlaff in meinem Griff, sondern kommt jedem meiner Stöße entgegen, teilt ebenso gut aus, wie sie empfängt. Beim Klang ihres leisen Wimmerns und der rauen Atemzüge ziehen sich meine Eier fester zusammen. In all den Jahren, seit ich zum ersten Mal Sex hatte, muss es schon eine andere Frau gegeben haben, die meine Lust mit einer solchen Wucht entfesselt hat, als würde man unter Spannung stehende brüchige Seile mit einer Schere anritzen – diese Kellnerin mit ihren tiefen, seelenvollen Augen, dem sinnlichen Mund und den höllisch verlockenden Kurven *kann* nicht die Einzige sein, das steht fest … aber selbst unter Folter würde mir nicht einfallen, wann ich so etwas schon mal erlebt habe.

Ich hebe sie höher. Senke den Kopf und schnappe mir einen Nippel, der sich unter ihrem Oberteil abzeichnet, ziehe daran. Trotz der Baumwolle, die meine Lippen und ihre Haut voneinander trennt, passt ihre harte Brustwarze perfekt in meinen Mund. Ich streife sie mit den Zähnen, und Ros erstickter Aufschrei klingt mir in den Ohren wie ein schmutziges kleines Lied. Ein winziger dunkler Funke zuckt durch den primitiven Teil meines Hirns. Und dieser primitive Teil meines Hirns empfindet verderbte Freude bei dem Gedanken: Wenn sie mit feuchtem T-Shirt in die Bar zurückkehrt, wird jeder, der sie sieht, begreifen, dass sie mir gestattet hat, sie zu berühren, mit den Händen, dem Mund, dem Schwanz. Nicht ihm. Mir. Sie dürfen sie anschauen, aber ich bin derjenige, der sie auch anfassen darf.

Diese besitzergreifenden Gedanken sollten mich erschrecken. Ich kenne das von mir nicht. Ich sollte sie abstellen und mich zurückziehen. Ja, das sollte ich. Stattdessen öffne ich den Mund weiter, sauge fester, stoße härter zu.

Von plötzlicher Ungeduld und Gier beseelt, presse ich eine Hand neben ihrem Kopf gegen die Wand und ziehe mit der anderen ihren V-Ausschnitt tiefer, entblöße goldene Haut, die selbst im schwachen Licht dieser Seitengasse zu schimmern scheint. Vorfreude mischt sich in meine Lust, und ich bin fast versucht, diesen Moment in die Länge zu ziehen. Aber dafür ist mein Wille nicht stark genug, und mein Schwanz ist so unglaublich hart.

Ein Ruck nach unten, und ihre Brust springt heraus. Verdammt. Ich stoße ein Knurren aus, kann es nicht mehr rechtzeitig unterdrücken. Nicht, dass ich das gewollt hätte. Ich will, dass sie weiß, was ihr Anblick mit mir macht. Ich selbst sammle jeden ihrer Aufschreie, stoßweisen Atemzüge und jedes Hüftzucken wie Trophäen.

»So verdammt wunderschön«, flüstere ich und streife mit der Unterlippe den beerenfarbenen Nippel. Dann mit der Oberlippe. Lecke darüber, schwelge darin, wie rund und prall ihre Brustwarze ist. Und wie hart sie wird bei dem, was ich damit anstelle. Ich umfasse ihre Brust so, dass sie auf meiner Hand liegt wie ein Geschenk, das ich mir selbst darbiete. Schmecke sie, necke sie, genieße. Huldige ihr.

Ihre Hände gleiten von meinen Schultern zu meinem Hinterkopf, ich spüre die Nägel an meiner Haut. Sie wölbt sich mir entgegen, den Rücken weit durchgedrückt – wie ein unbeherrschtes, ganz von Verlangen erfülltes Tier. Ihre Hüften zucken in kurzen, heftigen Stößen gegen meinen Schwanz, und auch wenn ich sie vor nicht mal einer Stunde zum ersten Mal gesehen habe, weiß ich: Sie ist ganz kurz davor. Meine Prioritäten machen eine Hundertachtzig-Grad-Wende ... mit einem Mal habe ich nur noch ein Ziel, einen Lebenssinn, und der besteht nicht im Tätowieren, meiner Familie, meiner Arbeit, sondern darin, sie zum Höhepunkt zu bringen. Dafür zu sorgen, dass ihre Pussy zuckt und sich zusammenzieht, ihr ganzer Körper erschauert. Zu hören, wie sie meinen Namen schreit, obwohl ich ihn ihr noch gar nicht genannt habe.

Ich ziehe ihren Ausschnitt noch weiter herunter, um noch mehr nackte Haut zu entblößen. Nehme ihre Brustwarze in den Mund. Keine Gnade.

»Gott, bitte, bitte, bitte ...« Ihre Worte klingen wie ein Stoßgebet, und sie reibt sich an mir wie eine Stripperin an einer Poledance-Stange, reibt sich, gleitet auf und ab, hebt sich, senkt sich herab ...

Eine fröhliche kleine Melodie ertönt und klingt in der stillen Nacht wie eine Salve aus Gewehrschüssen.

»Nein«, ächzt sie und macht sich steif. Ihre Brust hebt und senkt sich unter den raschen Atemzügen, die Brüste zittern. Dasselbe Wort hallt in meinem Kopf wider wie eine Sirene. Ich stemme die andere Hand neben ihr gegen die Wand und vergrabe das Gesicht an ihrem Hals. Ist besser so, sonst sieht sie, dass mir Tränen in die Augen steigen. Okay, nicht wirklich, aber verdammt, mir ist echt nach Heulen zumute. »Das ist mein Wecker«, flüstert sie. »Meine Pause ist vorbei.«

Mein ganzer Körper scheint zu pochen, und sie zittert zwischen mir und der Wand wie ein Blatt im Sturm. Ihr Zittern lässt mich mitvibrieren, und ich beiße die Zähne zusammen. Sosehr meine Erektion auch schmerzt, auf keinen Fall kann ich sie in diesem Zustand lassen.

»Gib mir dein Okay, Süße«, flüstere ich ihr ins Ohr und knabbere an ihrem Ohrläppchen. »Du wirst zu spät zur Arbeit kommen, aber wenn du mir sagst, ich soll es tun, kümmere ich mich um dich.« Langsam lasse ich sie zu Boden, doch ihre Brüste sind immer noch unbedeckt, der kalten Nachtluft und meinen Blicken ausgeliefert. Mit einem Finger fahre ich den Bund ihrer Jeans nach, streife ganz leicht die weiche Haut an ihrem Bauch. Verdammt, diese Frau. Ich beuge mich vor, berühre noch mal ihre nackte Brustwarze mit dem Mund, und ihre Hände krallen sich fester in mein Haar. Sie erschauert. »Sag es mir«, verlange ich. Flehe ich. Was auch immer. Solange sie mir nur erlaubt, sie zum Höhepunkt zu bringen.

»Ja«, haucht sie, verlagert das Gewicht und spreizt die Beine. Ohne auf meine Reaktion zu warten, öffnet sie ihren Hosenknopf und reißt den Reißverschluss nach unten, entblößt ein Dreieck aus schwarzer Spitze. »Los.«

Ihre Stimme ist heiser vor Lust, aber es ist keine Bitte. Und verdammt, ich bringe es nicht mal über mich, so zu tun, als würde ich diesem Befehl nicht gehorchen wollen, würde sie warten lassen. Ich nehme eine ihrer harten Brustwarzen in den Mund, berühre sie mit der Zunge und lege dann die flache Hand auf ihren Bauch. Und schiebe sie tiefer, noch tiefer, bis zu ihrer heißen, feuchten Pussy hinunter.

Ihr Schrei hallt von den Backsteinmauern wider, den schmutzigen Fensterscheiben, vom verdammten Himmel. O Gott, sie ist so weich … so seidenweich. Nur unter äußerster Willensanstrengung bleibe ich stehen, statt vor ihr auf die Knie zu sinken, ihr die Hose runterzuziehen und mein Gesicht zwischen ihren Schenkeln zu vergraben. Doch wenn ich das täte, wäre es undenkbar, dass ich mich beeile. Von wegen zu spät – wenn ich *das* täte, würde sie wahrscheinlich heute gar nicht mehr auf der Arbeit erscheinen.

Ich wechsle zur anderen Brust, nehme sie so tief in den Mund, wie ich nur kann, und lasse meinen Finger zwischen ihren Beinen zum Kitzler hinaufgleiten, umkreise ihn mit der Fingerspitze. Er zuckt unter der Berührung. Wie ist es nur möglich, dass ich mit einem Mal höllisch neidisch auf meinen eigenen Finger bin? Mit einem Aufstöhnen bewege ich meine Hand auf und ab, und im selben erbarmungslosen Rhythmus liebkose ich auch ihre Brustwarze.

Sie windet sich unter meinem Mund und meiner Hand, greift nach unten und umfasst mein Handgelenk. Nicht, um mich wegzuschieben, sondern um mich festzuhalten. Als wäre es auch nur im Geringsten denkbar, dass ich sie jetzt loslassen könnte.

»O Gott«, keucht sie, es klingt wie eine Mischung aus Schluchzen und Stöhnen. »Bitte. Ich brauche … gib mir …« Die Worte purzeln einfach über ihre Lippen.

Sie ist ganz kurz davor; ihr Kitzler wird fest unter meiner Berührung. Ich fahre mit der Zunge ihre Brust hinauf, über den Hals bis zu ihrem Ohr, und flüstere: »Jay. Sag es, wenn du kommst.« Es ist die Kurzform meines Namens, und ich hoffe sehnlichst, dass diese kleine Verbindung die Anonymität auflöst und das hier zu etwas Intimem macht. Etwas, das mir gehört.

Sie gibt mein Handgelenk frei, packt meinen Kopf mit beiden Händen und zieht ihn nach oben. Nur widerstrebend lasse ich ihre Brustwarze los, aber sie lässt mir kaum eine andere

Wahl. Ich richte mich auf. Obwohl sie mindestens einen halben Kopf kleiner ist als ich, ist sie es, die hier das Sagen hat. Obwohl ich ihr etwas befohlen habe, bin in diesem Augenblick ich es, der ihrer Freigabe entgegenfiebert, ihrer Erlaubnis, und ich warte sehnsüchtig darauf.

»Jay.« Es klingt wie ein Schnurren. Ja. Nur mein Name, so wie ich es erbeten habe. Erbeten, von wegen. Wie ich es erfleht habe.

Ein wilder Rausch aus Hunger und Befriedigung erfasst mich. Ich drücke den Mund auf ihre Lippen, stoße zwei Finger in sie und reibe mit dem Daumenballen über ihren Kitzler.

Sie schreit in meinen Mund, und mir ist, als würde ich ihren Schrei hinunterschlucken. Wünsche mir schon jetzt, ihn noch einmal zu hören. Noch einmal zu spüren, wie sich ihre feuchte, heiße Pussy fest und rhythmisch um meine Finger schließt. Aber nein, eigentlich will ich sie um meinen Schwanz spüren, und auch um meine Zunge.

Ich brauche es einfach noch mal.

Langsam stoße ich weiter zu, so gut ihre Jeans es erlaubt, reibe über ihren Kitzler, bis auch das letzte Erschauern verebbt. Erst als sie gegen mich sinkt, ziehe ich meine Hand weg. Kann nicht widerstehen – aber seien wir ehrlich, ich versuche es auch gar nicht – und nehme meine Finger in den Mund.

Himmel, ihr Geschmack auf meiner Zunge. Zugleich süß und herb und so frisch wie eine reife Frucht. Ich lecke meine Finger ab, bis ich sie nicht mehr darauf schmecke. Und will immer noch mehr.

»Ich muss gehen, sonst werde ich gefeuert«, sagt sie, die Stimme heiser von den Schreien, die immer noch in mir widerhallen. Sie sieht mich an, betrachtet meinen Mund. Dann schüttelt sie plötzlich den Kopf, und ehe ich reagieren kann, richtet sie rasch ihre Kleidung. Streift meine Jacke ab und hält sie mir hin. »Danke. Ich …«

»Behalt sie«, sage ich und trete einen Schritt zurück. Dann noch einen. Nicht, weil ich Angst habe, mir das mit der Jacke noch mal anders zu überlegen, sondern weil ich mich nicht traue – am Ende schnappe ich sie mir, und wir beenden an Ort und Stelle, was wir angefangen haben, Scheiß auf ihren Job. Denn ich will nicht, dass es schon zu Ende ist. In den zwanzig Minuten hier draußen mit ihr habe ich mich nicht einsam gefühlt. Sie hat die Schatten für eine Zeit lang zurückgedrängt, und ich bin selbstsüchtig und will mehr davon.

Mehr von ihr.

»Was?« Sie blickt über die Schulter zu der Tür in ihrem Rücken, dann richtet sie die Aufmerksamkeit wieder auf mich und runzelt die Stirn. »Ich kann doch nicht einfach deine …«

»Gib sie mir später zurück«, falle ich ihr wieder ins Wort. »Wenn ich dich abhole, sobald du Feierabend hast.« Jetzt wird aus dem Stirnrunzeln ein finsterer Blick, und sie öffnet den Mund, wahrscheinlich, um mir lebhaft und deutlich mitzuteilen, wo ich mich hinverpissen könne. Aber ich komme ihr zuvor. »Komm mit zu mir.«

Ihre Augen blitzen vor Verblüffung auf, dann kneift sie sie zusammen, und ich kann ihre Miene nicht deuten. Trotzdem gehe ich auf sie zu und streiche mit der Rückseite meiner Finger über ihre Wange, die zarte Kieferlinie entlang, ehe ich den Arm wieder sinken lasse.

»Ich will dich nicht beleidigen oder andeuten, du würdest mir etwas schulden, nachdem du mir erlaubt hast, dich zu berühren. Glaub mir, es war mir ein außerordentliches Vergnügen. Aber ich will mehr als eine schnelle Nummer nur mit den Fingern. Eine Nacht, Süße. Schenk mir eine Nacht mit dir.«

Lange sind nur die Geräusche des nächtlichen Chicagos zu hören, die in die Gasse herüberwehen: Stimmengemurmel, durchsetzt mit gelegentlichem Lachen und Flüchen; das ferne Läuten der Glocke über der Tür eines kleinen Ladens, wenn jemand ihn betritt oder wieder verlässt; vorbeirauschende Autos – eins davon braucht dringend einen neuen Auspuff.

Nur mein Atem ist nicht zu hören, denn ich halte ihn an. Von ihrer Antwort sollte für mich nicht so viel abhängen. Ich habe sie gerade erst kennengelernt. Weiß nicht mal, wie sie mit Nachnamen heißt. Dennoch fühlt es sich mit einem Mal lebenswichtig an, dass sie einwilligt, noch einige Stunden mit mir zu verbringen.

»Ich hab frühestens um zwei Uhr Feierabend«, murmelt sie irgendwann.

Langsam atme ich aus, meine Brust schmerzt. »Ich hole dich ab.« Sie hätte auch sechs Uhr morgens sagen können, und ich hätte nichts anderes geantwortet.

Den prüfenden Blick noch immer auf mein Gesicht gerichtet, nickt sie. »In Ordnung.«

Ist mir bewusst, dass ich sie benutze wie eine Art sexuelle Variante von Wodka, um mich ein paar Stunden lang im Vergessen zu versenken? Ja. Und ich habe ein schlechtes Gewissen, fühle mich deswegen wie ein Arsch. Aber andererseits … Ein Teil von mir ist völlig gewissenlos, will nichts anderes, als bis zu den Eiern in sie einzudringen. Schert sich um nichts anderes als darum, dass mein Schwanz ebenfalls in den Genuss kommt zu spüren, wie sich diese enge Pussy um ihn schließt, so unbarmherzig wie ein Schraubstock.

Aber mein Schwanz beherrscht mich nicht völlig. Und ich bin nicht so kaputt, dass ich nicht will, dass sie genau versteht, worauf sie sich da einlässt.

»Eine Nacht«, wiederhole ich, gerade als sie sich der Bar zuwendet. »Du weißt, was das heißt, Ro, oder?« Zum ersten Mal, seit wir diesen eigenartigen, aber atemberaubenden Tanz miteinander begonnen haben, nenne ich sie bei ihrem Namen. »Mehr habe ich nicht zu geben. Mehr will ich nicht geben.« Sie soll die Wahrheit wissen, auch wenn es mich wie einen Arsch dastehen lässt.

Aber wenn ich es ihr nicht sage, bin ich wirklich ein Scheißkerl. Der ganze Mist, der gerade in meinem Leben abgeht – folgenreiche berufliche Entscheidungen, Probleme mit der Familie, eine Ex, die nicht bereit ist, sich damit abzufinden, dass sie eine Ex ist – ich bin auf der Suche nach einer Fluchtmöglichkeit für ein paar Stunden, nicht nach einer weiteren Komplikation. Einer weiteren Verantwortlichkeit.

Einer weiteren Gelegenheit, jemanden zu enttäuschen.

Ihr Mundwinkel zuckt. »Ich verstehe die Definition eines One-Night-Stands ganz ausgezeichnet«, sagt sie. Und ehe ich antworten kann, wirft sie mir meine Jacke zu. Reflexartig fange ich sie auf. »Wir treffen uns um zwei vor der Bar. Und wenn du draußen stehst, brauchst du deine Jacke ja wohl, um dir nicht den Arsch abzufrieren.«

Mit diesen Worten öffnet sie die Tür und verschwindet im Gebäude.

Ich starre auf die Stelle, wo sie eben noch gestanden hat, ein bisschen wie betäubt, ein bisschen verwirrt und sehr erregt.

Kopfschüttelnd werfe ich einen Blick auf meine Uhr. Knappe drei Stunden noch.

»Scheiße«, brumme ich und kneife mir in den Nasenrücken. Mit dieser Frau anzubandeln, war entweder das Beste, was ich heute getan habe …

… oder die allergrößte Dummheit von allen.

Und wenn es um mein Leben ginge – ich könnte nicht sagen, was von beidem.

Kapitel 4

CYPRESS

Heilige, heilige Scheiße, ich werde einen Engel vögeln. Ich komme in die Hölle.

Der alberne Gedanke, dass meine unsterbliche Seele verflucht ist, schießt mir durch den Kopf, als ich gerade die Arme in die Ärmel meines Mantels stecke und den Gürtel um meine Taille schließe. Bisher kam mir mein Mantel völlig ausreichend vor gegen die Winterkälte. Aber das war, bevor ein gewisser Mann mir zusätzlich seine Jacke um die Schultern gelegt hat und in der Nachtkälte stand, offenbar völlig ungerührt von der Kälte und nur darum besorgt, mich mit seinem großen Körper gegen den Wind abzuschirmen.

Ich ziehe den Gürtel fester, als könnte ich so die Schmetterlinge in meinem Bauch zur Landung zwingen. Ich hab überhaupt nichts übrig für »Schmetterlinge im Bauch«. Das ist mir zu putzig, überspannter Blödsinn. Etwas für Leute, die nicht begreifen, dass die Romantik nicht nur tot ist, sondern einen Pfahl durchs Herz gerammt bekommen hat und verbrannt wurde, ehe man ihre Asche über das Grab des Weißen Ritters samt seinem treuen Ross gestreut hat.

Aber vor wenigen Stunden in dieser schummrigen Gasse hat die Romantik irgendwie eine Auferstehungsnummer hingelegt, als hielte sie sich für Jesus am Ostersonntag, und hat mich, bis dahin ein ungläubiger Thomas, in eine Jüngerin verwandelt.

Ich ziehe das Handy aus der Tasche und werfe einen raschen Blick auf das Display. 2:03 Uhr. Wenn er sein Wort hält, steht Jay schon draußen und wartet auf mich, in den smaragdgrünen Augen das Versprechen, mich um den Verstand zu vögeln.

Vorfreude und Aufregung durchrieseln mich, und ein lang vergessenes Zitat fällt mir wieder ein:

Ich bin so klug gewesen, durch jede Tür zu treten, die sich für mich geöffnet hat.

Obwohl ich bezweifle, dass die verblichene, wunderbare Joan Rivers damit meinte, dass man jede Vorsicht in den Wind schießen und sich auf einen hoffentlich brandheißen One-Night-Stand mit einem völlig Fremden einlassen sollte – einem Fremden, der mir einen der heftigsten Orgasmen meines ganzen Lebens beschert hat –, lässt sich ihre Weisheit trotzdem auch darauf anwenden.

Es ist alles andere als mein erster One-Night-Stand. Der Begriff ist quasi die *Definition* meiner Beziehung zu Männern. Aber das letzte Mal ist schon über ein Jahr her. Das letzte Mal, dass ich mich einem anderen Menschen gegenüber nackt und verletzlich gezeigt habe – na, so verletzlich, wie ich eben sein kann.

Der Stress, die Wut und die Hilflosigkeit, wenn man auf der Arbeit ständig Schikanen und irgendwelchen Vergeltungsschlägen ausgesetzt ist, killen die Libido sehr gründlich. Ebenso gründlich zerstört es das Vertrauen in andere Menschen.

Obwohl ich also längst überfällig bin, was das Ende meiner langen sexuellen Durststrecke betrifft, fühlt es sich heute irgendwie … anders an, ohne dass ich den Unterschied klar benennen könnte. In mir kitzelt wie ein Spiderman-Supersinn meine weibliche Intuition und warnt mich – nicht vor der unmittelbar bevorstehenden Begegnung mit einem Superschurken, sondern vor etwas ähnlich Wichtigem. Nicht vor Gefahr, nein, nichts weist darauf hin, dass meine körperliche Sicherheit auf dem Spiel steht. Aber es ist trotzdem … wichtig. Und diese Wichtigkeit macht das Gefühl dann doch wieder eigenartig bedrohlich.

Ohne meine Vagina, die immer noch im Nachhall der wundervollen Erlösung schwelgt, die Jay ihr hinter der Bar verschafft hat, würde ich die Warnung meines Selbsterhaltungstriebs ernst nehmen und mich wegschleichen. Aber meine Vagina ist gierig und skrupellos, und ich gehe jetzt gleich da raus und gebe ihr – und mir –, was wir wollen.

Ihn.

Den kriegerischen Engel in all seiner herzzerreißenden Schönheit und mit einem Blick, so scharf wie ein Schwert.

Ich hole tief Luft. Halte den Atem an. Atme langsam wieder aus und versuche, mich zu beruhigen.

Tja. Vergeblicher Versuch.

»Willst du los?« Der Türsteher deutet mit dem Kinn in meine Richtung. Ich versuche mich an seinen Namen zu erinnern, aber machen wir uns nichts vor, ich kenne ihn nicht, und er hat sich meinen vermutlich ebenfalls nicht gemerkt. In unseren Jobs gibt es eine derart hohe Fluktuation, dass er sich wahrscheinlich ebenso wie ich denkt, es sei die Mühe nicht wert.

Ich nicke. »Japp, ich will los.« Er schließt auf und öffnet mir die Glastür. Sobald ich draußen bin, schließt er hinter mir wieder ab.

Und Jay ist nicht da.

Bis auf eine Handvoll parkender Autos ist die Straße völlig leer und dunkel, das einzige Licht stammt vom roten Neonschild des *Rabbit Hole.*

Verdammt. In mir ringen Enttäuschung und Erleichterung um die Vorherrschaft, und es ist schwer zu sagen, was von beidem den Sieg davontragen wird.

Enttäuschung, weil … tja, die Gründe dafür sind offensichtlich. In den letzten drei Stunden meiner Schicht war ich quasi auf Autopilot, während Vorfreude und Lust in mir tobten, und mein Hirn hat ein Bild nach dem anderen produziert: Was könnte er alles tun, wenn er mehr Zeit hätte, als mich – wie hatte er es noch ausgedrückt? – mit den Fingern zu vögeln?

Enttäuschung, weil ich mich darauf gefreut hatte, alles für eine Weile zu vergessen – die Frage, wo ich ab nächste Woche wohnen soll, meine berufliche Laufbahn, Moms Gesundheitszustand, den immer höher werdenden Stapel Rechnungen mit dem in zornigem Rot gestempelten Vermerk *Mahnung* auf den Umschlägen.

Erleichterung, weil es jetzt keine Was-Wenns mehr zu bedenken gilt. Denn er, Jay – wie auch immer sein Nachname lautet – ist ein einziges wandelndes Was-Wenn. Die Art Mann, bei dem man sich fragt, ob mehr daraus werden könnte als nur eine gemeinsame Nacht. Was, wenn man jene Frau ist, bei der für ihn alles anders wird? Was, wenn man für ihn etwas Besonderes ist? Diese Gedanken führen einen schnurgerade dazu, sich Disney-Kitsch vorzustellen. Besessenheit mit Liebe zu verwechseln. Und dann wird man zur Sklavin seines eigenen Herzens und seines eigenen Körpers, jagt auf ewig dem Hochgefühl nach, das einem nur ein ganz bestimmter Mensch verschaffen kann. Es ist gut, dass er nicht gekommen ist.

»Ro.«

Mein Kopf ruckt hoch, und als Jay aus einem geparkten schwarzen Muscle Car steigt, war's das mit meinen ganzen Überlegungen über Vorsicht, Erleichterung und Warnsignale, all das wird mir förmlich aus dem Kopf gerissen, als tobte ein Tornado mitten hindurch. Eine brennend heiße Woge aus schierer Lust tritt an ihre Stelle und knisternde Freude.

O Mann, ich bin so gefickt.

Und jaja, ich hoffe, bald nicht nur im übertragenen Sinne.

»Alles in Ordnung?«, fragt er und bleibt vor mir stehen, den Smaragdblick forschend auf mein Gesicht gerichtet. Vielleicht, weil ich so reglos dastehe, als wäre ich plötzlich zu Stein erstarrt.

»Ja«, bringe ich mühsam heraus. Rücke den Riemen meiner Tasche auf meiner Schulter zurecht und sehe an ihm vorbei, betrachte seinen Wagen. »Sehr *The-Fast-and-the-Furious*-mäßig«, stelle ich fest. Ein ziemlich lahmer Versuch, witzig zu sein, damit er nicht merkt, dass mir die Knie weich werden.

Himmel, wie demütigend.

Erst Schmetterlinge im Bauch, jetzt weiche Knie.

Wenn ich nun noch anfange zu kichern, dann, das schwöre ich, versohle ich mir selbst den Hintern.

Er reagiert nicht auf meinen lahmen Witz und lässt sich auch nicht ablenken. Stattdessen umfasst er mit einer Hand mein Kinn, drückt mit dem Daumen zu, bis ich ihn anblicke statt seinen Wagen, an dessen Steuer ich mir ohne Probleme Dom Toretto vorstellen kann.

»Wenn du deine Meinung geändert hast, kannst du es einfach sagen, Süße, das ist in Ordnung«, sagt er leise.

Meine Meinung geändert? Ich wünschte, es wäre so einfach. Wünschte, ich würde mich nicht so sehr nach dem verzehren, was er mir zu geben hat, dass ich die Warnungen meines eigenen Überlebensinstinkts in den Wind schlage, der laut plärrt: »Du machst einen großen Fehler!«

Wünschte, ich würde mich nicht so obsessiv fragen, wie wohl sein Gesicht aussieht, wenn er kommt.

Wünschte, ich wäre nicht so neugierig darauf, zu erfahren, weshalb ein Mann wie er in irgendeiner billigen Spelunke eine Kellnerin aufreißt. Und dieser Drang ist am schlimmsten von allen, denn dabei geht es nicht ums rein Körperliche, sondern ich will mehr über *ihn* wissen.

O ja, ich sollte so was von eilig auf dem Absatz kehrtmachen und zusehen, Distanz zwischen mich und diesen Mann zu bringen …

»Nein.« Ich schüttle den Kopf. »Ich habe es mir nicht anders überlegt.«

Mein gesunder Menschenverstand schnaubt mit gerümpfter Nase »Dummes Huhn« und kehrt mir den Rücken zu, während meine Vagina mir jubelnd applaudiert.

»Okay.« Er nickt und lässt mich widerstrebend los, und dann tritt etwas Dunkles und verdammt Wildes in seine Augen. »Gut«, knurrt er.

Dieses leise, bedrohliche Knurren lässt mich erschauern. Mein Herz hämmert gegen die Rippen, in meinem Bauch zieht sich alles zusammen, und meine Knie zittern mit einem Mal so heftig, dass ich fast gestolpert wäre, Gesicht voran gegen seine breite Brust.

»Nur noch eine Frage, Süße. Wäre es für dich okay, zu mir zu fahren? Du kennst mich nicht, also zählt mein Versprechen, dass ich dir niemals auch nur ein Haar krümmen würde, für dich nicht viel. Wenn dir wohler damit ist, wenn wir zu dir fahren, wäre das für mich auch …«

Mit einem raschen Kopfschütteln unterbreche ich ihn. »Nein, zu dir ist super.«

Auf gar keinen Fall will ich, dass meine Ex-Mitbewohnerin in spe und ihr Freund durch die dünnen Wände live mein Sexleben mit anhören können. Und so unerklärlich und dumm es auch sein mag: Ich glaube Jay, dass er mir nichts tun würde.

Lange betrachtet er mich, und ich erwidere seinen eindringlichen Blick, obwohl er viel zu tief in mich hineinzusehen scheint, als wollte er mehr über mich herausfinden, als man bei einem One-Night-Stand übereinander wissen sollte.

»Verdammt, ich will dich hier und jetzt küssen«, gesteht er mir mit gerunzelter Stirn, und sein forschender Blick senkt sich auf meine Lippen. Sie fangen an zu kribbeln, als hätte er seinem Impuls bereits nachgegeben, und nur unter Aufbietung aller Willenskraft kann ich mich davon abhalten, mit den Fingerspitzen darüberzustreichen. Oder ihm zu sagen, er solle es tun.

Er holt Luft und tritt einen Schritt zurück. Hebt kurz das Kinn – irgendwie scheint diese Bewegung unter Männern ein Universalsignal zu sein, das alles bedeuten kann, von *alles bestens* bis zu *verpiss dich*.

»Wo steht dein Wagen?«, fragt er und weicht noch ein Stück zurück. Ich weiß den Abstand zwischen uns zu schätzen und möchte ihn zugleich dringend wieder verringern. Verdammt. Die bloße Vorstellung, mit ihm Sex zu haben, halbiert meine Hirnzellen.

»Ein Stück die Straße runter.« Ich setze mich in Bewegung. »Ich fahr dir hinterher.«

»Warte.« Seine Finger schließen sich um meinen Oberarm, und ich bleibe stehen. Blicke über meine Schulter und sehe, dass sich sein Gesicht verdüstert hat. »Du gehst nicht allein zu deinem Auto.«

»Schon okay«, versichere ich ihm. »Ist eine ziemlich sichere Gegend, und ich mach das ständig.«

»*Ziemlich sicher* spricht nicht gerade für diese Ecke, Süße«, erwidert er. Presst die Lippen zu einem dünnen Strich zusammen, und seine dichten, beneidenswert langen Wimpern senken sich kurz. Als er mich wieder ansieht, schimmert Zorn in seinen Augen, aber seine Stimme klingt sanfter – allerdings immer noch verärgert. »Wir sind hier in Chicago. Der Türsteher hat dich rausgelassen, und ich habe Ben noch nicht gehen sehen, was heißt, da drin sind mindestens zwei Männer, die dich problemlos kurz zu deinem Wagen hätten begleiten können, damit du nicht um zwei Uhr morgens allein hier rumrennen musst.«

Die Verärgerung in seiner schneidend scharfen Stimme gilt nicht mir, und Scheiße, mir werden schon wieder die Knie weich.

Verdammt weich.

»Na komm.« Mit einem Nicken deutet er auf seinen Wagen. »Ich fahr dich das Stück, und dann folgst du mir.«

Er wartet meine Antwort nicht ab, aber meine Füße gehorchen, noch ehe mein Hirn Zeit hat, sich dazu eine Meinung zu bilden. Wie betäubt von der Erkenntnis, dass er sich Gedanken um etwas macht, das ansonsten niemanden hier zu interessieren scheint, trotte ich ihm hinterher wie ein artiges Lämmchen.

Noch ein Zeichen, dass ich das hier abblasen sollte, bevor es noch weitergeht.

Artig zu sein, passt nicht zu mir, und ich bin auch ganz sicher kein Lämmchen.

Und trotzdem … ich folge ihm.

Ich fahre Jay hinterher, quer durch North Side bis nach Andersonville. Es ist Jahre her, dass ich zuletzt hier war, doch ich erinnere mich noch, dass in der Clark Street mitten in dieser ziemlich schrägen, exzentrischen und vielfältigen Nachbarschaft tagsüber das reinste Gewusel herrscht; überall Menschenmengen und dicht gedrängter Straßenverkehr.

Aber heute Nacht – oder vielmehr heute Morgen – ist es still, und meine Konzentration richtet sich nicht auf die Boutiquen und Speiselokale, sondern auf das Muscle Car vor mir. Es dauert nicht lange, dann hält es vor einem mehrstöckigen Haus mit einer Backstein- und Holzfassade. Auf der rechten Seite entdecke ich vorspringende Erkerfenster, die Fassade der zweiten Etage ist von einem breiten, auf Säulen ruhenden Balkon gesäumt, und zur Terrasse des untersten Stockwerks führt eine Treppe hinauf. Links grenzt ein Gebäude ähnlicher Größe und Bauweise an, rechts ein großes, leeres Eckgrundstück.

Genau in dem Moment, als ich meine Tür öffne und aus meinem noch recht neuen Mercedes-Benz steige, taucht Jay neben meinem Wagen auf. Wie vorhin auch schon betrachtet er mein Auto und fragt sich vermutlich, wie sich eine Kellnerin solch einen Luxuswagen leisten kann. Bei meinem Mantel hat er sein Erstaunen ja sogar zur Sprache gebracht.

Ich tu so, als würde ich seinen nachdenklichen Blick nicht bemerken. Ja, ich könnte sagen: »*Weißt du, mein Mantel und überhaupt meine Kleidung und auch der Wagen sind die Überbleibsel meines früheren wohlhabenden Lebens, die ich Stück für Stück verscheuere. Ein Leben übrigens, das ich hinter mir gelassen habe, weil ich meinen Job kündigen musste, nachdem ich es gewagt habe, mich über sexuelle Belästigung zu beschweren.«*

Aber das wäre ein ganz schöner Stimmungskiller.

Und außerdem sind solche Gespräche über den desolaten Zustand meines Lebens nichts für einen One-Night-Stand. Nicht mal für die Familie. Nur meine Halbschwestern Dara und Jesse kennen die ganze Wahrheit. Meine Mutter würde damit nicht klarkommen, und mein Vater, so ein richtiger Zieh-dich-selbst-an-den-Haaren-aus-dem-Sumpf-Machertyp, würde es weder verstehen noch gutheißen. Und meine Stiefmutter und Stiefbrüder? Tja, mit denen habe ich schon vorher kaum ein Wort gewechselt.

So ist es eben. Diese paar Überbleibsel des früheren Wohlstands gehören zu meiner persönlichen Geschichte, die ich nicht mit einem Mann teilen werde, den ich nach heute Nacht und hoffentlich mehreren Orgasmen nie wiedersehen werde.

»Alles in Ordnung?«, fragt er mich wie schon vorhin. Vergewissert sich, dass ich meine Meinung immer noch nicht geändert habe, es immer noch will. Hat jemals eine Frau Nein zu ihm gesagt? Ich kann mir so ein dummes Huhn nicht vorstellen.

»Ja.« Ich blicke auf meinen Schlüssel runter, drücke auf die Fernbedienung, um das Schloss zu verriegeln, und die Scheinwerfer flammen einmal auf und verlöschen.

Als ich mich wieder zu ihm umdrehe, sehe ich seine ausgestreckte Hand, die Handfläche nach oben. Kurz überlege ich, die ritterliche Geste zu ignorieren, sie erscheint mir merkwürdig. Aber andererseits passt sie gut zu diesem Mann. Nach kurzem Zögern schiebe ich meine Hand in seine, und seine

Finger schließen sich sofort um meine. Ich erschauere – ist es ein Versprechen oder ein Omen?

Wir steigen die Treppe zur Terrasse hinauf, und er öffnet die Haustür. Ich folge ihm hinein, er lässt meine Hand los, und wir nehmen die Treppe in den zweiten Stock. Meine Nerven spannen sich wie dünne Drähte, dann rollen sie sich zu einem hoffnungslos wirren Knäuel zusammen. Vor mir sehe ich nur seinen breiten Rücken, und ich konzentriere mich darauf wie auf einen hellen Lichtpunkt am Ende eines langen, immer enger werdenden Tunnels.

Ich balle die Hände zu Fäusten, bohre die Nägel in die Handflächen, und der Schmerz hilft mir, die aufsteigende Panik niederzuringen. Aber gegen die nagenden Fragen, die durch meinen Kopf rasen, hilft es nicht.

Was, wenn er mich nackt gar nicht mehr so sexy findet?

Was, wenn ich ihm nicht so viel Lust verschaffen kann wie umgekehrt?

Hab ich mich eigentlich rasiert?

»Süße.« Seine tiefe, sündhaft sinnliche Stimme übertönt das Flüstern der Paranoia in meinem Kopf, und ich blicke hastig auf. Ich stehe vor der geöffneten Tür seiner Wohnung, und er betrachtet mich. Sein nachdenklicher Blick aus grünen Augen kommt mir ein wenig zu wissend vor. Er kommt auf mich zu, und ich weiche zurück, bis ich mit dem Rücken gegen die Wand des Treppenhauses stoße. Ich spüre seinen Körper an meiner Brust, meinem Bauch, meinen Schenkeln. Eine große, warme Hand legt sich an mein Gesicht, mit dem Daumen streicht er beruhigend über meine Wange. »Dein Tempo. Deine Entscheidung. Hörst du?«

Die Enge in meiner Brust lässt nach, und ich stoße ein kurzes, verlegenes Lachen aus. »Und was, wenn ich entscheide, dass ich nur hergekommen bin, um ein bisschen zu kuscheln? Immer noch meine Entscheidung?« Es ist nur halb ein Scherz.

»Ja.« Seine Antwort kommt ohne jedes Zögern. »Wenn wir hineingehen und du nichts weiter von mir willst, als dich für den Rest der Nacht an mir zu wärmen, werde ich dich wärmen. Will ich dich vögeln? Ja. Aber wenn es nicht das ist, was du von mir willst, dann sag mir, was du stattdessen möchtest, und du bekommst es. Keine Fragen. Du musst dich nicht erklären.«

Ich starre ihn an. Glaube ihm. Trotz seiner Erektion, die sich gegen meinen Bauch drückt, glaube ich ihm.

Und das verscheucht den letzten Rest Nervosität. In mir wird alles so ruhig wie die Oberfläche eines tiefen, kristallklaren Sees, die nur von winzigen Wellen gekräuselt wird.

»Gehen wir rein«, flüstere ich, und die Lust kehrt zurück, heiß und sengend. Meine Haut kribbelt vor Verlangen, sich an seine zu schmiegen. Es juckt mich in den Fingern, die Muskeln zu erkunden, die sein Hemd nur so unzureichend verbergen kann. Meine Pussy zieht sich zusammen, krampft vor lauter Hunger, in Besitz genommen zu werden, angefüllt, gestoßen, benutzt … »Ich will nicht kuscheln«, sage ich zu ihm, sobald wir in der Wohnung sind, damit er weiß, was Sache ist.

»Dann zeig mir das, Süße«, sagt er und senkt den Kopf, so dass ich seinen Atem auf meinen Lippen spüre. »Was willst du stattdessen?«

Ich schiebe die Arme zwischen uns, obwohl da eigentlich gar kein Platz mehr ist, packe ihn am Kragen seiner Jacke und ziehe mich an ihm hoch. »Ich will dich immer noch in mir spüren, wenn ich morgen früh hier weggehe.«

Seine Augen lodern auf. Er sagt nichts, tritt aber einen Schritt zurück, löst eine meiner Hände von seinem Kragen und nimmt sie in seine. Danach zieht er mich mit sich.

Wir eilen durch einen langen, schmalen Flur und ein großes Wohnzimmer mit mehreren Fenstern und einer riesigen Schiebetür. Er lotst mich hindurch in ein dämmriges Schlafzimmer. Durch die Vorhänge fallen vereinzelt schwache Lichtstrahlen von draußen, es reicht, um das riesige Doppelbett zu erkennen – schlichte Bettwäsche, zwei Kopfkissen. Auch ansonsten ist die Einrichtung sehr funktional. Links und rechts vom Bett stehen zwei kleine Nachttische mit Schubladen, an der gegenüberliegenden Wand ein großer Kleiderschrank, in einer Ecke ein Tisch, der aussieht wie der Arbeitstisch eines Architekten.

Und dann die Bilder.

Sie bedecken fast jeden freien Zentimeter der Wand.

Gerahmt. Ungerahmt. Groß. Klein.

Mir ist zumute, als wäre ich in eine Kunstausstellung gestolpert. Im schwachen Licht kann ich die Motive der Bilder nicht erkennen, und am liebsten wäre ich zum Bett rübergegangen und hätte eine der Nachttischlampen eingeschaltet. Nie im Leben hätte ich Jay für einen Kunstliebhaber gehalten. Ich bin an Männer gewöhnt, die Hunderttausende Dollar für Kunstwerke ausgeben – als Wertanlage. Männer, die sie an prominenter Stelle im Haus aufhängen, damit die Gäste in Aaah- und Oooh-Rufe ausbrechen vor Begeisterung über ihren ausgezeichneten Geschmack und vor allem darüber, dass sie sich solche Schätze leisten können. Wenn sie sie denn überhaupt aufhängen und nicht in Massen irgendwo einlagern.

Dass Jay seine Bilder dort aufgehängt hat, wo fast nur er selbst sie zu Gesicht bekommt, in seinem allerprivatesten Zimmer, sagt viel über diesen Mann, aber ich will es gar nicht so genau wissen. Denn Neugier bedeutet, dass dies hier mehr ist als nur Drauf-und-Davon. Und es ist nicht mehr. Darf nicht mehr sein.

Entschlossen, diesen One-Night-Stand mal in Schwung zu bringen, drehe ich mich zu ihm um. »Ich will, dass du – *lieber Himmel.*«

Ich starre den Mann, der mit nacktem Oberkörper vor mir steht, mit offenem Mund an.

Lieber, lieber Himmel. Er hat nicht nur Kunst an den Wänden, sie bedeckt auch seine Haut.

Diese muskulösen Arme, die Brust, breit und massiv wie eine Mauer, der flache, von Muskelfurchen unterteilte Bauch, selbst die Hüften bis zu der Stelle, wo sie in der ausgeblichenen Jeans verschwinden – alles ist mit Tinte verziert.

Mir bleibt die Luft weg, und diesmal gebe ich meinem Forscherdrang nach. Trete zu ihm, fahre mit den Fingerspitzen über die dunklen Wirbel und geometrischen Formen; über das Schwarz und Grau eines Schädels, der so lebensecht wirkt, dass ich die Risse und Erhebungen der Knochen unter den Fingerspitzen zu spüren glaube. Und da sind noch mehr Tattoos, die auf meine Erkundung warten. Üppige Rosen ranken sich um seinen Unterarm, so lebensecht, dass ich nur halb überzeugt bin, dass ich mich an den scharfen Dornen nicht stechen kann. Drachen. Und ein fast unerträglich schönes Porträt im Stil des mexikanischen *Día de Muertos*, verschiedene Tiere, Wörter … verdammt, er ist atemberaubend. Ich hätte es nicht für möglich gehalten, aber diese Tattoos machen ihn sogar noch schöner.

Wie ein Blitzschlag durchzuckt mich der Drang, herauszufinden, was seine Kleidung sonst noch so alles verbirgt. Meine übereifrigen, zitternden Hände gleiten zum Bund seiner Jeans hinunter, öffnen den Knopf. Er hält mich nicht auf, auch nicht, als ich den Reißverschluss runterziehe. Er holt nur hörbar Luft, und als ich mit den Knöcheln über seinen Bauch streiche, spannt er ihn unter der Berührung an. Ich gehe vor ihm auf die Knie und ziehe seine Jeans nach unten, entblöße seine Hüften und muskulösen Beine, und er hindert mich nicht daran.

Ich ziehe die Jeans bis zu seinen Knöcheln hinunter, und er steht vor mir, in Timberland-Schuhen und der um die Knöchel liegenden Hose, ansonsten nackt bis auf kurze schwarze Boxershorts. Ich setze mich auf die Fersen und starre ihn an. Schwelge in seinem Anblick.

Noch mehr Tattoos ziehen sich über die Schenkel, die aussehen, als könnte er damit ohne die leiseste Anstrengung einen Sattelschlepper in die Höhe stemmen. Selbst die Rückseiten seiner unfassbar definierten Waden sind tätowiert: ein schwarzes Tribal-Tattoo auf der einen, auf der anderen ein stilisierter Baum mit Wurzeln, die sich bis zu seinem Knöchel strecken und ihn umschlingen.

»Gott, du bist so unglaublich schön«, hauche ich und lege die Hände flach auf seine Knie, lasse sie langsam höher gleiten, weiter und weiter hinauf, bis meine Fingerspitzen die Boxershorts berühren.

Und dann noch höher. Meine Daumen streifen seinen schweren, warmen Schwanz, der die Boxershorts hebt, als wollte er sich daraus befreien. Als ich sehe, dass die runde Spitze oben über den Saum hinausragt, stoße ich unwillkürlich ein tiefes, leises Summen aus. Glatt ist sie, prall und von dunkler, rötlicher Farbe. Nur der plötzliche Ausbruch der Apokalypse könnte mich noch davon abhalten, mich vorzubeugen und darüberzulecken. Und sobald ich den ganz leicht salzigen Geschmack auf der Zunge habe, bin ich nicht sicher, ob Zombies und der Untergang der Welt mich jetzt noch davon ablenken könnten.

Fast lächerlich ungeduldig und aufgeregt ziehe ich die Shorts weiter runter, entblöße ihn ganz. Und *Gott*, da ist eine ganze Menge zu entblößen. Und auch hier – er ist schön. Perfekt. Die breite, angeschwollene Spitze, nass von meiner Zunge, ist nur ein Vorbote dessen gewesen, was noch folgt: ein langer, dicker und von Adern überzogener Schaft, ganz sachte gebogen, und er reicht bis knapp unter seinen Nabel. Vor lauter Vorfreude oder aus Nervosität – ich könnte es wirklich nicht genau sagen, aber vielleicht ist es auch einfach beides – zieht sich zwischen meinen Beinen alles zusammen.

Ich schließe die Hand um die untere Hälfte seines Schwanzes. Kann mich nicht beherrschen und bewege sie auf und ab, völlig in den Bann gezogen von dem Gefühl, in Samt geschlagenen Stahl unter meinen Fingern zu spüren. Kraft, verborgen unter Verletzlichkeit. Ich schiebe die Hand ganz hinauf, bis seine Eichel darin verschwindet. Und als ich sie wieder nach unten ziehe, öffne ich die Lippen und nehme ihn in den Mund. Lege die Zunge an die feste, dicke Spitze, sauge daran, ehe ich die Zungenspitze gegen den empfindsamen Saum schnellen lasse. Seine großen Hände umfassen meinen Kopf, die Fingerspitzen bohren sich in meine Kopfhaut. Er zischt, und dieser von Lust erfüllte Laut klingt in der Stille des Zimmers wie ein Peitschenschlag, der mit voller Wucht meinen Kitzler trifft. Ich will mehr davon – es *verlangt* mich nach mehr –, und ich sauge kräftiger, senke den Kopf, nehme ihn tiefer in mich auf. Verdammt, wie er meinen Mund ausfüllt. Meine Kiefermuskeln dehnen sich bereits, und dabei habe ich ihn nicht einmal halb im Mund. Ich werde so feucht, dass es mein Höschen benetzt.

Ich liebe es, einem Mann einen zu blasen, das gebe ich offen zu und schäme mich dafür kein bisschen. Und ich verschweige auch nicht, dass ein Großteil meiner Freude auf der Vorstellung beruht, dass ich zwar vor dem Mann knie, aber trotzdem diejenige bin, die die Kontrolle hat. Die Macht über ihn. Und das ist mir wichtig.

Aber hier und jetzt, während ich vor Jay knie, geht es mir viel weniger um die Kontrolle als darum, ihm weiteres Stöhnen und dieses animalische Grunzen zu entlocken, das ich so sexy finde. Es geht weniger um Macht als darum, ihm Lust zu bereiten und zu sehen, wie sich sein Erzengelgesicht vor Lust verzerrt. Und zu wissen, dass ich der Grund dafür bin.

Mit einem Aufstöhnen nehme ich seinen Schwanz tiefer in den Mund, bis er ganz hinten in meiner Kehle anstößt.

»Fuck, Süße«, stößt er hervor. »*Fuck.*«

Ich blicke an ihm hinauf, und bei dem Anblick dieser gestaltgewordenen Versuchung – den Kopf hat er in den Nacken gelegt, und die Halssehnen treten deutlich hervor; die breiten Schultern sind angespannt, ebenso wie die Brustmuskeln und seine Arme – nehme ich die Hand von seinem steinhart angespannten Oberschenkel und greife mir in den schmerzenden Schritt.

In dem Moment, als meine Fingerspitzen meine Pussy berühren, wimmere ich leise auf, und anscheinend hat er es gehört oder meine Bewegung gespürt, denn er senkt den Kopf und sieht mich an. Mir ist, als würde ein heißer Wind über mich hinweggehen.

»Genau so«, sagt er, und ich spüre seine raue Stimme wie eine Liebkosung auf meiner Haut. »Mach sie für mich bereit.« Er greift nach unten, zieht meinen Arm hoch und umfasst mein Handgelenk, dann nimmt er meine feuchten Finger in den Mund. Saugt und leckt daran, bis sie sauber sind, lässt keinen Millimeter aus. Schließlich gibt er mein Handgelenk frei, und unter seinem durchdringenden Blick aus grünen Augen lodert die Lust in mir noch höher auf. »Mehr«, flüstert er.

Aufstöhnend schließe ich die Augen, fühle mich wie ein Vulkan kurz vor dem Ausbruch. Gehorche seinem Befehl und schiebe die Finger wieder unter mein Höschen, schreie fast auf bei der Berührung, die sich wie ein elektrischer Schlag anfühlt. Mir ist, als könnte ich problemlos eine ganze verdammte Straße mit Strom versorgen.

Ich entlasse seinen Schwanz aus meinem Mund, necke ihn, indem ich ganz leicht über die Spitze lecke, ehe ich den Kopf senke und ihn wieder aufnehme, bis die Eichel erneut gegen meine Kehle stößt. Aber diesmal mache ich meine Muskeln ganz locker, atme tief durch die Nase ein und schiebe ihn durch die Enge weiter.

»Shit«, murmelt er und packt mein Haar fester. »Dein Mund …« Er beendet den Satz nicht, stößt nur ein tiefes Grollen aus, dann entreißt er mir die Kontrolle.

Und es stört mich nicht. Nicht. Im. Geringsten.

Ich lege beide Hände an die behaarten Rückseiten seiner Oberschenkel und halte mich daran fest, während er in meinen Mund stößt, und mit jedem Stoß dringt er tiefer. Vollkommen darauf konzentriert, ihn aufzunehmen, bohre ich die Fingernägel in seine Haut, sauge, schlucke, so dass die Muskelbewegung ihn massiert. Jedes Ächzen, jeder geknurrte Fluch, jedes Stöhnen ist für mich wie ein in schiere Lust verpacktes Geschenk.

»Gleich komme ich in deinen Mund, Süße«, warnt er mich mit rauer Stimme. »Wenn du das nicht willst, dann hör jetzt besser auf.«

Er lockert seinen Griff ein wenig, so dass ich mich zurückziehen kann, wenn ich möchte. Es ist das erste Mal, dass ich das erlebe. Normalerweise bin ich es, die sich löst, denn ich bringe es lieber mit der Hand zu Ende, als dass ich einen Mann in meinen Mund kommen lasse. Ich habe noch nie geschluckt. Noch *nie*. Das ist mir zu persönlich. Zu … intim. So sehr habe ich noch nie einem Mann vertraut, so eine Vertrautheit habe ich mir auch nie gewünscht – und angesichts dessen, was ich vor nicht allzu langer Zeit auf der Arbeit erlebt habe, bin ich auch jetzt nicht bereit dazu.

Aber zum ersten Mal in meinem Leben zögere ich. Und genau wegen dieses Zögerns – weil ich kurz überlege, wie es sich wohl anfühlen würde, wenn er sich in meinen Rachen ergießt –, ziehe ich im nächsten Moment hastig den Kopf zurück. Ringe nach Luft, mit wild klopfendem Herzen, und ich lasse ihn los und streife mein T-Shirt über den Kopf. Ohne zu seiner breiten Brust oder gar seinem Gesicht hochzusehen, lege ich dicht übereinander beide Hände um seinen Schwanz, umfasse ihn fest und bewege sie auf und ab. Meine eigenartige Neugier von eben löst sich auf in dem aufsteigenden Drang, ihn dabei zu sehen, wie er beim Kommen erzittert, ihn bis zum Abgrund zu zerren und darüber hinaus.

Und er tut, was ich will. Seine Schenkel spannen sich noch mehr, sein großer Körper wird ganz steif, dann stöhnt er auf, ein Schauer läuft durch seine riesige Gestalt, und dickes, milchiges Sperma schießt aus seinem Schwanz, ergießt sich auf meine Brüste und meinen Hals. Seine Hüften stoßen noch immer vor, sein Griff in meinem Haar lockert sich nicht gleich, sondern erst, nachdem auch die letzten Tropfen seines Samens auf meine Haut getropft sind.

Im Zimmer ist es ganz still, abgesehen von unseren rauen

Atemzügen, die mit der Wucht kleiner Explosionen die Luft erschüttern. Ich hocke da wie erstarrt, noch immer erschrocken wegen des kurzen Augenblicks, in dem ich gezögert habe. Selbst jetzt noch verspüre ich den Impuls, den Finger in eine dieser perlmuttfarbenen Schlieren zu tunken und zu kosten. Wieder flüstert eine Stimme in meinem Hinterkopf vorwurfsvoll: *Das war ein Fehler.*

Dann sammelt er sein T-Shirt vom Boden auf, und als er damit rasch, aber gründlich meine Brust säubert, schneidet die Lust mein kurzes Unbehagen entzwei, so mühelos, wie ein Schwert durch Papier gleitet. Knapp sagt er: »Zieh dich aus.«

Mein Körper gehorcht, noch ehe mein Hirn Zeit hat, das Kommando richtig zu registrieren. Ich stehe auf, ganz darauf konzentriert, wie er Schuhe und Socken abstreift, danach Jeans und Boxershorts. Gerade als ich nach hinten greife, um den BH aufzuhaken, hebt er mich hoch und setzt mich auf dem Rand seines Betts ab. Mit flinken, unerhört geschickten Händen zieht er mir Stiefel, Hose und Höschen aus und wirft alles hinter sich auf den Boden. Nun ist er es, der sich hinkniet. Er spreizt meine Beine und legt sie sich auf die Schultern. Mit seinen langen, eleganten Fingern spreizt er auch meine Schamlippen, und es verschlägt mir den Atem, meine Lunge droht zu kollabieren, als er den Kopf vorbeugt und mit der Zunge über meine feuchte Pussy fährt.

Heiliger … Fast hätte ich die Augen verdreht, bis man nur noch das Weiße sieht, und mein Magen zieht sich so fest zusammen, dass es beinahe schmerzt. Wir beide stöhnen zugleich auf, und ich dränge seinem Mund entgegen. Bettle um mehr. Verlange, dass er es noch mal tut.

Vielleicht kann er Gedanken lesen, vielleicht erfüllt ihn aber auch die gleiche verzweifelte Lust, die in mir wütet; jedenfalls zieht er die Zunge noch einmal zwischen meinen Schamlippen entlang, und am Ende leckt er ganz langsam und voller Hingabe über meinen Kitzler. Mir entringt sich ein Schrei, es klingt wie ein Wehklagen. Die Lust brennt sich durch meine Adern bis zu jener Stelle, an der er mich leckt, als bekäme er nicht genug davon. Als wäre ich das Köstlichste, was er je geschmeckt hat, und aufzuhören käme gar nicht infrage.

Es ist, als würde er um meine Pussy werben, sie verführen. Seine Verehrung zum Ausdruck bringen, indem er sie mit kleinen, verspielten Bissen neckt. In mir steigt eine wilde Erregung auf, die durch meinen ganzen Körper vibriert, und mir ist, als würde sich meine Pussy ihm mit einem willigen Seufzen ergeben.

Ich kann nicht aufhören, ihn anzusehen. Sein wunderschönes Gesicht sieht vor lauter Lust ganz anders aus. Als sich unsere Blicke begegnen, leuchten seine Augen vor Leidenschaft auf. Wir halten den Blickkontakt, und er nimmt eine Hand von meinem Oberschenkel, fährt mit zwei Fingern zwischen meinen Schamlippen nach oben und lässt sie in mich hineingleiten. Nein, *stößt* sie hinein.

»O Gott«, wimmere ich, und mein Kopf ruckt in den Nacken. Wie in der Gasse hinter der Bar dehnt er mich mit diesen langen, großen Fingern, und ich werfe mich dem Eindringling entgegen, will, dass er tiefer vorstößt, härter.

Er zieht die Finger zurück, nur noch die Fingerkuppen ruhen ganz vorn, dort, wo es in mich hineingeht. Aber ich protestiere nicht, denn mir ist klar, dass er noch nicht mit mir fertig ist; noch immer spüre ich seine Lippen an meinem Kitzler, und ich weiß, wie sehr er es gerade genießt, mich etwas zappeln zu lassen. Die Schatten, die in seinen grünen Augen tanzen, lassen mich deutlich ahnen, dass er mir alles geben wird, was ich brauche.

Und als die kundigen Finger erneut in mich eindringen, weiß ich, dass ich mich nicht geirrt habe.

Elektrische Funken rasen über meine Wirbelsäule, sammeln sich unten im Rücken, ehe sie meine zitternden Beine entlangzucken. Ich schreie auf, und er findet einen harten, aber so herrlichen Rhythmus, dass ich einem Höhepunkt entgegenrase, der womöglich sogar den aus der Gasse hinter der Bar übertreffen wird.

Ich komme begierig jedem Stoß entgegen, reite seine Hand, seinen Mund. Die Funken zucken jetzt über meine Haut, pulsieren unter meinem Kitzler, und ich stoße immer heftiger mit den Hüften vor. Und als er seine Finger aus mir herauszieht, hätte ich vor Enttäuschung beinahe geweint. Aber ehe ich etwas sagen, ehe ich verlangen kann, dass er mir diese magischen Finger wiedergibt, und zwar verdammt nochmal sofort, spüre ich, wie sie den Pfad entlanggleiten, der Pussy und Hintern verbindet.

Mir stockt der Atem. Ich kralle beide Fäuste in die Decke unter mir, warte. Und warte. *Gott, bitte lass mich nicht länger warten.*

Seine feuchten Fingerspitzen finden, was sie suchen, drücken leicht dagegen. Dringen nicht ein, umkreisen die Öffnung nicht, liegen nur ruhig da. Warten auf meine Erlaubnis.

Ich erwidere seinen forschenden Blick und nicke. Meine Lider flattern, dann schließe ich die Augen, als er durch den festen Muskelring eindringt und mich der erste grelle Schmerz durchzuckt. Ich heiße ihn willkommen, stöhne auf … liebe es genau so. Mein Hintern schließt sich fest um seinen Finger. Er füllt mich auf eine ganz andere Weise aus, als es sein Schwanz in meiner Vagina täte, das hier ist versauter, fremd, aber zugleich vertraut. Und es sollte mich nervös machen, wie leicht er mich liest, denn andere Männer musste ich bisher immer darum bitten, musste ihnen versichern, dass ich es wirklich will. Jay weiß es einfach von selbst.

Ja, es sollte mich höllisch nervös machen.

Stattdessen bin ich dankbar. Und geil. So verdammt geil.

Ich lodere lichterloh auf, als er tiefer eindringt, sich zurückzieht, dann wieder zustößt, seine Fingerknöchel stoßen gegen meinen Hintern. Ich hebe ihm die Hüften entgegen, um ihm zu zeigen, dass ich es härter vertrage, schneller.

Ich vertrage alles.

Mit einem tiefen Grollen schließt er die Lippen um meinen Kitzler, saugt daran und schiebt zwei Finger vorn in mich hinein. Er fickt meinen Arsch und meine Pussy gleichzeitig, foltert meinen Kitzler, und an den herrlichen Geräuschen dabei höre ich, wie feucht ich bin. Ich verliere mich. Versuche noch, die letzten Reste Selbstkontrolle zusammenzuraffen, aber sie lösen sich in nichts auf, und ich zerspringe in tausend Teile.

Als sich die Scherben wieder zusammensetzen, stelle ich fest, dass er über mir kauert und ein Kondom über seine Erektion abrollt. Diesmal frage ich mich nicht, ob das Zucken zwischen meinen Beinen Vorfreude ist oder Nervosität. Es ist Vorfreude. Die reinste Vorfreude. Ich bin gerade heftiger gekommen, als ich es je für möglich gehalten hätte, trotzdem zittere ich schon wieder vor Lust. Die Flammen, die eigentlich verloschen sein müssten, flammen bei dem Anblick seines harten, dicken Schwanzes, der gleich in mich eindringen wird, himmelhoch auf.

Er stützt sich über mir ab. Einige längere Haarsträhnen kitzeln mich an der Wange.

»Bereit?«, fragt er heiser, und sein alles sehender Blick wandert forschend über mein Gesicht.

»Ja.« Ich hebe den Kopf, küsse ihn, schmecke mich selbst auf seinen Lippen. »Ja.«

Er greift zwischen uns, positioniert seinen Schwanz, und dann stößt er ohne Vorwarnung hart zu, dringt bis zum Anschlag in mich ein. Ich bäume mich so heftig auf, dass meine Brust gegen seine kracht. Der Druck, der kurze Schmerz, die überwältigende Lust – ich weiß nicht mehr, wo oben und unten ist. Kurz glaube ich, ich würde daran einfach ersticken.

»Sieh mich an.« Sein leiser Befehl klingt samtweich, doch darunter liegt Stahl, und er dringt durch den Nebel aus schierer Lust zu mir durch. Ich suche seinen Blick und halte mich daran fest.

Er senkt seinen Körper auf mich ab, drückt mich in die Matratze, achtet allerdings darauf, mich nicht unter sich zu zerquetschen. Ohne mich freizugeben, schiebt er langsam seine Hüften vor, reibt über meinen Kitzler, gleitet dabei irgendwie wieder in mich hinein. Ein völlig undefinierbarer Laut bricht aus mir heraus – ein Schluchzen, ein Schrei, ein wortloses Flehen um mehr –, und ich versuche, ihm mit den Hüften entgegenzukommen, aber er hat alles völlig unter Kontrolle, sein Gewicht hindert mich daran, mich zu bewegen. Ich kann nichts weiter tun, als dazuliegen und zu nehmen, was er mir gibt. Doch Himmel, was er mir gibt, ist … *unfassbar.*

Jay nimmt mich mit seinem ganzen Körper. Seine Brust reibt über meine Nippel, sein Bauch liebkost meinen, sein Beckenknochen streift meinen Kitzler. Er bewegt sich in mir, dringt so tief und hoch in mich ein, dass ich ihm im Handumdrehen völlig verfalle. Sogar seine Schenkel scheinen meine zu liebkosen.

»Bitte.« Ich schlinge die Arme um seine breiten Schultern. Umklammere mit den Beinen seine Mitte. »Bitte, Jay.« Es ist das erste Mal seit der Gasse, dass ich seinen Namen sage oder vielmehr stammle.

Es ist, als ob mein Name auf seinen Lippen irgendetwas kappt, das ihn zurückgehalten hat.

Er lässt los. Als würde ein Blitz einen Baum spalten. Und ich schwöre es, ich höre – *spüre* – den Einschlag.

Er schießt hoch, setzt sich auf seine Fersen und zieht mich mit sich, so dass ich rittlings auf seinem Schoß sitze. Seine Lippen treffen hart auf meine, mit den Händen packt er meinen Hintern. Hebt mich mühelos ein Stück hoch, und ich bekomme kaum noch Luft angesichts dieser Demonstration seiner ungeheuerlichen Kraft und außerdem auch deshalb, weil seine Schwanzspitze über meine allerempfindlichste Stelle streicht. Als er mich wieder auf sich hinuntersenkt und dabei erneut tief in mich eindringt, vergesse ich endgültig zu atmen, vergesse überhaupt die ganze Welt und alles bis auf das, was sein Schwanz mit mir anstellt. Ich kann nichts weiter tun, als mich festzuhalten wie eine Schiffbrüchige, die sich an ein schwimmendes Trümmerteil klammert, während er meinen Körper benutzt.

Und ich liebe. Jede. Sekunde.

Wild ist es. Roh. Verheerend.

Seine Zunge dringt zwischen meine Lippen vor, während er wieder und wieder tief in mich stößt, mich in Besitz nimmt. Jeder Stoß trifft mich genau an jenem Punkt, der meine Beine zittern, mein Herz rasen, meine Ohren klingeln lässt. Ich löse meinen Mund von seinem, wende den Kopf, drücke die Wange gegen seine schweißfeuchte Schulter. Wir sagen kein Wort, die einzigen Geräusche sind das feuchte Klatschen von Fleisch auf

Fleisch, sein Schwanz, der aus mir herausgleitet und wieder zurückknallt, unsere rauen Atemzüge.

Das alles ist zu viel für mich. Oh, so viel zu viel. In mir ballt sich etwas zusammen, dicht unter meinem Kitzler, und ich fange an zu wimmern. Brauche noch irgendetwas, um zu kommen. Bin so dicht dran … so verdammt dicht …

Er knallt mich wieder auf seine Erektion hinunter. Spreizt meine Pobacken. Und rammt einen Finger in mich hinein.

Ich schreie. Explodiere. Detoniere.

Mir ist, als würde ich zerbersten, und in diesem Augenblick ist mir vollkommen gleichgültig, ob ich meine Bruchstücke je wiederfinden werde.

»Fuck«, höre ich Jay gedämpft in mein Ohr fluchen. Er hat die Arme um mich geschlungen, hämmert in mich. Wenige Sekunden darauf spannt sich sein ganzer Körper an, und trotz des Kondoms spüre ich, wie sein Schwanz pulsiert, als er kommt.

Gemeinsam lassen wir uns auf die Matratze fallen, er hält mich noch immer umschlungen. Rollt sich herum, so dass ich auf ihm zu liegen komme, mein Ohr auf seiner Brust. Ich höre ganz deutlich sein Herz schlagen.

Ich sollte aufstehen. Gehen. Und das werde ich auch tun. Gleich.

Aber noch während meine eigenen Gedanken in meinem Kopf widerhallen, stoße ich einen Seufzer aus, und meine Lider schließen sich.

Denn zum ersten Mal seit über einem Jahr fühle ich mich … sicher. Geborgen. Auf eine Weise gewollt, die ganz anders ist als die manchmal erstickende Abhängigkeit meiner Mutter.

Mein Überlebensinstinkt flüstert mir eine Warnung zu, aber

ich, ganz warm und verschwitzt nach dem besten Sex meines Lebens, höre nicht hin.

Ich muss mir keine Sorgen machen.

Dies hier ist nur ein One-Night-Stand.

Ich werde Jay niemals wiedersehen.

Kapitel 5

JUDE

»Hier, Liebling, für dich«, sagt meine Mom und reicht mir ein Glas Wein.

Seufzend nehme ich es und lächle, obwohl ich eigentlich lieber eine Grimasse ziehen würde. Was würde ich für eine der Budweiser-Flaschen geben, die mein Stiefvater Dan im Gemüsefach versteckt? Na, jedenfalls meint er, es wäre ein Versteck. Das schlechtgehütetste Geheimnis des ganzen Hauses. Mom duldet seine »primitive Vorliebe für Bier«, solange er ihr nur nachgibt, wenn außer der Familie niemand im Haus ist. So ungern ich es sage, Mom ist ein Snob. Eine ihrer Macken, die wir alle hinnehmen, weil sich niemand mit Katherine Gordon Keller anlegen will. Sie mag körperlich klein sein, aber was ihr Temperament angeht, überragt sie uns alle.

»Danke, Mom.« Ich küsse sie auf die Wange. Der vertraute Geruch nach Flieder und Lavendel, der mich seit meiner Kindheit begleitet, weht mir in die Nase.

»Gern, Liebling.« Lächelnd tätschelt sie mir die Wange, als wäre ich sieben Jahre alt und nicht siebenundzwanzig, und in den blauen Augen, die sie nur an eins ihrer Kinder vererbt hat, leuchtet Zuneigung.

Sie hat einen guten Tag. Die Trauer, die sie seit zwei Jahren niederdrückt, hat heute ein wenig ihren Klammergriff gelockert. Das dunkelblonde Haar – mein Bruder Simon und ich haben dieselbe Haarfarbe wie sie – hat sie zu dem üblichen Knoten zurückgebunden, und keine einzige Strähne tanzt aus der Reihe. Kein Haar würde es wagen. Die Falten und Furchen, die das Leben in den Augenwinkeln und rund um den Mund in ihre Haut gegraben hat, sind nicht wieder auszulöschen, aber heute wirken sie nicht ganz so tief.

Ich atme aus. Erst jetzt wird mir bewusst, dass ich die Luft angehalten habe, und mein Brustkorb wird etwas weiter. In mir breitet sich Erleichterung aus. Ich muss mir keine Sorgen machen. Heute nicht.

Ich nippe am süßen Riesling und sehe zu, wie sie ihre Runde durchs Wohnzimmer dreht, Wein und Küsschen verteilt. Heute ist es etwas voller als bei unserem Sonntagsessen üblich. Mom oder Dan hat die Nachbarn aus dem Haus nebenan eingeladen, außerdem den Gemeindepfarrer. Soll mir recht sein. Die Wahrscheinlichkeit, dass Mom mich wegen Analise ausfragt, meiner Ex, ist damit um 63,7 Prozent gesunken. Es kann mir trotzdem noch blühen, aber sie hasst es, wenn jemand Zeuge familiärer Dramen wird. Und falls sie mich *noch* einmal wegen der Frau ausfragen will, mit der ich ein Jahr lang zusammen war, ehe ich vor vier Monaten Schluss gemacht habe, dann gibt es ein Drama. Von Anas neuester Aktion allerdings werde ich ihr nichts erzählen. Nein, das Thema *Suizidversuch* wäre keine geeignete Beilage zum Schweinebraten.

Ganz zu schweigen davon, dass es zu viele schmerzliche Erinnerungen wachrufen würde.

Manches bleibt besser ein Geheimnis.

»Deine Mutter sollte sich was schämen«, brummt Dan hinter mir, und ich drehe mich zu ihm um. Die tiefe Zuneigung in seiner Stimme straft seine Worte Lügen. Er liebt meine

Mutter mehr als sein Leben, und in seinen Augen kann sie gar nicht wirklich etwas falsch machen. Trotzdem schielt er mit aufrichtigem Abscheu in sein Glas. Ich bin zwar kein Telepath, aber man braucht auch keine übersinnlichen Fähigkeiten, um zu begreifen, dass er sich wünscht, er hätte Budweiser statt Wein bekommen. Seufzend trinkt er einen Schluck und zuckt zusammen. »Sie hat Beth und Robert eingeladen, weil ihre Nichte gerade zu Besuch ist.« Mit einem Nicken deutet er auf das ältere Pärchen und die junge Frau, die neben ihnen steht. »Subtile Verkupplungsversuche sind nicht gerade ihre Stärke.«

In genau diesem Augenblick wirft mir Simon, der sich die letzten zwanzig Minuten lang mit dem Trio unterhalten hat, über die Schulter einen Blick zu. In seinen Augen schimmert ein manischer Funke, das übertriebene Lächeln liegt wie festgefroren auf seinen Lippen. Er erinnert mich ein bisschen an den Joker – oder jedenfalls an eine Armani-Model-Version von Batmans Erzfeind.

Ich weiß, weshalb Mom beschlossen hat, ihren jüngsten Sohn und die Nachbarsnichte miteinander bekannt zu machen. Anders als ihre beiden älteren Söhne ist Simon Student an der SAIC, einer bekannten Chicagoer Kunsthochschule, hat einen anständigen Job, keinerlei Tattoos, und er hat sie bisher noch nicht enttäuscht – so wie ich, als ich mich entschieden habe, Tätowierer zu werden – oder ihr das Herz gebrochen – so wie Knox, als er sich in Eden verliebt hat.

Und ihr weggestorben ist er auch nicht.

Wie albern, dass sich mir ein Splitter aus Kränkung in die Brust bohrt und zwischen meinen Rippen stecken bleibt. Albern, weil ich ganz sicher nicht mit einer Frau verkuppelt werden will. Egal mit welcher. Selbst wenn ich nicht in zwei Monaten das Land verlassen würde, um für eine Weile in einem Londoner Tattoostudio zu arbeiten, würde ich irgendwelche Beziehungsverwicklungen mit derselben Vehemenz vermeiden, wie ein Überlebender in der Apokalypse, der nur noch einen Bolzen für die Armbrust übrig hat, Begegnungen mit Zombies um jeden Preis vermeidet. Nach dem letzten Desaster – dem schlimmsten in einer ganzen Reihe von Desastern – hab ich die Schnauze voll.

Trotzdem. Dass Mom mich nicht für angemessen, für gut genug befunden hat … Ich bremse mich und schüttle den Kopf, um das verräterische Selbstmitleid zu verscheuchen. Wie gesagt: albern.

Hilf mir, formt Simon stumm mit den Lippen.

Ich unterdrücke ein Schnauben. *Nope*, antworte ich ebenso stumm.

Er sieht mich an, als wollte er mir mit seinem Blick die Tinte aus der Haut lasern. Diesmal schlucke ich das leise Lachen nicht hinunter.

Dan hat das kleine Zwischenspiel beobachtet und hustet, aber es ist ein kläglicher Versuch, sein Auflachen zu tarnen. »Armer Junge. Er hat Glück, wenn er hier wegkommt, ohne dass deine Mutter für die beiden das erste Date arrangiert hat … und die Verlobung.« Er gluckst. Gleich darauf wird er ernst und dreht sich zu mir. Runzelt die Stirn und betrachtet nachdenklich die blasse Flüssigkeit in seinem Glas, ehe er den Kopf hebt. »Ich wollte eigentlich vorhin schon mit dir reden.« Er räuspert sich und kippt einen ordentlichen Schluck runter, während mir das Herz in die Eingeweide sackt.

»Was?«, frage ich, und meine Stimme klingt vor lauter Sorge schroff. »Geht es um Mom? Knox? Eden?« Ich hab meinen Bruder und meine Ehemalige-Schwägerin-jetzt-Freundinmeines-Bruders erst gestern Abend im Studio gesehen. Ist in den letzten Stunden irgendwas passiert?

»Nein.« Er winkt ab. »Deiner Mom geht es gut. Und ...« Er schüttelt den Kopf. Er hat sich abgewöhnt, Knox und Eden auch nur zu erwähnen, weil meine Mutter sofort durchdreht, wenn sie ihre Namen hört. Und das, obwohl sie immer noch in dem Haus lebt, das Knox mit seinen ersten großen Preisgeldern aus seiner Zeit beim MMA für sie und Dan gekauft hat. Die Ironie – und Tragik – entgeht mir nicht. »Nein, nichts dergleichen. Meine ...« Er räuspert sich noch mal. »Cypress kommt auch zum Essen. Sie ist wieder in Chicago.«

Cypress. Seine Tochter. Meine Stiefschwester.

Liebe Güte, wie lange ich nicht mehr an sie gedacht habe. Wie lange ist unsere letzte Begegnung jetzt eigentlich her? Neun Jahre, zehn? Vor meinem geistigen Auge wabert das undeutliche Bild eines verdrossenen, moppeligen Teenagers mit wirrem dunklem Haar und dunkelblauen Augen, die durch eine Brille mit unwahrscheinlich dicken Gläsern blicken. Als hätte die Natur Mitleid mit ihr bekommen, war Dans Tochter dafür immerhin mit klarer, glatter Haut gesegnet gewesen. Fast als hätte Gott befunden, dass Akne für dieses arme Ding jetzt wirklich eine Schippe zu viel gewesen wäre.

Aber dieser eine Vorzug machte ihr Verhalten ganz sicher nicht wett. Sie war eine schnippische, übel gelaunte ... tja, Schlampe gewesen. Zumindest hatte so die Einschätzung meines damals fünfzehn Jahre alten Ichs gelautet. Cypress war dreizehn gewesen, als Mom und Dan heirateten. Danach war sie jedes zweite Wochenende hier gewesen und hatte kein Geheimnis daraus gemacht, wie sehr sie alles verabscheute. Sie hatte Mom ignoriert, war höllisch unfreundlich zu meinen Brüdern und mir gewesen, und wann immer sie mit Dan redete, nahm sie ihn mit ihrer rasiermesserscharfen Zunge völlig auseinander.

Mit sechzehn dann hatte sie sich schließlich endgültig geweigert, herzukommen, hatte ihre Besuche ganz eingestellt. Ich will nicht lügen; ich war erleichtert darüber. Endlich hatte ich keine Ausreden mehr gebraucht, um jedes zweite Wochenende außer Haus zu verbringen. Drei Jahre melodramatischer Teenagerdreck hatten mir echt gereicht.

Also war sie wieder zurück. Interessant. Als Dan das letzte Mal von ihr erzählt hat, hat sie noch in Kalifornien studiert. Zehn Jahre und Tausende Kilometer können einen Menschen sehr verändern, aber mein Hirn produziert trotzdem das Abbild derselben Landplage, die uns eine Zeit lang jedes zweite Wochenende heimgesucht hat, nur in größer.

»Ja?«, sage ich, denn … mir fällt einfach nichts anderes ein. Irgendwie glaube ich nicht, dass er gerade *Ich hoffe, deine Tochter hatte irgendwann im letzten Jahrzehnt eine Persönlichkeitstransplantation* hören möchte.

»Ja«, sagt er. »Sie ist seit etwa drei Monaten wieder in der Stadt, und ich konnte sie endlich dazu überreden, mal vorbeizukommen.« Er seufzt tief. »Ich hoffe …« An seinem Kiefer zuckt ein Muskel. »Na ja, es wird jedenfalls schön sein, sie wiederzusehen«, sagt er dann nur.

Da schwingt eine verdammte Menge zwischen den Zeilen mit. Als wären seine Worte mit feinen Fädchen aus Schmerz, Reue und, am schlimmsten von allem, Wehmut zusammengenäht.

»Tja, also ich freu mich für dich, Dan«, murmle ich. Und das meine ich ehrlich. Zwar hab ich nicht gerade angenehme Erinnerungen an seine Tochter, aber sie ist nun mal sein Kind. Und wenn sie jetzt wieder in Chicago ist und es für die beiden eine Chance gibt, sich auszusöhnen, dann ist es mir das wert, sie und ihre ganze Mir-wurde-unrecht-getan-Attitüde einen Nachmittag lang zu ertragen, selbst wenn es inzwischen noch schlimmer geworden sein sollte.

»Danke.« Er steckt eine Hand in die Hosentasche, dreht sich langsam um und blickt zu Mom hinüber. Wir beide sehen schweigend zu, wie sie sich mit Pater Donovan unterhält. Ein warmes Lächeln erhellt ihr Gesicht, und bei dem Anblick schmerzt meine Brust. Früher war dieses Lächeln für uns so selbstverständlich wie die Tatsache, dass morgens die Sonne aufgeht, aber in den letzten zwei Jahren ist es unglaublich selten geworden. Ich kann kaum ertragen, was geschehen ist und dass es ihr die Lebensfreude geraubt hat.

Dan seufzt, ohne den Blick von ihr abzuwenden. »Bitte achte heute ein bisschen auf deine Mutter. Sie und Cypress haben sich nicht besonders gut verstanden, und auch wenn Cypress jetzt älter ist, weiß ich noch nicht, was uns erwartet. Also …«

Er zuckt mit einer Schulter, und ich nicke.

Ich verstehe. Er will sie beschützen. So sehr, dass es fast ein wenig gluckenhaft wirkt.

Vor zwei Jahren musste er mit ansehen, wie sie zusammengebrochen ist, als ihr Sohn, mein Bruder Connor, während eines MMA-Kampfs gestorben ist. Dann hat er miterlebt, wie sie unter dem vermeintlichen Verrat ihres ältesten Sohns gelitten hat – dem Sohn, den sie dafür verantwortlich gemacht hat, dass er Connor mit einer Welt bekannt gemacht hat, die sie für gewalttätig und barbarisch hält. In ihren Augen hat er dem toten Bruder die Frau gestohlen. Also ist es ganz nachvollziehbar, dass Dan sie gern in einen riesigen Wattebausch einwickeln möchte, um sie vor jedem weiteren Schmerz zu bewahren.

Knox und Eden haben sich nicht ineinander verliebt, um Mom noch mehr zu quälen. Mein ältester Bruder liebt Eden schon seit Jahren. Ihm war nicht klar, dass ich Bescheid weiß, aber als amtierender Geheimniswahrer der Familie habe ich fast vom ersten Moment an gespürt, was er für Connors Frau empfindet. Selbst nach dem Tod unseres kleinen Bruders hat er gegen seine Gefühle angekämpft. Vor drei Monaten eröffnete Eden dann der Familie, dass sie Knox liebt. Da erfuhr es Mom. Bei einem unserer sonntäglichen Essen, so wie heute.

Seitdem hat keiner der beiden mehr einen Fuß über die Schwelle dieses Hauses gesetzt.

Mom kommt nicht damit klar, dass die Frau, die für sie wie eine Tochter gewesen ist, jetzt mit dem Bruder von Edens totem Mann zusammen ist. Verdammt, Mom kommt ja auch nicht damit klar, dass Connor überhaupt tot ist. Und an diesem Nachmittag hat Dan die Operation »Beschütz Katherine um jeden Preis« ins Leben gerufen. Und obwohl Mom tatsächlich in einem zerbrechlichen Zustand ist, glaube ich, dass es mehr Schaden anrichtet, als dass es nützt, wenn man sie konsequent vor den Veränderungen in dieser Familie – vor der Realität – abschirmt.

Aber dann erinnere ich mich daran, wie ich vor vielen Jahren, nur wenige Monate nach Dads Tod, in das winzige Bad kam, das sich neben ihrem und Dads Schlafzimmer befand, noch in unserem alten Haus in Bridgeport. Erinnere mich an die dunkelrot bespritzten weiß und blau karierten Kacheln. An Dads altmodisches Rasiermesser, das auf diesen Kacheln lag, der Edelstahl rot vom Blut unserer Mutter. Blut, das noch immer aus ihren aufgeschlitzten Handgelenken pulsierte …

All das habe ich nie vergessen, und nie habe ich auch nur ein Wort darüber verloren. Zu niemandem.

Wenn Realitätsverweigerung sie davon abhält, diese Verzweiflungstat zu wiederholen, die beinahe ihre letzte gewesen ist, dann bin ich mit an Bord.

Körperlose, erbarmungslose Finger schließen sich um meine Kehle und drücken zu. Mir ist, als würde ich ersticken, mit einem Mal lastet ein gewaltiges Gewicht auf meiner Brust, und nur unter Aufbietung meiner ganzen Willenskraft schaffe ich es, mir nicht an den Hals zu greifen.

Panikattacke.

Mein Hirn leitet diese Information an meinen Körper weiter, an mein Nervensystem, an meine Organe, aber sie kommt nirgendwo an. Übelkeit wühlt ungebremst in meinen Eingeweiden, meine Lunge ist immer noch wie gelähmt, in meinen Ohren rauscht es gedämpft, als würden in einiger Entfernung Wellen ans Ufer branden. Meine Haut fühlt sich ganz heiß an, und gleich darauf bricht mir der Schweiß aus, bedeckt Arme, Schultern und Brust. Die Dunkelheit greift mit schwarzen Knochenfingern nach mir, die mein Sichtfeld einengen.

Mein Herz hämmert so sehr, als wollte es mir das Brustbein zertrümmern. Ich murmle Dan irgendetwas zu und verlasse das Zimmer, schleppe mich in den leeren Flur. Lehne mich mit dem Rücken gegen die Wand und schließe die Augen, obwohl das alles nur noch schlimmer macht. Konzentriere mich darauf, Glied für Glied meine Muskeln zu entspannen, zwinge mich, tief durch die Nase einzuatmen, die Luft einige Sekunden lang anzuhalten und dann ganz bewusst wieder auszuatmen. Ich wiederhole die Übung ein paarmal, rufe mir immer wieder in Erinnerung, dass es nur eine Panikattacke ist. Mir wird nichts passieren.

Als sich die rasiermesserscharfen Klauen der Panik ganz langsam aus meiner Psyche zurückziehen, versuche ich mir mein Fokusobjekt vorzustellen, um mich wieder zu erden. Aber statt meiner Tätowiermaschine mit ihren Nadeln, Spulen, Kondensatoren, Federn und Ankerstäben flammt vor meinem geistigen Auge ein faszinierendes Gesicht mit eleganten und zugleich sinnlichen Konturen auf.

Statt in meiner Vorstellung die Maschine auseinanderzunehmen, die fast zu einer Verlängerung meiner eigenen Hand geworden ist, und Form, Farbe und Verwendungszweck der Einzelteile zu benennen, betrachte ich dieses Gesicht, das mich schon seit einer Woche nicht mehr loslässt, ganz genau.

Die anmutigen Bögen schwarzer Brauen über wunderschönen blauen Augen, die im Zorn hell aufleuchten und sich bei Erregung verdunkeln. Die schrägen Wangenknochen, die ebenso gut aus Marmor geschnitzt sein könnten. Der volle, breite, perfekte Mund, der einen Mann ganz leicht zum Betteln bringen kann. Das zierliche Kinn mit dem kleinen Grübchen in der Mitte.

Ich klammere mich an diesem Bild fest, gehe alles noch mal durch, immer wieder, während ich noch andere Entspannungstechniken anwende. Und auch wenn es wirklich beunruhigend ist, dass diese Frau, mit der ich den heißesten One-Night-Stand meines ganzen Lebens hatte, auf einmal zu meinem Fokusobjekt wird … tja, hier und jetzt ist mir das vollkommen egal, solange es nur funktioniert. Ich kann mich später immer noch fragen, weshalb ich diese Frau einfach nicht vergessen kann.

Stück für Stück weichen Anspannung und Angst noch weiter zurück, und meine Brust wird wieder frei, das Atmen fällt mir leichter.

Himmel nochmal. Mit einer zitternden Hand fahre ich mir durchs Haar, öffne die Augen und starre die blassgrüne Wand gegenüber an. Solche Panikattacken sind mir nicht neu. Die erste hatte ich eine Woche nach Moms Suizidversuch im Badezimmer. Nachdem ich unbeholfen mit meinem zerrissenen T-Shirt die klaffenden Wunden an ihren Handgelenken verbunden und sie ins Krankenhaus gefahren habe, voller Angst, dass ich mit meinen dreizehn Jahren uns beide umbringen würde – bisher war ich nur heimlich ab und zu mit Knox auf irgendwelchen Nebenstraßen herumgefahren. Diese zehn Minuten mit meiner immer noch blutenden Mutter neben mir auf dem Beifahrersitz sind die längsten und schrecklichsten Minuten meines ganzen Lebens gewesen.

Später hat sie mich zum Stillschweigen verpflichtet und trug mitten im Juni langärmlige Oberteile, um die Verbände vor meinen Brüdern zu verbergen.

Im Lauf der Jahre waren die Panikattacken immer seltener geworden. Aber in letzter Zeit, angesichts der Sorgen, die ich mir um Mom machte, des Bruchs in unserer ohnehin schon kleinen Familie, der Selbstmorddrohungen meiner Ex und meiner Schuldgefühle, weil ich Knox im Stich gelassen habe … man braucht wohl keinen Doktortitel in Psychologie, um sich denken zu können, weshalb sie wieder häufiger geworden sind.

Zum Glück bin ich inzwischen Experte darin, sie zurückzuschlagen. Und sie vor den anderen zu verbergen.

Bis jetzt jedenfalls.

Das Läuten der Türklingel hallt durch den Flur, und ich stoße mich von der Wand ab, richte mich auf, als Dan aus dem Wohnzimmer kommt.

»Alles in Ordnung?«, fragt er mich, wirft einen Blick auf die Haustür und sieht wieder mich an.

»Ja, alles gut«, versichere ich ihm und klopfe ihm auf die

Schulter, dann nicke ich Richtung Tür. »Das dürfte wohl Cypress sein.«

»Richtig.« Er wischt sich die Handflächen an der Hose ab und geht auf die Tür zu, und ich kehre zu Mom ins Wohnzimmer zurück.

Sobald ich hereinkomme, sieht sie mich an. Als ich das Unbehagen in ihren blauen Augen erkenne, gehe ich sofort zu ihr. Lege ihr einen Arm um die Schultern und drücke sie fest an mich.

»Wird schon, Mom«, murmle ich ihr zu, so leise, dass Pater Donovan, Beth, Robert und ihre Nichte es nicht hören.

»Ich weiß, Liebling«, flüstert sie zurück und tätschelt mir die Hand. »Dan ist so aufgeregt …«

»Und du freust dich für ihn.« Ich beuge den Kopf dichter zu ihr. »Aber du bist auch nervös. Ich muss dich warnen: Wenn sie immer noch dieselbe kleine Rotzgöre ist wie mit dreizehn, dann ziehe ich wieder an ihrem BH-Träger und lasse ihn zurückschnippen, so wie damals.«

Ihr entsetztes Aufkeuchen ist Musik in meinen Ohren, und ich versuche gar nicht erst, mein breites Grinsen zu unterdrücken. »Jude Aaron Gordon, das hast du nicht wirklich getan!«

Ich zucke mit den Schultern, ohne es zu bestätigen oder zu verneinen. Aber ja, ab und zu war ich ein ganz schöner Arsch. Und wenn Cypress mich zu oft wütend gemacht hat, habe ich mich manchmal an ihr gerächt. Nichts allzu Schlimmes, denn Mom hat ihre Söhne dazu erzogen, Mädchen und Frauen zu respektieren. Aber verdammt nochmal, Cypress hätte selbst den Heiligen Franz von Assisi ordentlich zum Fluchen gebracht.

»Die verlorene Tochter ist wohl endlich eingetroffen, hm?« Auf der anderen Seite meiner Mutter erscheint wie aus dem

Nichts Simon. Wie zwei Buchstützen sind wir. Wie zwei Schutzschilde.

Knox sollte auch hier sein. Der Gedanke ist plötzlich da und nistet sich in meinem Kopf ein. Er hätte es gewollt, hätte Mom jetzt gern ebenfalls beigestanden. Wenn sie ihn nur lassen würde.

»Ihr beiden versprecht mir, euch zu benehmen. Es ist Dan wichtig, dass sie sich in diesem Haus willkommen fühlt«, warnt uns Mom und wirft uns ihren patentierten Keine-Widerrede-Blick zu.

»Jawohl, Ma'am. Pfadfinderehrenwort.« Simon hebt zwei Finger in einer Geste, die er ganz sicher nicht bei den Pfadfindern gelernt hat. Zumal er nie einer war.

»… so froh, dass du hier bist«, dringt Dans Bariton aus dem Flur an unsere Ohren, als er näher kommt.

»Danke für die Einladung«, antwortet eine hellere, etwas heisere Stimme.

Eine Stimme, die mir irgendwie bekannt vorkommt.

Ich erstarre. Mache mich ganz steif. Nein. *Das ist völlig unmöglich.*

Dan erscheint im Durchgang, und hinter ihm betritt eine große Brünette das Wohnzimmer. Sie hebt den Kopf, und …

Heilige Scheiße.

»Ro?«, japse ich.

Genau jene blauen Augen, in die ich vor einer Woche geblickt habe, während sie meinen Schwanz im Mund hatte, blicken mich jetzt an. Werden riesengroß, in ihnen spiegelt sich derselbe Schock, der auch mich gerade getroffen hat. Was um alles in der Welt tut sie hier?

Mein Hirn kriegt die Verbindung nicht gleich auf die Reihe. Es will nicht. Denn meine Erinnerungen an Ro beinhalten, sie zu lecken und sie mit dem Finger in den Hintern zu ficken, ehe ich meinen Schwanz tief in ihrer festen, heißen Pussy versenkt habe. Eine Pussy, an die ich immer noch denke, wenn ich manchmal aus dem Schlaf aufschrecke, die Finger fest um meine steinharte Erektion geschlossen. Nein, diese Bilder verbinden sich nicht mit der Frau, die da jetzt gerade neben Dan steht, meinem Stiefvater.

Denn das würde bedeuten, dass ich seine Tochter gevögelt habe.

Es würde bedeuten: Ich habe meine Stiefschwester gevögelt.

Kapitel 6

CYPRESS

Nein.

Nein, nein, nein, nein.

So sehr kann Gott mich doch gar nicht hassen.

Aber andererseits – wenn ich an das letzte Jahr denke, dann kann Er es vielleicht doch. Und das hier – dass ich auf einmal im Haus meines Vaters dem Mann gegenüberstehe, der mich vor einer Woche auf alle erdenklichen Arten gevögelt hat – ist ein weiterer Beweis dafür, dass Er aus irgendeinem Grund einen persönlichen Rachefeldzug gegen mich führt.

Ich blinzle. Blinzle noch mal. Hoffe darauf, dass meine vor Sehnsucht halb verrückte Vagina mir einen Streich gespielt hat und er gar nicht wirklich da ist.

Aber nein. Ich kann so oft blinzeln, bis das Flattern meiner Lider einen Sturm heraufbeschwört, er verschwindet nicht. Jay steht immer noch da, so groß, muskulös und heiß wie in jener Nacht, als er ins *Rabbit Hole* marschiert kam. Als ich ihn das letzte Mal gesehen habe, hat er geschlafen, nackt, ein Laken um die Hüfte gewickelt. Und obwohl jetzt ein weißes, langärmliges Hemd und eine schwarze Anzughose seinen herrlichen tätowierten Körper verhüllen, weckt sein Anblick Hitze in mir, die tief in meinem Bauch Funken tanzen lässt.

O Gott. Wie wahrscheinlich ist denn ein solcher Zufall? Was tut er hier in Dans Haus …

»Ro?«, fragt Dan und sieht Jay verwirrt an, ehe er den Blick fragend auf mich richtet.

Mein Herz spielt ein wildes Schlagzeugsolo auf meinen Rippen, und der Schluck Patrón, den ich mir im Motelzimmer genehmigt habe, damit ich dieses Essen überstehe, wirbelt in meinem Bauch herum und kommt mir fast wieder hoch. Dan weiß nichts davon, dass ich in der Bar kellnere. Er hat keine Ahnung von den jüngsten Veränderungen und Umbrüchen in meinem Leben. Zum Teufel, einer dieser Umbrüche ist der Grund dafür, dass ich heute hier bin, nachdem ich es monatelang vermeiden konnte.

»Das ist kurz für Rowena. Mein zweiter Vorname«, erinnere ich ihn, als würde das die eigentliche Frage beantworten, die da lautet: Woher kennen Jay und ich uns?

»Ich hab sie früher manchmal Ro genannt, um sie zu ärgern«, wirft Jay ein. Seine Stimme ist jetzt ganz ruhig, kein Vergleich mehr zu dem verblüfften Keuchen, mit dem er meinen Namen eben hervorgestoßen hat.

Moment mal. O Gott. Moment.

Ich hab sie früher manchmal Ro genannt, um sie zu ärgern.

Das *früher* wirbelt durch meinen Kopf, wird mit jeder Umdrehung schneller und lauter.

Jay … Jay … Einer von Katherines Söhnen hieß Jude.

Stumm ringe ich nach Luft, so schockiert, dass ich fast gegen meinen Vater getaumelt wäre.

Verdammt.

Ich habe meinen Stiefbruder gevögelt.

Mein *Stiefbruder* hat mir multiple Orgasmen beschert.

Das ist doch bestimmt eine Sünde. Ein Rosenkranz hat nicht genug Perlen, um mich davon freizubeten.

Dumm. So dumm. Wie kann es sein, dass ich ihn nicht erkannt habe? Aber nein, wie *hätte* ich ihn denn erkennen sollen? Dieser riesige, wunderschöne Mann, der da vor mir steht und vor sexueller Intensität förmlich vibriert, erinnert kein bisschen an den großen, dünnen Jungen von damals mit seinen ständig wechselnden Haarfarben und Löchern in Ohren, Nase und Lippen. Wirklich überhaupt kein bisschen. Und ich selbst bin auch nicht mehr das übergewichtige, seltsame Mädchen mit dem struppigen Haar und den dicken Brillengläsern. Trotzdem …

Verdammt.

Ich stecke immer tiefer in der Scheiße.

»Ich wusste gar nicht, dass er dich so genannt hat«, murmelt Dan neben mir. Vielleicht bin ich paranoid, aber er klingt ein wenig argwöhnisch.

Mein Mund ist ganz trocken geworden, doch irgendwie bekomme ich es fertig, zu schlucken und ein Lächeln aufzusetzen. Vermutlich sieht es genauso unecht aus, wie es ist. »Ja. Er war … süß.«

Der andere Kerl mit demselben dunkelblonden Haar wie Jay – nein, *Jude*, nicht Jay –, dazu aber blauen Augen, schnaubt auf. »Nein. *Ich* war süß. Jude war ein kleiner, vor sich hinbrodelnder, hormongesteuerter Mist …«

»*Simon!*«, zischt Katherine.

Er hebt eine Hand und wirft einen entschuldigenden Blick über die Schulter. »Ich bitte um Verzeihung, Pater.« In seinem Blick liegt nicht die Spur von Reue. Im nächsten Moment kommt er auf mich zu und schließt mich, ehe ich weiß, wie mir geschieht, in die Arme, küsst mich mit einem lauten

Schmatzen auf die Wange. »Ich habe keine Ahnung, wie um alles in der Welt du mich vergessen konntest ... ich bin Simon.«

Liebe Güte, was ist denn bloß los mit den Männern in dieser Familie? Haben die alle Sondergröße? Simon ist zwar nicht ganz so groß wie Jude – allerdings nur um eine Winzigkeit kleiner –, aber er hat dieselben breiten Schultern, eine gewaltige Brust und Oberschenkel wie Baumstämme. Während Jude eher auf die Ich-komme-gerade-erst-aus-dem-Bett-nach-einer-heißen-Nacht-Art sexy ist mit seinem zerzausten Haar, den grünen, sinnlichen Augen und dem Viertagebart – für einen Dreitagebart ist er ein bisschen zu lang –, sieht Simon aus, als könnte er problemlos das Cover eines Sportmagazins zieren. Glatt rasiert, perfekt frisiertes Haar und ein Gesicht, das nur dank des markanten Kiefers nicht *zu* hübsch ist – ich kann der jungen Frau drüben in der Wohnzimmerecke nicht verübeln, dass sie den Blick kaum von ihm losreißen kann.

Trotzdem ist es Jude, dem meine Aufmerksamkeit gilt, selbst als ich noch unter dem Ansturm von Simons übermütiger Zuneigungsbekundung wanke. Mit so etwas konnte ich noch nie viel anfangen. Judes durchdringender Blick verhakt sich mit meinem, und obwohl mir mein Verstand sagt, ich solle um jeden Preis wegsehen, bekomme ich es nicht fertig. Plötzlich fühle ich mich fast wie ein Vampir, der im Morgengrauen einige Sekunden zu lang wartet, weil er für ein paar kostbare Momente die Sonne sehen und spüren will, obwohl er sich der Gefahr bewusst ist. Obwohl es ihm wehtut, seine Haut verbrennt.

»Ich erinnere mich an dich«, sage ich zu Simon. Raffe meine ganze Willenskraft zusammen, wende den Blick von Jude ab und lächle seinem Bruder flüchtig zu. »Schön, dich wiederzusehen.«

»Wir freuen uns so sehr, dass du heute mit uns isst, Cypress.« Katherine kommt auf mich zu und streckt mir beide Hände entgegen. Obwohl zehn Jahre vergangen sind, seit ich sie zuletzt gesehen habe, ist die Frau meines Vaters immer noch schön. Sie ist älter geworden – und trauriger. So ist es wohl, wenn man einen Sohn verliert. Ihre Stimme klingt herzlich, doch ich sehe die Wachsamkeit in ihren blauen Augen.

Und ich kann es gut verstehen.

Ich habe mich früher ihr gegenüber ganz schrecklich verhalten. Mit dreizehn habe ich sie dafür verantwortlich gemacht, dass sie mir den Vater weggenommen und meiner Mutter damit das Herz gebrochen, unsere Familie zerstört hat. Aber die Zeit, das Erwachsenwerden und das Leben haben mich vieles gelehrt, mir die Augen geöffnet, was das wahre Wesen meiner Eltern und ihre Beziehung betrifft. Mein Dad ist nie treu gewesen – deshalb habe ich noch zwei Halbschwestern. O ja, er war umtriebig.

Tatsache ist: Wäre es nicht Katherine gewesen, dann hätte uns Dan für eine andere verlassen. Eine andere Frau, die er uns vorgezogen hätte. Also bin ich auf sie nicht mehr wütend.

Aber auf ihn.

So irrational es auch sein mag, ich fühle mich noch immer von ihm verraten.

Meine Mutter hat ihn sehr vermisst – vermisst ihn immer noch. Meinen Vater. Eine gemeinsame Familie mit ihm. Sonntagsessen mit ihm an ihrer Seite. Über ein Jahrzehnt ist es her, dass Dan uns für die Gordons verlassen hat, aber Mom würde ihn sofort zurücknehmen, wenn er auf ihrer Schwelle stünde. Scheiße, sie wohnt noch immer in derselben Wohnung wie damals, weil sie sie an ihn erinnert. Ich habe mehrmals versucht, sie zu überreden, mit mir nach Kalifornien zu gehen. Sie hat es immer wieder abgelehnt.

Liebe. Wundert es jemanden, dass ich damit nichts zu tun haben will? Nachdem ich aus der ersten Reihe miterlebt habe, was für ein Trümmerhaufen davon bleibt? Mein Vater hat Liebe immer als Ausrede benutzt, um meine Mutter zu betrügen, und irgendwann mit der Liebe begründet, weshalb er die Frau verlassen hat, die ihm nie den Rücken gekehrt hätte.

Die rein körperlichen Beziehungen, die ich pflege, One-Night-Stands wie der mit Jude – so etwas ist viel ehrlicher und viel weniger zerstörerisch. Ich sage einem Mann lieber klipp und klar, was ich will und für wie lange, als dass ich so lange warte, bis meine Lust über mich bestimmt und ich ihr hilflos ausgeliefert bin. Oder, noch schlimmer, mich nach seiner »Liebe« verzehre.

Unwillkürlich sehe ich wieder zu Jude hinüber. Mein Blick wandert über seine maskuline Schönheit.

Er ist genau die Art Mann, für die sich Frauen zugrunde richten.

Anders als letzte Woche schenke ich meinen Alarmglocken jetzt Beachtung. Hätte ich schon in der Bar auf meine innere Stimme gehört, wäre ich jetzt nicht in dieser scheußlichen Situation, die sich so schnulzig anfühlt, als wäre ich direkt in der Szene eines Kitschfilms gelandet.

»Danke, dass ich herkommen darf«, sage ich zu Katherine und lasse zu, dass sie meine Hände ergreift, drücke sie leicht, um ihr zu zeigen, dass ich nicht mehr das respektlose Gör von damals bin. Na, meistens jedenfalls.

Sie lächelt ein wenig, und die Nervosität in ihren Augen verschwindet zwar nicht ganz, wird aber schwächer.

»Los, ich stelle dich den anderen vor, und dann kommen wir zu dem eigentlichen Grund, weshalb wir alle hier sind: dem Essen.« Sie lacht und hakt sich bei mir ein, zieht mich mit sich.

Auch während sie mich dem Priester und ihren Nachbarn vorstellt, spüre ich Judes prüfenden Blick. Spüre ihn auf meinem Haar, das ich vierzig Minuten lang bearbeitet habe, bis es ganz glatt war, fühle, wie er an dem langen Cocktailkleid hinabwandert, einem Relikt aus meinem früheren Leben, bis hinunter zu den Absätzen meiner Stilettos. Ich muss mich nicht vergewissern, auch so spüre ich seine Blicke wie eine Berührung auf meiner Haut. Die Flammen, die seit meinem ersten Blick auf ihn nie ganz erloschen sind, lodern wieder hell auf.

Ich habe die Einladung zu diesem Essen angenommen, weil ich Dans Hilfe brauche – sein Geld, um ganz genau zu sein. Gäbe es irgendeine andere Möglichkeit, wäre ich nicht hier, aber im Moment sehe ich keinen anderen Ausweg. Ich brauche seine Hilfe, um Moms Arztrechnungen zu begleichen. Es geht mir nicht darum, die Beziehung zu ihm wiederaufleben zu lassen, die schon seit Jahren nicht mehr existiert. Ich habe auch kein Interesse daran, Teil seiner neuen Familie zu werden.

Und ganz sicher will ich nicht etwas fortführen, das von Anfang an nur für eine Nacht gedacht war.

Okay, kann sein, dass ich mich ein- oder zweimal in der vergangenen Woche selbst berührt und dabei an Dans mittleren Stiefsohn gedacht habe. Na gut, vier- oder fünfmal.

Aber das Thema »Jude« ist vom Tisch. Jetzt sogar noch nachdrücklicher als zuvor.

Denn er ist mein Stiefbruder.

Ich kann jetzt also damit aufhören, seinetwegen ein feuchtes Höschen zu bekommen, und auch meine Brustwarzen können aufhören, beim Gedanken an ihn hart zu werden.

Verdammt. Das wird ein langer Abend.

»Und, Cypress, ist es denn schön, wieder hier zu sein?«, fragt Katherine und setzt sich mir gegenüber auf ihren Stuhl.

Ich hebe die Kaffeetasse, die sie mir gerade frisch gefüllt hat, ebenso wie allen anderen am Tisch, und denke einen Augenblick nach. Meine spontane Antwort würde »Scheiße, nein« lauten, doch das wäre nicht sehr höflich. Außerdem wäre es nicht gerade klug, Dans Frau zu kränken, wenn ich vorhabe, ihn um mehrere Tausend Dollar zu bitten.

»Es ist eine ziemliche Umstellung, nachdem ich so lange in Kalifornien gewohnt habe, aber es läuft ganz gut.« Ich staune, dass ich das so glatt über die Lippen bringe. Entweder entwickle ich mich zu einer brauchbaren Lügnerin, oder ich fange an, mir den Scheiß selbst zu glauben.

»Jedenfalls freut sich dein Vater, dass du wieder zurück bist«, sagt sie und legt eine Hand auf die von Dan.

Statt zu antworten, nippe ich an meinem Kaffee. Es geht mich nichts an, was Dan seiner Frau über unsere Beziehung erzählt, aber dass ich ihn »Dan« nenne und nicht »Dad«, sollte ihr schon zu denken geben. Ebenso wie die Tatsache, dass ich seit Monaten zurück in Chicago bin und wir uns heute trotzdem erst zum zweiten Mal sehen. Wir pflegen eher so eine Wir-telefonieren-an-Feiertagen-bei-denen-entweder-die-Geburt-oder-der-Tod-Jesu-eine-Rolle-spielt-Verwandtschaft. In meinen Augen hat er schon vor Jahren aufgehört, mein Vater zu sein – ungefähr damals, als ich dreizehn war und er weggegangen ist und mir das Aufräumen des emotionalen Durcheinanders überlassen hat, das er angerichtet hat. Das Zusammensetzen der Scherben, in die meine Mutter zerfallen ist. Scherben, die ich immer noch mit Panzertape und Stoßgebeten flicke, während ich hoffe, dass es hält.

Deshalb sitze ich jetzt hier am Tisch und mache gute Miene zum bösen Spiel. Er schuldet es mir.

Nein, er schuldet es Mom.

Ich stelle meine Tasse ab, hebe den Kopf und begegne sofort dem Blick leuchtend grüner Augen. Während des Essens habe ich es nach Kräften vermieden, Jude anzusehen, was teuflisch schwierig ist, weil er mir gegenübersitzt, direkt neben seiner Mutter. Aber wenn ich ihn ansehe, verliere ich mich in den Erinnerungen an jene eine Nacht.

In meinem Kitzler erwacht ein Funke zum Leben. Jude hat mir meine Bitte erfüllt: Als ich meine Klamotten zusammengesammelt und mich aus seiner Wohnung geschlichen habe, konnte ich ihn immer noch tief in mir spüren. Und wenn ich jetzt die Augen schließe, würde es mich keinerlei Mühe kosten, mir seine Zunge zwischen meinen Beinen vorzustellen. Oder wie sehr sein dicker, harter Schwanz mich gedehnt hat, als er tief in mich eingedrungen ist. Oder das Brennen in meinem Hintern, als er seinen Finger hineingeschoben, mich in Besitz genommen hat. Unter dem Tisch drücke ich die Beine fest zusammen und konzentriere mich darauf, ruhig zu atmen, statt nach Luft zu ringen.

Als könnte er meine Gedanken lesen und wüsste genau, welche Bilder mir gerade durch den Kopf gehen, verdunkeln sich Judes Augen. So wie in dem Moment, als er tief in mich gestoßen hat …

Zu meiner Linken hustet jemand und reißt mich damit aus meinem persönlichen Porno. Ich wende den Kopf und sehe, dass Simon mich amüsiert betrachtet, ein schiefes Grinsen im Gesicht.

»Ent … Entschuldigung?«, stammle ich, und mir wird ganz warm; die Hitze steigt in meiner Brust auf und schießt den Hals hinauf direkt in mein Gesicht.

»Mrs. Brendt wollte wissen, ob du vorhast, hierzubleiben.« Mit einem Nicken deutet Simon auf die ältere Nachbarin.

»Oh, keine Ahnung, wohin meine Gedanken gerade abgeschweift sind«, sage ich, eine Ausrede, die selbst in meinen eigenen Ohren lahm klingt. Ich beuge mich vor und sehe die Frau an, die Simon gegenübersitzt. »Ich weiß es noch nicht genau. Noch ist nichts beschlossen.«

»Bist du hierher versetzt worden?«, fragt Dan, seine Gabel schwebt über einem Stück Zitronenkuchen. »Cypress arbeitet für eine der größten Versicherungsfirmen des ganzen Landes«, erklärt er den anderen, und es ist unmöglich, den Stolz in seiner Stimme zu überhören. Er sieht mich wieder an. »Bestimmt haben sie dich nicht nur für ein paar Wochen extra hergeschickt, oder?«

»Nein, ich bin nicht versetzt worden.« Ich straffe die Schultern und lehne mich zurück. »Ich arbeite nicht mehr für die Universal Health Group.« Bei der bloßen Erwähnung meines früheren Arbeitgebers krampft sich mein Magen zusammen, und ich glaube, den sauren Gestank von Enttäuschung und Scheitern zu riechen.

»Warum nicht?«, will er wissen und legt die Gabel neben seinen Teller. »Ist irgendwas vorgefallen?«

Auf gar keinen Fall erzähle ich ihm, was passiert ist, vor allem nicht vor diesen Leuten, die praktisch Fremde für mich sind – auch wenn ich einen von ihnen recht intim kennengelernt habe. Aber Dan ist altmodisch – für ihn definiert die

Arbeit, wer man ist. Was auch immer ich ihm vorwerfen kann … dass er uns finanziell nicht unterstützt hätte, gehört nicht dazu – was auch meine Halbschwestern mit einschließt, die er vor seiner Begegnung mit Katherine mit anderen Geliebten gezeugt hat. Soweit ich weiß, arbeitet er seit etwa dreißig Jahren für dieselbe Autoteilefabrik.

Er würde nie verstehen, weshalb ich einen gut bezahlten, sicheren Job gekündigt habe, ohne einen anderen in der Tasche zu haben. Und was meine Gründe betrifft – wahrscheinlich würde er meinen Arbeitgeber für seine Rolle in dieser Angelegenheit verurteilen, aber dass ich aufgegeben habe, statt es auszusitzen, kann er bestimmt nicht nachvollziehen. Er würde es so sehen, dass ich mich habe vertreiben lassen, und das würde er missbilligen.

Früher mal habe ich mich auch für so stark und stur gehalten.

Aber ein ganzes Jahr ständiger Vergeltungsschläge hat mich zermürbt, mir meine Entschlossenheit geraubt. Mir das Selbstbewusstsein genommen, meine idealistische Vision eines sorgfältig durchgeplanten Lebens. Dieses Jahr hat mich gebrochen, und irgendwann habe ich begriffen: Ich hatte Angst. War im tiefsten Innern verunsichert. Verloren. Und so verdammt müde.

Also bin ich gegangen. Habe die Flucht ergriffen, ohne Job, ohne Plan, ohne Vorstellung davon, wer oder was ich eigentlich war oder sein wollte mit meinen sechsundzwanzig Jahren.

Nein, Dan würde das niemals verstehen.

Aber um fair zu sein: Die meiste Zeit verstand ich es ja selbst nicht.

»Hast du einen besser bezahlten Job in Chicago gefunden?«, hakt er nach, als ich auf seine andere Frage nicht antworte.

»Eigentlich …« Ich hebe das Kinn und erwidere seinen Blick unverwandt, ohne zu blinzeln. »… habe ich in den letzten Monaten in einer kleinen Bar im Ukrainischen Dorf gejobbt, gemeinsam mit meiner Halbschwester Dara.«

Verdammt, das hatte ich eigentlich nicht sagen wollen.

Rasch sehe ich zu Katherine hinüber, aber der Name meiner Schwester scheint sie nicht weiter zu irritieren; vermutlich weiß sie von Daras und Jesses Existenz. Anders als ihre Söhne, zumindest Jude, wenn ich nach seinem erschütterten Blick gehe. Dara arbeitet ebenfalls im *Rabbit Hole* – so bin ich an meinen Job gekommen. Wie seltsam, dass er dort Stammgast war, ohne sich im Klaren darüber zu sein, in welchem Verhältnis er durch Dan selbst zu Dara steht. Denn Jude kommt mir nicht vor wie jemand, der so tun würde, als ob er sie nicht kennt, ganz gleich, wie entfernt die verwandtschaftliche Beziehung ist.

»Meinst du das ernst, Cypress?« Dan starrt mich an. »Das ergibt doch keinen Sinn.«

»Doch, damals schon«, sage ich mit einer Ruhe, die ich überhaupt nicht empfinde.

»Dan«, murmelt Katherine.

Er sieht sie an, dann wieder mich, und presst die Lippen zu einem dünnen Strich zusammen. Vielleicht, um sich davon abzuhalten, eine Erklärung von mir zu verlangen.

»Meinst du das *Rabbit Hole?*« Simon legt den Kopf schief. »Hey.« Er deutet mit dem Kinn auf Jude. »Ist das nicht die Bar ganz in der Nähe vom Studio?«

Oh, verdammt. Judas kann sich beim Abendmahl nicht unbehaglicher gefühlt haben als ich in diesem Augenblick.

»Ja, wir gehen dort manchmal nach Feierabend noch was trinken«, antwortet Jude, und ich verbiete mir mit größtem

Nachdruck, ihm ins Gesicht zu sehen. Stattdessen betrachte ich seine Unterarme, die er neben der leeren Kaffeetasse abgestützt hat. Großer Fehler. Zwar sind sie von dünnem weißem Baumwollstoff bedeckt, aber die Muskeln zeichnen sich trotzdem darunter ab. Und bei genauerem Hinsehen – und scheiß drauf, ich kann nicht anders, als genauer hinzusehen – schimmert sogar die dunkle Tinte seiner Tattoos an manchen Stellen hindurch. Ich erinnere mich gut an diese Tattoos, an die Kraft dieser Arme, als er sich über mir abgesenkt hat, mir in die Augen gesehen und in mich gestoßen hat …

Mit einem Mal ist mein Mund ganz trocken. Ich reiße mich hastig von dem Anblick los … und stelle fest, dass Dan mich mit misstrauisch zusammengekniffenen Augen ansieht. Er blickt von mir zu seinem Stiefsohn und dann wieder zurück. Ich kann förmlich spüren, wie er überlegt.

»Studio?« Es klingt fast wie ein Aufschrei, aber ich muss dringend das Thema wechseln. Der Blick meines Vaters ist viel zu scharfsichtig. »Was für ein Studio denn?« Mit Mühe dämpfe ich meine Stimme zu normaler Gesprächslautstärke.

Und so wie Simon in sich hineingrinst, ist ihm das nicht entgangen.

»Tattoostudio«, brummt Jude. »Ich bin Tätowierer.«

»Und zwar ein verdammt guter«, bejubelt ihn Simon.

Die Tattoos, die seinen Körper bedecken, all die Bilder in seinem Schlafzimmer … plötzlich passt alles zusammen. Die Fähigkeit allein macht einen echten Künstler nicht aus. Es geht auch um die Wertschätzung, die Liebe. Und nach seinen Schlafzimmerwänden zu urteilen, ist er ein Mann, der es liebt, sich mit Kunst zu umgeben.

Ich wünschte, ich hätte einen genaueren Blick auf diese Bilder erhascht. Was hätten sie mir wohl alles über ihn verraten?

Mein Bruder hat mir einen Job angeboten, für den die meisten Menschen töten würden. Ich wäre ein verdammter Idiot, wenn ich ablehne.

Aus irgendeinem Grund kommt mir die Bemerkung, die er in der Gasse gemacht hat, wieder in den Sinn. Und die bittere Enttäuschung und Abscheu in seiner Stimme. Enttäuschung und Abscheu, die sich offenbar gegen ihn selbst gerichtet haben.

Der Bruder. Das muss Knox sein. Er war mal ein wahnsinnig bekannter MMA-Kämpfer, aber jetzt besitzt er ein Tattoostudio.

»Simon ist viel zu bescheiden, um es selbst zu erzählen, aber er macht dieses Jahr seinen Abschluss an der Kunstschule«, wirft Katherine ein, der Stolz in ihrer Stimme ist unüberhörbar. »Er hat schon Jobangebote von einigen führenden Marketing-, Design- und Animationsfirmen.«

Ich öffne den Mund, um Simon zu gratulieren, dann sehe ich sein Gesicht und klappe den Mund wieder zu. Seine Miene ist wie versteinert; kurz ist der stählerne Kern zu erkennen, der sich unter dem übermütigen Humor und dem lässigen Lächeln verbirgt. Derselbe stählerne Kern, der bei Jude so viel dichter unter der Oberfläche liegt.

Puh. Zwischen Jude, Simon und ihrer Mutter vibriert plötzlich eine spürbare Anspannung in der Luft. Sie klingt in meinen Ohren wider, als hätte jemand eine zum Zerreißen straff gespannte Gitarrensaite angeschlagen. Und so konzentriert, wie sich die Nachbarn auf einmal mit ihrem Kuchen beschäftigen, spüren sie es ebenfalls. Selbst der Priester sieht aus, als wüsste er nicht recht, ob er sich lieber seinem Kaffee widmen oder gleich hier an Ort und Stelle in die Seelsorge einsteigen soll.

Option 1, Pater. Option 1.

Weil ich nicht darauf vertraue, dass er meinem stummen Rat Folge leisten wird, wechsle ich schnell wieder das Thema. »Gehört das Studio Knox?«, frage ich Simon, Jude oder meinetwegen auch Pater Donovan. »Ich habe gehört, dass er eins eröffnet hat, nachdem er den Profisport an den Nagel gehängt hat.«

Tiefes, unheilvolles Schweigen. Es lässt mich frösteln, erstickt mich, ist zugleich so ruhig wie die Stille auf einem Friedhof und so ohrenbetäubend wie ein Rockkonzert.

Ich bin direkt ins nächste Fettnäpfchen gelatscht, und ich weiß nicht, wie ich aus der Nummer wieder rauskommen soll. Aber inzwischen ist es mir auch egal. Der ganze Abend war das reinste Minenfeld. Und ich verschwinde jetzt hier, ehe ich mich noch selbst in die Luft jage.

Ich schiebe meinen Stuhl zurück, stehe auf und zwinge meine Lippen zu etwas, das vage an ein Lächeln erinnert. »Katherine, Dan.« Ich nicke meinem Vater und seiner Frau zu. »Danke für die Einladung. Es war ein wunderbarer Abend.« Keine Ahnung, wie ich diese unverfrorene Lüge über die Lippen bringe, ohne daran zu ersticken. Muss wohl eins dieser Wunder sein, an die Leute wie der Pfarrer glauben. »Dan, könnte ich dich noch kurz unter vier Augen sprechen, ehe ich nach Hause gehe?«

Ohne ihm eine Wahl zu lassen, murmle ich einen Abschiedsgruß in die Runde, weiche dem auf mir ruhenden eindringlichen Smaragdaugen-Blick aus und gehe hinaus.

Sobald ich in den Flur trete, scheint sich ein Gewicht von meiner Brust zu lösen, und zum ersten Mal, seit ich das Haus betreten habe, atme ich tief durch. Das eigentliche Anliegen, weshalb ich hier bin, ist noch längst nicht erledigt, aber in diesem Moment ist mir das ganz egal. Irgendwas stimmt nicht mit dieser Familie. Da habe ich tausendmal lieber meine depressive Mutter und meine durchgeknallten Halbschwestern um mich, als in diesem Raum zu sitzen, in dem in jeder Ritze unausgesprochener Zorn, Schmerz und Familiengeheimnisse lauern, nur notdürftig mit fadenscheiniger Höflichkeit abgedeckt.

»Hier entlang, Cypress«, höre ich Dan sagen, und im nächsten Moment legt er mir eine Hand auf den Rücken.

Er führt mich zu einem Zimmer am anderen Ende des Flurs und schließt die Tür hinter uns. Ich sammle mich ein wenig, sehe mich in dem gemütlichen Zimmer um, das ein wenig an eine Höhle erinnert. Braune Ledersofas, ein großer Couchtisch, ein altmodischer Fernsehtisch mit eingebautem großen Flachbildfernseher, in einer Ecke ein Schreibtisch. Die auf dem Couchtisch verstreuten Auto- und Sportzeitschriften verraten mir, wer hier am meisten Zeit verbringt, ebenso wie die Zigarrenkiste und der dazugehörige Zigarrenschneider auf dem Schreibtisch. In der Luft hängt ein schwacher süßlicher Duft von Schwarzkirschen und versetzt mich zurück in meine Kindheit: Abends hat Dan immer den Tag auf dem Sofa ausklingen lassen, in einer Hand sein Bier, in der anderen eine Zigarre, die zusammengekniffenen Augen unverrückbar auf ein Baseballspiel gerichtet.

Unerwartet und sehr unwillkommen zuckt ein schmerzhafter Stich durch meine Brust. Ich verschränke die Arme, um nicht dem Drang nachzugeben, die schmerzende Stelle zu reiben.

Wenn du nichts riskierst, riskierst du noch mehr. Die Worte der Autorin Erica Jong laufen wie ein Newsflash durch meinen Kopf, und ich nehme sie mir zu Herzen. Ja, vielleicht steht hier mein Stolz auf dem Spiel, aber wenn ich nichts sage, dann ist es noch schlimmer.

»Danke, dass du meine Einladung angenommen hast«, sagt Dan und steckt die Hände in die Taschen. Er verzieht das Gesicht und schüttelt den Kopf. »Und es tut mir leid, wie es geendet hat. Gerade sind da ein paar Dinge …«

Er verstummt, und ich hake nicht nach. Interessiert mich nicht. Okay, ein bisschen neugierig bin ich vielleicht schon, was Simon von Mr. Strahlemann in Mr. Eisberg verwandelt haben könnte. Oder weshalb Katherine mit einem ihrer Söhne so angegeben hat und mit den anderen nicht. Und ob Knox' Abwesenheit irgendwas damit zu tun hat, dass die bloße Erwähnung seines Namens die Temperatur im Raum unter null hat fallen lassen.

Ob diese »Dinge« irgendwas damit zu tun haben, dass Jude letzte Woche in der Bar aufgetaucht ist.

Dan seufzt. »Na, wie auch immer. Du wolltest mit mir sprechen?«

»Du weißt, weshalb ich hier bin.« Ich drehe mich um und stütze mich mit beiden Händen auf der Sofalehne ab. »Ich brauche das Geld, das du für mich beiseitegelegt hattest. Fürs College.«

»Richtig.« Er legt den Kopf schief. »Geld, über das du mir vor acht Jahren gesagt hast, du würdest es von mir nicht brauchen oder wollen.«

Ich müsste taub sein, um die Verärgerung in seiner Stimme nicht herauszuhören. Aber ich werde mich nicht dafür entschuldigen. Mein Studium an der USC habe ich mir aus eigener Kraft verdient, und es war wichtig für mich, es ohne seine Hilfe oder Einmischung zu schaffen. Das ist es immer noch. Wenn ich irgendeine andere Möglichkeit sehen würde, hätte ich mir dieses Essen in der Hölle nicht angetan und würde auch nicht hier stehen und ihn praktisch um Geld anbetteln.

Gott, wenn es nicht noch etwa einen Monat dauern würde, bis meine Eigentumswohnung verkauft ist, dann wäre ich gar nicht hier. Ich könnte Moms Arztrechnungen zahlen, ihr ein finanzielles Polster für ihre anderen Rechnungen überweisen und hätte immer noch genug übrig für einen Neustart. Wenn Dan jetzt schon ausflippt, was würde er dann wohl erst sagen, wenn er wüsste, dass ich vorhabe, wieder zur Uni zu gehen? Die Karriere sausenzulassen, die ich mir in den letzten vier Jahren aufgebaut habe, und noch mal ganz von vorn anzufangen?

Wenn dir die Straße nicht passt, auf der du läufst, bau dir eine neue. Ich versuche, Dolly Partons Vorschlag zu befolgen, eine neue Straße in meinem Leben anzulegen. Aber Hoffnung, selbst die allerkleinste, ist gefährlich, denn es ist sehr schmerzhaft, wenn man sie begraben muss. Und deshalb habe ich mir meinen Plan bisher selbst kaum eingestanden, geschweige denn mit irgendjemandem darüber gesprochen. Auch nicht mit meinen Schwestern.

Nein, das behalte ich noch eine Weile für mich.

»Damals nicht«, antworte ich Dan. »Aber jetzt sieht es anders aus, und ehe ich aufs College gegangen bin, hast du mir gesagt, falls ich meine Meinung jemals ändern sollte, würde das Geld auf mich warten. Nun, ich habe meine Meinung geändert.«

»Ich hab aus meiner Altersvorsorge Geld für jede von euch beiseitegelegt. Zehntausend Dollar für die Schule, für eure Zukunft. Dara hat die Kunsthochschule besucht und sie nicht beendet. Jesse …« Er wirft die Hände in die Luft. »Himmel, keine Ahnung, was sie damit angestellt hat. Was hast du denn vor?« Seine Lippen sind nur ein dünner Strich. »Davon leben, weil du einen ausgezeichneten Job mit Zukunft aufgegeben hast? Mann, Cypress. Du warst immer die einzige meiner Töchter, die mit klarem Kopf gehandelt, etwas aus ihrem Leben gemacht hat …«

Wie eine sengend heiße Stichflamme kocht Wut in mir hoch. »Ich will jetzt nicht mit dir über Dara und Jesse reden.« Und seine Vorwürfe sind unfair. Ja, Dara arbeitet im *Rabbit Hole*, aber sie ist eine herausragende und leidenschaftliche Bildhauerin. Jesse ist vierundzwanzig und überlegt noch, was sie machen will, aber es ist ja nicht so, dass als Sekretärin in einer Anwaltskanzlei zu arbeiten bedeuten würde, dass man »nichts aus seinem Leben macht«. Tja, das zeigt eben sehr deutlich, wie wenig er über seine Töchter weiß. »Und welche Entscheidungen hinsichtlich meiner Karriere ich treffe, ist meine Sache, nicht deine.«

»Welche Karriere denn? Du hast …«

»Darüber rede ich nicht mit dir«, bringe ich mit zusammengebissenen Zähnen heraus und packe die Sofalehne fester. Der Drang, laut zu werden, ihm zu sagen, dass er ebenso wenig Recht auf eine Meinung über mein Leben hat wie der Postbote, ist fast unwiderstehlich. Scheiße, der Postbote hätte vermutlich sogar ein größeres Recht darauf, immerhin bekommt er mich öfter zu Gesicht. Dan hingegen ist abgehauen. Dan war zufrieden damit, einmal im Monat Alimente zu zahlen, und hat auch nicht darauf bestanden, mich zu sehen, als ich beschlossen habe, nicht mehr jedes zweite Wochenende bei ihm, seiner neuen Frau und seinen Stiefsöhnen zu verbringen. Dan war auch nicht bei meiner College-Abschlussfeier, denn Mom war ebenfalls dort, also hätte er Katherine nicht mitbringen können.

Das alles war seine eigene Entscheidung, also nein – er hat kein Recht darauf, mitzubestimmen, was ich mit meinem Leben anfange, aus dem er sich aus freien Stücken ausgeklinkt hat.

All das liegt mir praktisch auf der Zunge. Aber mein gesunder Menschenverstand – und meine Verzweiflung – sorgen dafür, dass ich es nicht ausspreche. Dan wütend zu machen, wenn ich seine Hilfe brauche, wäre nicht nur irrational, sondern dumm.

»Sieh mal.« Ich fahre mir mit der Hand durchs Haar, hole tief Luft und konzentriere mich auf den eigentlichen Grund meines Hierseins. Bei dem Gedanken an meine Mutter und den stetig wachsenden Stapel Rechnungen auf dem kleinen Abstelltisch im Flur verliert sich die Schärfe in meiner Stimme. »Du wolltest wissen, wofür ich das Geld brauche.« Ich halte inne, schlucke die Bitterkeit runter, die in meiner Kehle aufsteigt. »Mom. Ihre Versicherung hat den Großteil der Kosten für ihre Herz-OP und den anschließenden Krankenhausaufenthalt übernommen, aber eben nicht alles. Obwohl sie inzwischen wieder arbeitet, kann sie den Rest nie im Leben allein abzahlen. Und außerdem hat ihr Arzt von einer weiteren OP geredet, die noch recht neu ist und offenbar Herzpatienten eine längere Lebenserwartung verschafft. Doch weil sie noch neu ist, zahlt die Versicherung nur einen kleinen Teil davon.« Schon vor ihrem Herzinfarkt habe ich Mom finanziell unterstützt. Ohne meine Hilfe gerät sie ordentlich ins Schwimmen. »Mit den Zehntausend könnte ich die Zuzahlung für die OP leisten, die sie braucht, ehe es zu spät ist, und auch die Restschulden begleichen.«

Es wäre immerhin ein Anfang, und mit dem Verkauf meiner Wohnung in Kalifornien würde ich den Rest abdecken. Hoffentlich. Aber darum mache ich mir später Gedanken.

»Weiß deine Mutter, dass du mich um Hilfe bittest?«, erkundigt er sich.

»Nein.«

Ich verschweige es ihr aus einem anderen Grund, als er vermutlich annimmt. Würde ich ihr sagen, dass das Geld von ihm kommt, würde sie das vermutlich als Zeichen dafür werten, dass er sie immer noch liebt, und sie hätte wieder eine euphorische Phase. Wenn sie dann aber begreifen müsste, dass er nicht wieder zu ihr zurückkommt, wäre die Bauchlandung vernichtend. Diesen Zyklus habe ich zu oft erlebt, um noch mitzuzählen. Also nein, ich habe nicht vor, ihr davon zu erzählen, ganz gleich, wie er sich entscheidet.

»Ich zahle es dir auch zurück, wenn du willst. Ich brauche es nur ein oder zwei Monate«, dränge ich, als er weder zustimmt noch ablehnt. Verzweiflung steigt in mir auf.

Wie ich das anstellen will, sage ich ihm nicht; irgendwas hält mich davon ab, ihm von dem bevorstehenden Verkauf meiner Wohnung in Los Angeles zu erzählen. Ich will auf keinen Fall, dass er mich bemitleidet – oder mir weiter Vorhaltungen wegen meiner Entscheidungen macht. Wie ich es auch drehe oder wende, Moms Situation erlaubt es nicht, noch zu warten. Einige der Rechnungen wurden bereits an Inkasso-Unternehmen übergeben. Ich brauche das Geld *jetzt*. Laut dem Datumsstempel auf der letzten Rechnung, die ich geöffnet habe, hätte ich es de facto schon vor vier Wochen gebraucht.

Ich fühle mich entsetzlich hilflos, meine Machtlosigkeit ist wie eine erstickend enge Zwangsjacke. Trotz allem, was ich mir geschworen habe, als ich bei UHG gekündigt habe, bin ich mit einem Mal schon wieder ganz von der Gnade eines Mannes abhängig. Statt meines Arbeitgebers, der mir kündigen kann, wenn ich nicht die Füße stillhalte, ist es jetzt mein Vater, der die Gesundheit meiner Mutter in Händen hält und diese Tatsache benutzt, um etwas von mir zu erzwingen. Und was auch immer er von mir verlangt, ich muss es tun, denn ich brauche ihn mehr, als er mich braucht.

Ich hasse es so sehr, mich schon wieder in dieser Lage wiederzufinden. Schwach. Auf den Knien.

»Ich gebe dir das Geld«, sagt er endlich, und vor lauter Erleichterung wäre ich beinahe in mich zusammengesackt. Ich straffe die Schultern, doch dagegen, dass ich die Luft ausstoße, kann ich nichts tun. Mir ist, als wehte ein kühler Wind über meine erhitzte Haut. »Aber ich habe ein paar Bedingungen.«

Die Erleichterung weicht Zorn, es fühlt sich an, als würde ein abgerissenes Starkstromkabel über regennassen Boden zucken. Bedingungen? Echt jetzt? Ja, Mom ist seine Ex, und die letzten dreizehn Jahre haben keinen Zweifel daran gelassen, dass er einen Scheiß auf sie gibt, aber verdammt, die Frau hatte einen *Herzinfarkt*.

Ich hole tief Luft und warte schweigend. Bemühe mich, ihn nicht merken zu lassen, dass ich vor Wut koche.

»Erste Bedingung: Schick mir die Rechnungen, und ich kümmere mich darum«, weist er mich an.

Okay. Das kann ich machen. Es tut weh, dass er mir nicht vertraut, weil ich in seinen Augen einen guten Job gekündigt habe, aber egal. Solange nur die Schulden beglichen werden.

»Zweite Bedingung«, fährt er fort. »Ich bin nicht sicher, ob da zwischen dir und Jude irgendwas läuft oder nicht, doch du hältst dich von ihm fern, auch außerhalb dieser vier Wände. Sollte ich herausfinden, dass zwischen euch etwas passiert, das zwischen Stiefgeschwistern nicht passieren sollte, dann stelle ich die Zahlungen ein. Keine Diskussionen, keine zweite Chance.«

Mir ist, als hätte mich die Faust des Juggernauts in den Brustkorb getroffen. Mir wird ganz kalt, als würde ich zu Eis erstarren. Ich blinzle, starre Dan an und will etwas sagen, aber auch meine Stimmbänder sind wie gelähmt.

Er erwidert meinen Blick, die Arme vor der Brust verschränkt, die Augen zusammengekniffen wie auch vorhin, als wir noch am Tisch gesessen haben. Derselbe grüblerische Argwohn. Und Entschlossenheit. Mein Magen revoltiert vor Panik, Wut und Angst.

»Willst du mich *auf den Arm nehmen?*«, bringe ich heiser heraus, sobald meine Kehle wieder so weit aufgetaut ist, dass ich etwas sagen kann. Nur die Tatsache, dass er zu meiner Zeugung beigetragen hat, hält mich davon ab, stattdessen *verarschen* zu sagen.

»Nein, das will ich nicht.« So unmöglich es auch scheint, seine Miene versteinert noch mehr, der Mund sieht aus wie in Granit gemeißelt, die Augen ähneln blauem Feuerstein. »Glaubst du etwa, ich hätte nicht gemerkt, wie ihr euch angesehen habt? Irgendwas geht da vor, das weiß ich genau. Oder willst du mir etwa erzählen, zwischen dir und Jude wäre nichts?«

»Ja«, zische ich. Eine Lüge und zugleich auch keine. *Jetzt* ist nichts mehr zwischen uns. Es war nur eine einzige Nacht. Seitdem habe ich nicht mehr mit ihm gesprochen, und er hat auch nicht versucht, mit mir Kontakt aufzunehmen, ist nicht mal mehr in der Bar aufgetaucht. »Nicht, dass es überhaupt eine Rolle spielt, aber diese Bedingung ist lächerlich.« *Der reinste Scheißdreck*, denke ich in Wirklichkeit.

»Nein, das ist sie nicht.« Er schüttelt den Kopf. »Du weißt nicht, was in dieser Familie in den letzten Monaten alles passiert ist. Es hätte sie fast zerstört. Es hat Katherine fast zerstört.

Ich dulde nicht, dass ihr weitere Verletzungen zugefügt werden. Nicht, wenn ich etwas dagegen tun kann. Und wenn du etwas mit einem ihrer Söhne hättest, würde sie das definitiv verletzen. Nein.« Er schüttelt noch mal den Kopf, mit mehr Nachdruck. »Ich meine es vollkommen ernst: Halte dich von Jude fern. Wenn zwischen euch nichts vorgeht, dann hast du vollkommen recht – es spielt keine Rolle«, verwendet er meine eigenen Worte gegen mich.

Zitternd stoße ich mich vom Sofa ab. Die Wut in mir ist wie ein lebendiges, atmendes, schreiendes Lebewesen, das sich unter meiner Haut bewegt und danach verlangt, auf ihn losgelassen zu werden. Doch mein Verstand ermahnt mich: So unverschämt diese Forderung auch sein mag, ich brauche sein Geld.

Verdammt.

»Na schön.« Zu meinem eigenen Erstaunen bricht meine Stimme nicht unter dem Ansturm meiner Gefühle. Mir ist zumute wie jemandem, der gerade eine Schwergewichtsweltmeisterschaft verloren hat. »Ich akzeptiere deine Bedingungen. Ich schicke dir die Rechnungen für beide Operationen gleich morgen früh.«

Geh jetzt. Dreh dich um und geh. Ich gehorche der mahnenden Stimme in meinem Innern, wende mich sogar zur Tür. Aber dann bleibe ich ruckartig stehen und drehe mich wieder zu Dan um.

»Seit meinem sechzehnten Geburtstag habe ich dich nie um etwas gebeten. Es hat mich all meine Überwindung gekostet, dich um Hilfe zu bitten, und es geht nicht einmal um mich, sondern um die Frau, mit der du über zehn Jahre lang dein Leben geteilt hast – die Mutter deiner *Tochter*. Und dann kommst du und stellst mir Bedingungen für deine Hilfe, weil dir wichtiger als alles andere ist, dass sich deine Frau auf keinen Fall aufregt. Wichtiger als *ich*. Danke, Dan, für diese Bestätigung dessen, was ich schon seit Jahren weiß.«

Wenigstens hat er den Anstand, ein bisschen zusammenzuzucken. Aber er bittet mich nicht um Entschuldigung. Nimmt seine lächerliche Bedingung nicht zurück.

Hält mich nicht auf, als ich mich umdrehe und das Zimmer verlasse und dann das Haus.

Kapitel 7

JUDE

Ich folge dem silbernen Mercedes-Benz der C-Klasse über die I-90E und bis zur Ausfahrt Ohio Street E, wobei ich darauf achte, dass stets zwei Autos zwischen uns sind. Nicht, dass ich glaube, Cypress wüsste, dass ich ihr seit dreißig Minuten folge. Ihr scheint nicht aufgefallen zu sein, dass ich hinter ihr herfahre, seit sie von Moms Haus losgefahren ist. Denn wenn sie es bemerkt hätte, da bin ich sicher, dann hätte sie irgendwelche taktischen Manöver durchgezogen, um mich abzuhängen, die die Polizei wie Kleinkinder auf Laufrädern hätte aussehen lassen. Wir müssen miteinander reden, aber es ist eindeutig, dass sie mich meidet.

Nicht, dass ich ihr das verübeln könnte.

Scheiße. Meine Stiefschwester.

Ich bin immer noch wie betäubt. Eigentlich sollte ich entsetzter sein, als ich bin, wenn man bedenkt, dass ich Dans Tochter gevögelt habe. Stattdessen bin ich nur … hart. Ja, ich kann es nicht leugnen, ich habe eine höllische Erektion. Und zwar von dem Augenblick an, als sie an der Seite meines Stiefvaters ins Zimmer kam.

Schon in ihrer Jeans-und-T-Shirt-Uniform aus dem *Rabbit Hole* war Cypress sexy. Aber verdammt, in dem klassischen schwarzen Kleid, das sich eng an ihre herrlichen Kurven schmiegt, und den Absätzen, die ihre langen, wohlgeformten Beine noch länger und wohlgeformter erscheinen lassen, ist sie einfach … umwerfend. In der Bar hatte ich den Eindruck, sie gehöre nicht dorthin. Der heutige Abend hat mich darin mehr als bestärkt. Fast verblüfft es mich, dass sie meine großen, narbigen, schwieligen Hände auf sich geduldet hat. In sich.

Sie geht mir nicht mehr aus dem Kopf, seit wir miteinander geschlafen haben. Das klingt so blutleer. Seit wir uns fast gegenseitig in Fetzen gevögelt haben. So heiß war es, so roh, so schmutzig. Und nachdem der erste Schreck darüber, wer sie in Wirklichkeit ist, abgeebbt ist, war mein nächster Gedanke: *Ich will mehr.* Obwohl ich genau weiß, dass es unmöglich ist, immerhin ist sie meine Stiefschwester. Aber diese Unmöglichkeit macht es nur noch schlimmer, schürt meinen Hunger noch mehr, meine Sehnsucht danach, wieder in ihr zu sein.

Jedes Mal, wenn sie meinem Blick nicht rechtzeitig ausweichen konnte, habe ich in diesen blauen Augen dieselbe Sehnsucht gesehen. Habe gesehen, wie dieselben Erinnerungen das Blau verdunkelten. Aber ich habe auch gesehen, wie sie diese Gefühle niederringt.

Das ist klug, wenn ich bedenke, wie uns Dan während dieses wohl unbehaglichsten Sonntagsessens aller Zeiten beobachtet hat. Er ist nicht dumm, und ich habe zwar versucht, meine erste Reaktion bei ihrem Anblick irgendwie zu vertuschen, allerdings nicht sehr erfolgreich. Er weiß nichts Genaues, aber er ist misstrauisch. Und das ist gut. Dieses Misstrauen sorgt dafür, dass mein Schwanz bleibt, wo er hingehört. Sie ist tabu. Und dass sie meine Stiefschwester ist, ist nur einer der Gründe dafür. Einer der wichtigsten, das auf jeden Fall, aber nicht der einzige. Da wäre auch noch die Tatsache, dass ich in wenigen Monaten hier wegziehe. Jetzt mit jemand Neuem anzubandeln, kommt nicht infrage. Und selbst wenn ich vorhätte, auf amerikanischem Boden zu bleiben, würde ich Beziehungen trotzdem meiden wie der Teufel das Weihwasser. Angesichts dessen, was in meiner Familie gerade so abgeht, und angesichts meiner eigenen Erfahrungen – die neueste davon ist Ana – fühlt es sich an, als könnte nur ein unfassbar dummer Masochist auf so eine blöde Idee verfallen.

Das Handy auf meinem Schoß vibriert.

Wo ich gerade von meiner neuesten Erfahrung spreche.

Ich beiße die Zähne zusammen und packe das Lenkrad fester. Ich brauche nicht auf das Display hinunterzusehen, um zu wissen, wer es ist. Sie ruft seit heute Morgen ständig an und hat mich das ganze Essen über mit Nachrichten bombardiert.

Ana.

Unsere Beziehung ist seit vier Monaten vorbei, aber sie weigert sich stur, das zu akzeptieren. Mich loszulassen. Noch ein Grund dafür, nichts Neues anzufangen. Keine Frau der Welt legt Wert darauf, von der verrückten Ex ihres Freundes angebrüllt oder sogar körperlich angegriffen zu werden.

Eden bezeichnet sie als Stalkerin, und ich denke, das ist nicht ganz unberechtigt – Ana taucht immer wieder plötzlich im Laden auf oder steht vor meiner Wohnung, ruft unablässig an und verlangt eine Erklärung dafür, dass ich nicht mit ihr reden will. Ich fahre mir mit einer Hand übers Gesicht. Jedes Mal, wenn sie sagt, dass sie ohne mich nicht leben kann … Natürlich weiß ich, dass Ana sich völlig übertrieben aufführt, aber diese Andeutung rührt an meinen schlimmsten Alptraum. London ist unter anderem deshalb so reizvoll, weil nach London zu gehen bedeutet, Tausende Kilometer Abstand zwischen mich und sie zu bringen.

Vor mir biegt Cypress nach links auf den N. LaSalle Drive ab. Ich ignoriere das dauervibrierende Handy und konzentriere mich ganz auf sie. Bald darauf hält sie auf dem Parkplatz eines Motels, das aussieht, als hätte es einen hohen Prozentsatz an Kunden, die pro Stunde zahlen. Was um alles in der Welt will sie hier? An dem rot blinkenden Neonschild fehlen mindestens fünf Buchstaben, und ich könnte schwören, dass das einstöckige Gebäude Schauplatz einer Mordszene in *The First 48* gewesen ist. Falls nicht, ist es nur eine Frage der Zeit, denn für Drogenhandel, Prostitution und Mord wäre es ganz genau das richtige Umfeld.

Sie stellt ihren Wagen auf einem freien Parkplatz ab. Ach du heilige Scheiße. Ihre neue Luxus-Limousine sticht heraus wie ein Pelzmantel unter lauter Kapuzenpullis. Was zum Geier denkt sie sich dabei? Ein Wunder, dass ihr Wagen nicht längst völlig ausgeschlachtet wurde. Vermutlich rettet sie nur, dass alle annehmen, er gehöre einem Dealer.

Jeder Gedanke daran, ungesehen zu bleiben, ertrinkt in meinem Zorn, der über mich kommt wie eine Flutwelle. Zorn über ihren offenkundigen Mangel an Selbsterhaltungstrieb. Eine Frau mit ihrem Aussehen, die einen solchen Wagen fährt? Ebenso gut könnte sie sich ein Schild mit der Aufschrift »Jede Menge Geld zu holen« um den Hals hängen – es ist fast, als würde sie darum betteln, ausgeraubt zu werden.

Ich rase in die Parklücke direkt rechts neben ihr, schalte den Motor aus, steige gleichzeitig mit ihr aus dem Wagen. Ihr Kopf fährt zu mir herum, und sie reißt die seelenvollen Augen weit auf.

»Was zum Teufel tust du denn hier?«, will sie wissen.

»Dasselbe könnte ich dich auch fragen«, blaffe ich sie an. »Und ja, das mach ich auch. Was zum Teufel tust du hier?«

Der Schreck weicht aus ihrer Miene, und die eleganten dunklen Brauen ziehen sich unheilverkündend zusammen. Ich habe keine Ahnung, wie mir die Ähnlichkeit zwischen ihr und Dan entgehen konnte. Ja, sie ist eine erheblich hübschere Ausgabe, aber die Brauen, der Sturheit versprechende Unterkiefer, das Grübchen in ihrem Kinn – das ist alles er. Die Augen allerdings muss sie eindeutig von der Mutter haben.

»Tut mir leid, Stalker. Für wen hältst du dich eigentlich, für meinen Vater? Du bist mir gefolgt. Was übrigens verdammt gruselig ist, wenn ich das anmerken darf.« Sie knallt die Wagentür zu und kommt um die Motorhaube herum.

»Wir wissen beide, dass ich nicht dein Vater bin. Und Scheiße, das ist auch ein großes Glück, denn das würde alles, was wir letzte Woche getan haben, sehr viel gruseliger erscheinen lassen als die Tatsache, dass ich dir hinterhergefahren bin.« Die Worte sind raus, ehe ich noch mal darüber nachdenken kann. Sie macht sich ganz steif bei dieser deutlichen Erinnerung daran, wie intim wir uns kennen. Und obwohl es klüger wäre, sie nicht weiter zu provozieren, denn immerhin will ich noch mit ihr reden, hat mein Mund andere Pläne. »Mit diesem Daddy-Scheiß hatte ich noch nie was am Hut, allerdings könnte es natürlich sein, dass ich meine Meinung ändere, wenn ich es aus deinem Mund höre.«

Obwohl sie einen Mantel trägt – denselben wie neulich –, sehe ich, wie sich ihre Brust mit einem Mal schneller hebt und senkt. Wie sich ihr Körper mir zuwendet, ganz subtil, fast unmerklich. Ihr Blick lodert auf.

»Was willst du von mir?«, fragt sie, und ja, sie beißt dabei die Zähne zusammen, aber zum Glück lasse ich mich so leicht nicht ins Bockshorn jagen – mit wütenden Frauen habe ich Erfahrung.

»Reden. Nichts weiter.« Das ist zugleich auch eine Ermahnung an mich selbst. Und an meinen Schwanz, der gerade energisch versucht, sich durch meine Hose zu bohren.

»Worüber?«

Ich lege den Kopf schief. »Im Ernst jetzt, Ro? Ich meine natürlich, Cypress.« Ich ziehe die Silben in die Länge. »Willst du mir echt so kommen?«

Sie seufzt, legt den Kopf in den Nacken und murmelt etwas in sich hinein. Es klingt wie »typisch mein Scheißleben«, und ich würde den Satz sofort unterschreiben.

»Na schön. Wir reden, dann gehst du.« Sie scheint auf meine Zustimmung zu warten, aber ich sage kein Wort. Denn ich erwarte, dass *sie* es ist, die nach unserer Unterhaltung geht. Und zwar raus aus diesem Drecksloch.

Sie allerdings scheint es als stillschweigende Zustimmung zu werten, denn sie drückt auf die Fernbedienung ihres Wagens und schaltet die Alarmanlage ein. Na, immerhin. Wobei einige der Jungs, mit denen ich aufgewachsen bin, sich von Kleinkram wie einer Alarmanlage sicher nicht davon abhalten lassen würden, den Wagen zu stehlen. Nicht angesichts der Kohle, die ihnen ein Autohehler dafür zahlen würde.

Ich folge ihr, und meine Stimmung verdüstert sich zusehends. Als sie ihre Zimmertür aufschließt und hinter uns wieder zudrückt, bin ich richtig wütend, vor allem, als ich die Einrichtung begutachte. Die Tapete voller Stockflecken, die vermutlich schon seit der Erbauung dieses Gebäudes an der Wand klebt, der klapprige Tisch und die ebenso klapprigen Stühle, ein Bett, das wohl schon eine Menge mit angesehen hat, wenn ich nach der eingesunkenen Mitte urteile, und ein fleckiger Teppich, den ich lieber nicht im Labor analysieren lassen will. Das Bad sieht bestimmt aus wie der Schauplatz eines Verbrechens.

»Was machst du in diesem Loch?« Vor *Angst* um sie klingt meine Stimme, als hätte ich ein Rasiermesser verschluckt, aber verdammt, das lausige Schloss der Tür würde nicht mal ein Kleinkind aufhalten und schon gar nicht jemanden, der ernsthaft hier hereinwill …

Ich kneife die Augen zu, balle die Hände so fest zu Fäusten, dass sie wehtun. Ich darf mir auf keinen Fall vorstellen, was irgendein verkommenes Arschloch mitten in der Nacht mit ihr anstellen könnte. Niemand würde auf ihre Schreie reagieren. Keiner würde die Polizei rufen, hätte Lust, sich in irgendeinen Ärger reinziehen zu lassen. Niemand würde ihr helfen.

»Ich dachte, du hättest eine Wohnung«, setze ich noch einmal an, diesmal ruhiger … jedenfalls äußerlich.

Langsam zieht sie ihren Mantel aus und wirft ihn aufs Bett. Obwohl ich vor Wut koche, bin ich kein Eunuch. Das Kleid verbirgt zwar mehr Haut, als es zeigt, aber wie sich der weiche Stoff um ihre Brüste, Hüften und Beine schmiegt … der *Playboy* könnte sie so, wie sie ist, auf einem Poster abbilden. Es ist raffiniert. Edel.

Es macht mich fertig.

Auf der Suche nach einer Ablenkung von dem Sirenengesang ihres Körpers gehe ich zum Fenster und ziehe den schweren Vorhang auf. Ich stelle zufrieden fest, dass unsere beiden Wagen noch da stehen, wo wir sie abgestellt haben – die Beherrschung habe ich obendrein auch nicht verloren –, und drehe mich wieder zu ihr um.

Sie hat die Arme vor der Brust verschränkt und mustert mich, die vollen Lippen zu einem Strich zusammengekniffen.

Na, so sehr diese vollen Lippen eben einen Strich bilden können. Vielleicht werde ich diesen Mund eines Tages ansehen können, ohne mir vorzustellen, wie er an meinem Schwanz hinuntergleitet. Heute ist nicht dieser Tag.

»Ich hatte eine Wohnung«, sagt sie. »Aber meine Mitbewohnerin ist zu der Erkenntnis gelangt, dass sie doch nicht ohne ihren Ex leben kann, und drei ist einer zu viel. Also musste ich gehen.«

»Meinst du das ernst? Sie hat dich einfach rausgeworfen? Wie hat sie das denn angestellt, wenn du mit im Mietvertrag stehst?«

»Ich hab sie über so ein Anzeigenportal gefunden. Sie hat mich sofort einziehen lassen, da hab ich nicht darauf bestanden, in den Mietvertrag mit aufgenommen zu werden.« Sie zieht eine Schulter hoch. »Bittsteller können nicht wählerisch sein.«

»Moment mal. Moment.« Verwirrt hebe ich eine Hand. »Bittsteller können nicht wählerisch sein? Das klingt ja, als wärst du hier mit einem Rucksack voller Klamotten aufgeschlagen und hättest keine andere Wahl gehabt. Oder Geld. Dan hat immer erzählt, dass du in Kalifornien so einen tollen Job gefunden hast, was bei ihm heißt: tolle Bezahlung. Oder irre ich mich?«

Sie wendet den Blick ab, und an ihrem Kiefer zuckt ein Muskel. Mir ist, als wöge ihr Schweigen Tonnen. Was tut sie gerade? Überlegt sie, ob sie mir die Wahrheit sagen oder mich anlügen soll? Wägt ab, wie viel sie mir erzählt? Am liebsten wäre ich auf sie zugestürmt, hätte sie an den Schultern gepackt und verlangt, dass sie alle Karten auf den Tisch legt.

Eigentlich könnte es mir ganz egal sein, ob sie mir die Wahrheit sagt oder nicht – wenn sie für mich wirklich nur ein One-

Night-Stand wäre, der sich zufällig als meine Stiefschwester entpuppt hat.

Aber mein Hirn funktioniert gerade nicht logisch. Nicht, wenn sie vor mir steht in diesem Rotlichtbezirk-Motelzimmer, während in den benachbarten Räumen gerade wer weiß was passiert. Mein Beschützerinstinkt, der mich schon so oft in die Scheiße geritten hat, hat seine Warnsirene auf volle Lautstärke gedreht.

»Nein, du irrst dich nicht. Ich hab als Finanzmanagerin gutes Geld verdient. Aber ich hab denselben Fehler begangen wie so viele andere Leute auch – ich habe es gleich wieder ausgegeben. Und außerdem habe ich meine M …« Sie bricht mitten im Wort ab, und ich schlucke den Befehl herunter, den Satz zu beenden. Ich habe kein Recht dazu, und ich will es auch gar nicht wirklich. Zumindest rede ich mir das ein. »Jedenfalls sind meine zugegebenermaßen mageren Ersparnisse und der letzte Gehaltscheck nach meiner Rückkehr sehr schnell zusammengeschmolzen. Und wenn man Hunger hat und kein Dach über dem Kopf, dann zieht man ein, wo auch immer sich eine Tür für einen öffnet, und nimmt jeden Job an, den man kriegt.«

Als wäre sie peinlich berührt über das kleine bisschen, was sie mir erzählt hat, hebt sie ihren Mantel auf, marschiert zu dem winzigen Schrank ganz hinten im Zimmer und beschäftigt sich unnötig lange damit, den Mantel aufzuhängen. Ich muss sie nicht gut kennen, um zu erkennen, dass es eine reine Verzögerungstaktik ist.

Würde sie ahnen, wie sehr dieser kurze Blick auf ihre Verletzlichkeit in mir den Wunsch weckt, sie in den Arm zu nehmen und zu beschützen, hätte sie sich wahrscheinlich im Bad eingeschlossen. Cypress kommt mir vor wie jemand, der ungefähr ebenso begeistert auf mitfühlende Umarmungen reagiert wie Superman auf Kryptonit.

»All das erklärt aber nicht, was du hier machst, Süße«, sage ich leise. Sie dreht sich um, sieht mir ins Gesicht. Überraschung, Argwohn und etwas Dunkles flackern in ihren Augen auf. Bei Letzterem juckt es mich in den Fingern, meinen Schwanz zu packen. Diese Art Dunkelheit hat zwischen Stiefgeschwistern nichts zu suchen. »Deine Mutter lebt hier. Du hast Schwestern.« Dans Töchter, von deren Existenz ich nichts wusste. »Weshalb wohnst du nicht bei einer von ihnen?«

Sie hebt das Kinn und kommt auf mich zu. Über einen Mangel an Stolz kann diese Frau jedenfalls nicht klagen.

»Weil Dara bei ihrer Mutter wohnt, und während meine Schwester und ich uns nahestehen, kann ihre Mutter nicht mal meinen Anblick ertragen. Sie hat schon jemanden, der sie ständig an Dan erinnert, zwei von uns sind zu viel für sie. Und Jesse lebt mit ihrem kontrollsüchtigen Arsch von einem Freund zusammen, der jeden hasst, mit dem er ihre Aufmerksamkeit teilen muss. Selbst wenn sie mir erlauben würden, bei ihnen einzuziehen, wäre es sehr wahrscheinlich, dass mindestens einer von uns es in die Abendnachrichten schafft. Ist für uns alle besser, wenn wir keinen Mord provozieren.« Sie hat schon zwei Finger gehoben, jetzt folgt der dritte, als würde sie eine Liste abhaken. »Und bei meiner Mutter zu wohnen, kommt gar nicht erst infrage. Deshalb dieses Drecksloch von einem Motel.«

»Ich bin sicher, dass Dan und Mom …«

»Beende den Satz erst gar nicht«, fällt sie mir ins Wort. »Das ist erst recht keine Option.«

»Verdammt, Cypress, das ist doch dumm.« Vor Frustration könnte ich schreien. Ich fahre mir mit beiden Händen durchs

Haar, kralle die Finger hinein, damit ich nicht zu ihr hinübergehe und sie schüttle, bis sie wieder zu Verstand kommt. Überhaupt: Damit ich sie nicht anfasse. »Hier bist du nicht sicher.«

»Wird reichen müssen, bis ich woanders unterkomme«, erwidert sie in scharfem Ton. »Ich sage ja ungern, was offensichtlich ist – ach was, eigentlich macht es mir nichts aus. Das hier geht dich nichts an. *Ich* gehe dich nichts an.«

»Das ist ein Irrtum«, knurre ich.

Sie schnaubt. »Dass du deinen Schwanz in mich gesteckt hast, berechtigt dich zu genau gar nichts. Wenn es so wäre, dann wären …«

»Sag. Es. Nicht.« Ich mache einen Schritt auf sie zu. Halte an. Noch ein Schritt. Und wieder halte ich an. Es ist, als hätte sie mit einer knallroten Flagge vor meiner Nase herumgewedelt, und ich muss mich mit aller Kraft zurückhalten, um nicht auf sie zuzustürmen.

Sie hat recht. Wir haben gevögelt, und damit endet das »Wir« auch schon wieder. Sie gehört mir ebenso wenig, wie ein Haus einem Hausbesetzer gehört. Aber zu hören, wie sie den Namen eines anderen Mannes sagt oder überhaupt nur darüber redet, dass schon andere Männer diesen herrlichen Körper berührt haben, würde die Dunkelheit in mir nur anfachen, den Hunger, der keinen anderen Wunsch in mir zulässt, als noch mal – wie hat sie es ausgedrückt? – meinen Schwanz in sie zu stecken. Und noch mal. Und noch mal. So lange, bis ich sämtliche Erinnerungen an andere Männer aus ihrem Gedächtnis getilgt habe.

Das Schweigen dehnt sich immer mehr in die Länge. Doch, ihr Wohlergehen geht mich etwas an. Sie gehört zu meiner Familie. Aber obwohl sie das Gegenteil behauptet, habe ich auch noch aus einem anderen Grund ein Recht darauf, sie beschützen zu wollen: Sie hat darauf vertraut, dass ich ihr nicht wehtue, in dem Moment, als sie am verletzlichsten war … hat ihren Körper und ihre Lust in meine Hände gegeben. Keine Ahnung, mit was für Arschlöchern sie bisher zu tun hatte, aber ich bin anders als diese Männer.

»Hör zu«, sagt sie noch mal, es klingt fast wie ein Seufzen. »Ich weiß zu schätzen, dass du …«

»Komm mit zu mir nach Hause«, unterbreche ich sie, und meine unverblümten Worte hallen im Zimmer wider wie ein Donnerschlag.

Sie reißt die Augen auf, öffnet den Mund, und ihr entweicht ein leises Keuchen.

Auch ich bin von meinen eigenen Worten schockiert. Ich hatte nicht vor, ihr dieses Angebot zu machen beziehungsweise, seien wir ehrlich, ihr diesen Befehl zu erteilen. Ich wusste nicht mal, dass mir diese Idee im Kopf herumspukt, ehe die Worte über meine Lippen kamen. Aber jetzt, da es gesagt ist … ich nehme es nicht zurück. Obwohl ich nachher noch mal ein sehr ernsthaftes Gespräch mit mir selbst führen muss, um mich daran zu erinnern, dass Cypress absolut tabu ist und ich meine Finger bei mir behalten muss, nehme ich mein Angebot nicht zurück.

In mir steigt eine tiefe Ruhe auf, das Gefühl, dass ich richtig handle.

Es steht fest, dass sie mitkommen wird. Entweder das, oder ich bleibe die ganze Nacht hier stehen und passe auf sie auf – und auf unsere Autos.

»Nein.« Sie schüttelt den Kopf, und ihre Haarspitzen schlagen gegen ihr Kinn. »Auf gar keinen Fall. Ich kann nicht.«

Ich verschränke die Arme vor der Brust und lehne mich mit der Hüfte an eine uralte Kommode, ein stummes Gebet auf den Lippen, dass sie unter meinem Gewicht nicht zusammenbrechen möge. »Du kannst nicht, oder du willst nicht?«

»Ich kann nicht.« Wütend starrt sie mich an. »Ich *kann* nicht mit zu dir kommen.«

»Also willst du lieber in diesem Loch bleiben, wo du höchstwahrscheinlich früher oder später ausgeraubt und belästigt wirst oder Schlimmeres, als mit in meine Wohnung zu kommen? Eine Wohnung, die du bereits kennst, weshalb du weißt, dass es dort tausendmal besser ist als hier?« Ich verziehe das Gesicht. »Ja, das klingt plausibel.«

Sie stößt ein Grollen aus, und wie vor einer Woche in jener Seitenstraße ist es, als würde es über meine Haut streichen, über meinen Schwanz. Ich senke die Arme und klammere mich mit einer Hand an der Kante der Kommode fest.

»Du verstehst nicht«, sagt sie wütend. Dann stößt sie die Luft aus, schleudert die Schuhe von den Füßen und lässt sich auf den Rand der eingesunkenen Matratze plumpsen. Fährt sich mit den Fingern durchs dunkle Haar, den Kopf hat sie gesenkt. Sie sieht aus, als gäbe sie sich geschlagen, und es fühlt sich an, als hätte ich gerade einen Kinnhaken kassiert. Ich habe Cypress wütend erlebt, kühn, wild und leidenschaftlich, selbstsicher, sogar nervös. Aber eine Cypress, die sich geschlagen gibt? Nein. Nicht einmal vorhin am Esstisch, als jedes ihrer Worte eine neue Bombe auf dem Minenfeld hat hochgehen lassen.

Es kommt mir falsch vor, es passt überhaupt nicht zu ihr.

Ehe ich mich fragen kann, ob es klug ist, sich ihr zu nähern, bin ich auch schon bei ihr, setze mich neben sie und streiche ihr übers weiche, dichte Haar.

Sie erstarrt. Wir sind einander so nah, dass unsere Knie gegeneinanderstoßen; ihr warmer Geruch nach Äpfeln und

Rosen steigt mir verlockend in die Nase. Sie hat die Finger noch immer in ihrem Haar vergraben, ich streichle darüber, und nach einem Augenblick lässt sie die Arme sinken. Ich streiche über ihren Kopf, lege ihr die Hand behutsam in den Nacken. Sie schließt die Lider, und die dunklen Wimpern berühren die zarte, von schwachen Schatten verdunkelte Haut unter ihren Augen. Solche Schatten sind mir ausgesprochen vertraut. Sie verraten Rastlosigkeit, mangelnden Schlaf ... Sorge. Weshalb starrt sie nachts an die wasserfleckige Decke? Was beschäftigt ihren scharfen Verstand so sehr, dass es ihr den Schlaf raubt, den Seelenfrieden?

Diesmal gebiete ich dem Beschützerinstinkt, der in mir aufbrüllt, keinen Einhalt. Nein, sie ist nicht mein, aber in diesem Moment ist sie auch nicht allein. Ich gehe hier nicht ohne sie weg, und sie wird sehen, vielleicht zum ersten Mal in ihrem Leben, dass ein Mann nicht einfach abhaut, ohne dass sie mitkommt, Seite an Seite mit ihm.

»Sprich mit mir, Süße.« Ich drücke ihr sanft den Nacken und verspreche ihr: »Was auch immer du sagst, ich behalte es für mich.«

Mehrere Herzschläge lang herrscht Schweigen, und ich könnte schwören, dass ich spüre, wie sie mit sich ringt. Diese Frau schenkt niemandem leichtfertig ihr Vertrauen. Vermutlich haben schon zu viele Menschen sie enttäuscht. Ich habe nicht vor, dieser Liste meinen Namen hinzuzufügen.

»Meine Mutter hatte vor drei Monaten einen Herzinfarkt«, flüstert sie schließlich und blickt mich mit ihren wunderschönen, endlos tiefen Augen an.

»Oh, Baby, das tut mir so leid«, sage ich leise und lege die andere Hand an ihr Kinn, streichle mit dem Daumen über die weiche Haut.

»Ich war jahrelang alles, was ihr noch von meinem Vater geblieben war, von diesem Mann, den sie gegen jede Vernunft und ohne jeden Verstand geliebt hat – das tut sie immer noch. Ich sage es, wie es ist – eine Art lebendiges Erinnerungsstück zu sein, wie ein Magnet an ihrem Kühlschrank, der sie an das erinnert, was sie verloren hat, das war … schwer. Eine echte Belastung.« Ihr kurzes Auflachen tut mir in der Seele weh. »Ich fühle mich echt wie ein Miststück, wenn ich das so sage.«

Sie verstummt. Weshalb? Wartet sie darauf, dass ich sie dafür verurteile? Da kann sie lange warten. Schließlich bin ich der Mann, der das Geheimnis mit sich herumschleppt, dass seine Mutter sich umzubringen versucht hat. Ich kenne mich besser als jeder andere in meiner Familie damit aus, wie es ist, die Last der Eltern mitzutragen. Und insgeheim wütend zu sein deswegen. Nein, von mir wird sie ganz sicher kein einziges missbilligendes Wort zu hören bekommen.

»Aber als ich dann in Kalifornien den Anruf vom Krankenhaus bekam, als mir die Krankenschwester in so einem ganz nüchternen, sachlichen Ton erklärte, dass der Zustand meiner Mom kritisch ist und sie gerade auf dem Weg in den OP ist, da bin ich in Panik geraten. Ich hatte in meinem ganzen Leben noch nie so schreckliche Angst. Denn in dem Moment habe ich auf einmal begriffen: Ja, ich ersticke fast an dem Gefühl, dass ich das Einzige bin, was sie in ihrem Leben noch hat, aber in Wirklichkeit ist auch sie alles, was ich habe.«

Sie legt die Hände flach auf die Matratze und nimmt die Schultern zurück, legt den Kopf zurück, stützt ihn auf meine Hand. »Damals lag mein ganzes Leben in Trümmern, aber ich habe keine Sekunde gezögert. Hab alles in den Wagen geladen, was irgendwie hineinpasste, und bin nach Hause gefahren, um mich um sie zu kümmern. Und inzwischen geht es ihr besser, aber Operationen am offenen Herzen sind nicht billig, auch mit Versicherung nicht. Ihre OP und ihre und meine Lebenshaltungskosten haben meine paar Ersparnisse schnell aufgefressen, und was ich im *Rabbit Hole* verdiene, reicht nicht mal ansatzweise für ihre Arztkosten und die OP. Deshalb wollte ich heute mit Dan reden.«

Damals lag mein ganzes Leben in Trümmern. Dieser Satz hallt in meinem Kopf nach, während alle möglichen Puzzleteile an ihren Platz fallen. Deshalb also ist sie heute zum Sonntagsessen gekommen. Sie brauchte Dans Hilfe.

»Als wir noch kleiner waren, hat er Geld für unsere Ausbildung beiseitegelegt«, fährt sie fort. »Für meine Schwestern und mich.«

»Simon und ich wussten nicht mal, dass er noch zwei weitere Töchter hat«, sage ich, noch immer fassungslos, dass Dan sie nie erwähnt hat. Ich kenne Dara seit etwa fünf Jahren, denn ungefähr so lange arbeitet sie schon in der Bar, und ich hatte keine Ahnung, dass sie praktisch zur Familie gehört. Dass Dan uns seine anderen Kinder nicht vorgestellt hat, ändert sehr plötzlich meine Perspektive auf ihn. Weshalb war nur Cypress gut genug, um uns von ihr zu erzählen? Spielen Dara und die andere Schwester etwa keine Rolle?

»Ja, er hat meine Mom betrogen. Weder Dara noch Jesse hatten je eine enge Beziehung zu ihm, aber sie haben das Geld angenommen, das er für uns beiseitegelegt hat. Ich nicht, und ich war verdammt stolz darauf, dass ich ihn und seine Hilfe nicht brauchte. Aber jetzt …« Wieder lacht sie auf, diesmal leiser. Es klingt sehr bitter. »Jetzt brauche ich diese Zehntausend, um Moms Krankenhausrechnungen zu bezahlen, und kann mir Stolz nicht mehr leisten.«

»Er hat Ja gesagt, oder?« Was wäre er für ein Mensch, wenn er sein eigen Fleisch und Blut abweisen könnte, seine Tochter, wenn sie zu ihm kommt und ihn um Hilfe bittet? Mag sein, dass Dan seine Geheimnisse hat, aber der Stiefvater, den ich seit Jahren kenne, würde seiner eigenen Tochter die Hilfe nicht verweigern.

»Oh, er hat Ja gesagt«, bestätigt sie, doch in ihrer Stimme liegt nicht nur Bitterkeit, sondern Feindseligkeit. »Geknüpft an bestimmte Bedingungen. Ich soll ihm die Rechnungen schicken, dann bezahlt er sie, denn angesichts meiner Karriereentscheidungen kann man mir natürlich kein Geld anvertrauen. Und außerdem« – ihre Lippen verziehen sich zu einem eiskalten Lächeln – »kann man mir auch nicht trauen, was meinen Stiefbruder betrifft. Dan kommt für die Arztrechnungen auf, solange ich mich von dir fernhalte.«

»Was zum *Henker?*«, keuche ich. Reflexartig packen meine Hände an ihrem Gesicht und in ihrem Nacken fester zu. Ich lockere meinen Griff rasch wieder, aber gegen den Zorn, der in mir aufbrandet, kann ich nichts tun. »Soll das ein Scherz sein?«

»Nein, Jude. Sollte er herausfinden, dass wir auf irgendeine Weise miteinander zu tun haben, dann streicht er die Unterstützung für mich – für meine Mutter – mit sofortiger Wirkung. Und ich hab ihn zwar nicht gefragt, was *miteinander zu tun* genau heißen soll, bin allerdings ziemlich sicher, dass es darunterfallen würde, wenn ich bei dir einziehe.«

Sie steht auf und stößt dabei ein leises Ächzen aus, das mir trotz meines Zorns und des Themas, über das wir gerade sprechen, einen kleinen sinnlichen Stich versetzt. Angesichts meiner körperlichen Reaktion auf praktisch alles, was sie tut, sollte ich ihr Nein akzeptieren und gehen. Aber anders als in unserer gemeinsamen Nacht bestimmt mein Schwanz jetzt nicht mehr mein Denken.

Sie hat kein Dach über dem Kopf – denn das Motel zählt nicht. Und ich habe Platz. Auf gar keinen Fall werde ich hier weggehen, ohne dass sie mit mir kommt.

Daran hat sich nichts geändert.

»Also sorgen wir dafür, dass Dan nichts davon erfährt«, sage ich. »Weiß er, wo du gerade untergekommen bist?«

»Nein«, antwortet sie zögerlich.

»Halten deine Schwestern dicht?«

Sie runzelt die Stirn und betrachtet mich eingehend, ehe sie antwortet. »Wir halten immer zusammen, ganz egal, was passiert. Aber …«

»Falls er dich fragen sollte, sagst du ihm, dass du bei einer von den beiden untergekommen bist. Wenn sie ohnehin nichts miteinander zu tun haben, wird er ja wohl nicht zu Besuch kommen. Erst mal bleibst du bei mir, bis wir eine Wohnung für dich gefunden haben. Ich habe ein Gästezimmer, es gehört ganz dir. Und Süße …« Ich beuge mich vor und senke den Kopf, bis mein Mund nur wenige Zentimeter von ihrem entfernt ist. »Das ist keine Bitte. Wenn du nicht einen Mitbewohner in diesem schönen Etablissement haben möchtest, würde ich vorschlagen, du packst deine Sachen, damit wir hier wegkommen, solange unsere Autos noch Räder und Felgen haben.«

Eine Reihe Gefühle flackert über ihr Gesicht: Schreck, Wut, Verwirrung und dann – *Gott sei Dank* – Kapitulation.

»Na gut«, murmelt sie. »Aber nur, bis ich eine neue Bleibe gefunden habe.«

»Wie immer du willst«, stimme ich zu. Hauptsache, ich bekomme sie erst mal hier raus.

»Und zwischen uns läuft alles komplett platonisch. Es wird nicht gevögelt.« Sie wedelt mit der Hand zwischen uns hin und her. »Kein Rückfall. Du bist mein Stiefbruder, der mir in einer Notlage hilft.«

Mein Schwanz pocht empört, als wollte er sagen: »Was hast du da gesagt?«, aber ich nicke. Es ist klüger, dieses Chaos nicht noch mehr zu vergrößern, es ist ja schon schlimm genug. Sex macht niemals etwas unkomplizierter, er sorgt nur dafür, dass alle den Verstand verlieren.

Von jetzt an ist Cypress meine Mitbewohnerin.

Die zudem auch noch meine Stiefschwester ist.

Und zugleich die Frau, die ich nicht aus meinem Kopf bekomme und bei deren Anblick ich sofort eine Erektion kriege.

Japp, das wird bestimmt super funktionieren.

Kapitel 8

CYPRESS

Der beißend kalte Märzwind schlägt mir ins Gesicht und kriecht mir unter den hochgestellten Mantelkragen, als ich die N. Western Avenue hinauflaufe. Für die meisten geborenen Chicagoer sind fünf Grad über null nicht besonders kalt, aber acht Jahre in wärmeren Gefilden scheinen mein Blut verdünnt zu haben. Mehr als je zuvor vermisse ich das Klima in Kalifornien. Letztes Jahr zur selben Jahreszeit bin ich bei milden 21 Grad in T-Shirt und Shorts draußen herumgelaufen. In Kalifornien sind Stiefel eine modische Entscheidung, keine Notwendigkeit. Und während ich durch schmuddeligen Matsch wate, das Resultat des Schnees letzte Woche und des gestrigen Regens, frage ich mich, was zum Teufel ich mir eigentlich dabei gedacht habe, die Stadt der Engel zu verlassen.

Als *Hard Knox Ink* in Sicht kommt, atme ich erleichtert auf. Es ist fast sieben Uhr abends, ein Freitag, und in den Bars und Cafés in der Straße geht es bereits sehr geschäftig zu. Gegenüber vom Studio befindet sich eine Bar, in der Live-Musik gespielt wird, und als jemand die Türen aufstößt, schwappen Lachen und lautstarke Unterhaltungen heraus. Noch ist es zu früh für die Bandauftritte, aber anscheinend warten dort drinnen schon eine Menge Gäste auf den Beginn des Abends.

Ein Hauch Wehmut blitzt in mir auf. Ich war auch mal so ein Gast. Bin mit Freunden ausgegangen, habe Clubs besucht und nach einem langen Arbeitstag meinen Drink genossen. Mein Job war stressig, aber ich bin gut damit klargekommen. Jetzt kommt mir diese Zeit unendlich weit weg vor, kaum mehr wie ein Schimmer am Horizont meines neuen Lebens. Heute bedeutet Entspannung und Freizeit für mich, dass ich eine lange, heiße Dusche nehme und mir den Luxus gönne, Shampoo *und* Spülung zu verwenden – kein Zwei-in-einem-Produkt –, ehe ich ein Kapitel in meinem aktuellen Buch lese und wie ausgeknipst einschlafe.

Oh yeah, ich bin die reinste Partygranate.

Seufzend schiebe ich die nutzlosen Erinnerungen beiseite und konzentriere mich auf meine wacklige Gegenwart. Und in dieser Gegenwart muss ich in den Laden, in dem Jude arbeitet. Mit der Hand, in der ich keine weiße Plastiktüte halte, ziehe ich die Tür auf und schlüpfe rasch hinein. Die Wärme drinnen hüllt mich ein, und fast hätte ich vor Behagen aufgestöhnt.

Entsetzliche Heavy-Metal-Musik dröhnt mir in den Ohren, ein einziges Klirren und maschinengewehrfeuerartige Beats, kreischende Gitarren und völlig unverständlicher Gesang … und es als Gesang zu bezeichnen, ist wirklich *sehr* großzügig. Die Kunden auf den schwarzen Ledersofas scheint es jedoch nicht weiter zu stören. Die meisten blättern durch die Portfolios, die auf einem großen Glastisch liegen, und einige stehen auch vor den aufgehängten Bildern und betrachten die Schablonen, Zeichnungen und Fotos fertiger Tattoos.

Ich gehe an ihnen vorbei und nähere mich dem großen, geschwungenen Empfangstisch, hinter dem Eden steht, Geschäftsleiterin des Studios, Connors Witwe sowie jetzige

Freundin von Knox. Ich weiß nicht, ob uns das zu verschwägerten Stiefschwestern macht oder so, aber ich wette, dass diese Komplikation einer der Gründe ist, weshalb man Dans und Katherines Esszimmer in ein riesiges Tiefkühlfach verwandeln kann, indem man nur seinen Namen erwähnt.

»Hey Cypress«, begrüßt mich die zierliche Brünette, deren Nasenrücken und Stirn mit hinreißenden zimtfarbenen Sommersprossen gesprenkelt sind. »Wie läuft's denn so drüben im *Rabbit Hole?*«

»Wir sind alle völlig verrückt«, zitiere ich leicht verfremdet die Grinsekatze aus *Alice im Wunderland*, denn das Zitat passt ganz ausgezeichnet.

Ihr fröhliches, lautes Lachen hallt von den nackten Ziegelwänden wider. Obwohl Eden auf so tragische Weise ihren Mann verloren hat, ist sie einer der liebenswertesten und offensten Menschen, die ich seit meiner Rückkehr nach Chicago kennengelernt habe. Ich verstehe gut, dass Knox sich in sie verliebt hat.

Wo ich gerade von dem ehemaligen MMA-Kämpfer rede, dem jetzt ein Tattoostudio gehört …

Er taucht hinter Eden auf, seine riesige Silhouette verschluckt ihre fast vollständig. Lieber Gott. Katherine verdient eine Tapferkeitsmedaille dafür, dass sie all diese Riesen zur Welt gebracht hat. Mit seinem dunkelbraunen Haar und Bart, den muskulösen, über und über tätowierten Armen und einem Blick, der Darth Vader wimmernd und am Daumen nuckelnd zurück in den Todesstern kriechen lassen würde, ist mein Stiefbruder Knox eine einschüchternde Erscheinung. Aber dann legt er eine Hand an Edens Kopf und küsst sie liebevoll auf den Scheitel. Die Zärtlichkeit in seinem Blick, als sie den Kopf wendet und zu ihm hochschaut, ist so spürbar und so intensiv, dass ich rasch wegsehe. Allerdings nicht, weil es mir unangenehm ist.

Na gut, das ist gelogen. Es ist mir unangenehm, weil ich einen Stich von Neid und Sehnsucht verspüre. Was lächerlich ist, denn ich wünsche mir ja gar nicht das, was sie miteinander haben. Ich …

»Was gibt's, Cypress?«, fragt Knox mit diesem rauen, aber eindeutig sinnlichen Grollen in der Stimme, das offenbar ebenfalls typisch für die Gordons ist. »Willst du zu Jude?« Ehe ich antworten kann, wendet er sich wieder an Eden. »Bird ist gleich fertig. Denk dran, dass er den Sonderrabatt bekommt, ja?« Dann richtet er den Blick wieder auf mich und ruckt mit dem Kinn, was auf *Männerisch* so ziemlich alles bedeuten kann, von »Was geht?« über »Komm her« bis hin zu »Was denkst du so über die Klimakrise?«.

Ich beschließe, es als »Komm mit« zu interpretieren, und schiebe mich durch die niedrige Schwingtür, die den Eingangsbereich vom eigentlichen Studio trennt. Er entdeckt die Plastiktüte mit dem Essen darin, sagt aber nichts dazu. Er redet überhaupt nicht viel, wie ich in den letzten drei Wochen festgestellt habe, seit ich bei Jude wohne und hin und wieder im Laden vorbeischaue. Knox ist ganz sicher nicht das, was irgendwer eine Plaudertasche nennen würde.

»Na sieh doch nur mal, wer mich da besuchen kommt!«, ruft Hakim Alston, schlendert aus seiner Kabine und breitet die muskulösen Arme aus. Er sieht aus wie Taye Diggs, nur mit langen Locken. Grinsend krümmt er die Finger, um mich näher zu winken, und ich schnaube und begebe mich in seine Umarmung. Er drückt mich fest an sich und hebt mich ein Stück hoch, ehe er mich wieder abstellt und mir einen laut schmatzenden Kuss auf die Wange verpasst. Hakim flirtet schamlos mit jeder, aber auf ganz hinreißende Weise. »Ich wusste, dass du zurückkommst, Cy. Niemand kann mir widerstehen.« Er spannt den Bizeps, und wenn ich sagen würde, es sei kein beeindruckender Anblick, wäre das glatt gelogen.

»Stimmt. Er ist wie ein fleischfressendes Virus, gegen das bisher noch kein Heilmittel gefunden wurde«, ertönt eine ironische weibliche Stimme aus der benachbarten Kabine. Heaven – nein, sie möchte lieber V genannt werden – kommt herausgerollt, die wilden dunklen Locken umrahmen ihr hübsches Gesicht. Im Licht der Deckenlampen funkelt der kleine Silberring in ihrer Augenbraue. »Aber so langsam bauen wir Immunität auf.« Sie kichert, dann lächelt sie mich an. »Wie geht's, Cypress?«

»Hey, V.« Gleich am ersten Tag im Laden habe ich gelernt, dass sie aus irgendeinem Grund nicht auf ihren eigentlichen Vornamen hört.

»Falls wir nachher alle beim *Rabbit Hole* vorbeikommen, meinst du, wir bekommen dann eine Runde Drinks aufs Haus?« Hakim grinst. »Weil wir echt cool sind und so?«

Knox grunzt. »Hör auf damit, sie um Freibier anzubetteln. Hast du etwa keinen Kunden?«

Hakim verdreht die Augen und streicht mit einer Hand an seinem Oberkörper entlang. »Hab ich das nicht immer? Welchen Teil von *höchst begehrt* verstehst du denn nicht, Mann?«

Ich kichere, und Knox grunzt noch einmal. Diesmal klingt es womöglich ein bisschen belustigt, aber da ich ihn erst vor drei Wochen wiedergetroffen habe, bin ich nicht ganz sicher.

»Jude arbeitet gerade in meinem Privatraum«, erklärt mir Knox und biegt in einen Gang ein, der von den Arbeitsplätzen der anderen wegführt. Hier befinden sich auch die Toiletten, Büros und der Pausenraum.

Gleich vor der ersten Tür bleibt er stehen, klopft kurz an und tritt ein. Drinnen sitzt Jude auf einem schwarzen Hocker mit Rollen und zieht gerade die schwarzen Handschuhe aus. Links von ihm steht, den Rücken zu einem hohen Spiegel gewandt, ein Typ, der sich problemlos bei *American Gladiators* bewerben könnte: glatt rasierter Schädel, riesengroß, Muskeln über Muskeln und lauter Tattoos, unter anderem ein Skelett im Kapuzenumhang auf der rechten Schulter – der Sensenmann. Das Tattoo ist … umwerfend. Detailliert. Eindringlich. Es wirkt so realistisch, dass ich fast erwarte, dass es sich gleich von der straffen, gebräunten Haut löst und seine Sense durch die Luft zischen lässt.

Ich sehe Jude an und stelle fest, dass er mich mit diesen waldgrünen Augen mustert. Mein Blick wandert tiefer, zu seinen Händen. Ich erinnere mich noch gut daran, wie ich bei unserer ersten Begegnung dachte, dass seine langen Finger eigenartig elegant sind für einen Mann, der so … groß ist in jedweder Hinsicht. Aber jetzt kommt es mir ganz schlüssig vor. Es sind die Hände eines Künstlers, die solche Schönheit erschaffen können, als wäre Magie im Spiel. Sie sind zu größter Zärtlichkeit fähig und bei Bedarf auch dazu, fest zuzupacken. Imstande, Gefühle auszulösen mit nichts weiter als einem Streicheln, einer Zeichnung, einer Berührung …

Meine Kehle ist plötzlich wie zugeschnürt, und ich ringe nach Luft und reiße den allzu faszinierten Blick von seinen Händen los, lasse ihn die mit einem Henley-Hemd bedeckte Brust hinaufwandern zu seinem Gesicht. Aber dieses Erzengelgesicht schürt die Glut in mir nur noch mehr. So wie ich mich ganz genau daran erinnere, wie diese geschickten Finger mich vor lauter Lust fast in den Wahnsinn getrieben haben, so genau weiß ich noch, wie schamlos und hungrig mir dieser Mund den Verstand geraubt hat. Wie diese Augen in meine geblickt und mich in Besitz genommen haben im selben Augenblick, als sein Körper sich meines Körpers bemächtigt hat.

Den Ansturm meiner heißen, dunklen Erinnerungen in der Woche nach unserer gemeinsamen Nacht habe ich als Folter empfunden. Aber das war nichts im Vergleich zu den letzten drei Wochen. Nur durch ein kurzes Stück Flur von ihm getrennt zu schlafen … das ist die wahre Hölle. Eine verdrehte, entsetzliche Hölle voller Sinnlichkeit.

In seiner Wohnung zu leben, in jedem Raum seinen Duft wahrzunehmen, neben ihm vor dem Fernseher zu sitzen zu den seltenen Gelegenheiten, wenn wir mal abends beide zu Hause sind, seine Körperwärme zu spüren, seine Stimme zu hören, die nach Mitternacht und Sex klingt … Folter.

Doch wie durch ein Wunder schaffen wir es, vollkommen platonisch miteinander umzugehen. Obwohl ich mich so oft selbst berührt und dabei an ihn gedacht habe, dass ich schon lange nicht mehr schlafen kann ohne einen Jude-Orgasmus, überschreite ich diese unsichtbare, aber klare Grenze nie. Wann immer ich die Füße über den Rand der Matratze schwinge und auf den Boden setze, fest entschlossen, in sein Schlafzimmer hinüberzumarschieren, fällt mir schlagartig ein, für wen ich diesen Drang niederringen muss: für Mom.

Bisher hat sich Dan an unsere Verabredung gehalten. Er hat mir bereits drei E-Mails mit Zahlungsnachweisen geschickt. Aber es sind immer noch jede Menge Rechnungen übrig, und solange dieses Damoklesschwert über meinem Kopf hängt, bleibt meine Pussy judefreie Zone.

Doch als er sich von seinem Hocker erhebt und sein skalpellscharfer Blick so über mein Gesicht gleitet, dass ich ihn wie eine körperliche Berührung spüre, über Brauen, Augenlider, Wangen, Mund und Kiefer, da bin ich fast dankbar für Dans Bedingung, die mich zurückhält. Denn dieser Mann …

Ich atme aus und gebe vor, den Riesen in der Ecke genauer zu betrachten.

»Bird, das ist meine Stiefschwester Cypress«, stellt Knox uns einander vor. »Cypress« – er deutet mit einem Nicken auf den anderen Mann – »Bird. Er kämpft beim BFC.«

Selbst ich weiß, wofür diese Buchstaben stehen – Bellum Fighter Championship, die international bekannte MMA-Organisation. Ich kenne den Typen nicht, aber mit meiner Gladiator-Assoziation hab ich nicht ganz danebengelegen.

»Freut mich«, sage ich. »Dein Tattoo ist der Wahnsinn.«

»Freut mich ebenfalls.« Er grinst. »Und danke. Jude hat mir einen echt großzügigen Rabatt angeboten.«

»Ist mir eine Ehre, Mann«, sagt Jude. »Und dass Millionen von Leuten meine Arbeit im Fernsehen präsentiert bekommen, kann auch nicht schaden.«

Bird lacht. »Stimmt.«

»Er ist verdammt gut«, stellt Knox mit schroffer, ganz nüchterner Stimme fest – niemand würde es wagen, ihm zu widersprechen. »Gut genug, um sein eigenes Studio aufzumachen.«

Wäre ich nicht so auf Jude fixiert, hätte ich vermutlich nicht mitbekommen, wie er sich bei diesen Worten anspannt. Aber ich bemerke es, ebenso wie die eigenartigen Schwingungen, die plötzlich zwischen ihm und seinem Bruder in der Luft liegen. Doch im nächsten Moment ist er wieder so lässig wie immer und witzelt mit Bird herum, während er Salbe auf das frische Tattoo streicht und es abdeckt. Als Knox und Bird anfangen, sich über ein bevorstehendes BFC-Event in Detroit zu unterhalten, dreht sich Jude zu mir um.

»Ist das für mich?« Er blickt kurz auf die Plastiktüte, die ich noch immer in der Hand halte und bis zu diesem Augenblick völlig vergessen habe, dann sieht er wieder hoch in mein Gesicht. Noch nie zuvor habe ich einen Mann getroffen, der mit nur einem Blick so viel sagen kann. Und die Wärme in seinen Augen, die freudige Überraschung, die immer darin aufleuchtet, ganz egal, wie oft ich ihm etwas zu essen vorbeibringe, berührt mich jedes Mal tief.

»Nein, für Hakim. Aber da er schon gegessen hat …« Ich zucke mit den Schultern.

Seine Mundwinkel zucken. »Ich würde ja sagen, das ist nur fair, immerhin kriegt er sonst immer das, was ich übrig lasse, aber …«

»Das werde ich ihm so was von sagen«, flötet V, die gerade an der offenen Tür vorbeikommt.

Lachend nimmt er mir die Tüte ab, legt mir die riesige Hand in den Rücken und zieht mich mit sich in den Flur. »Keiner mag Petzen, V, vergiss das nicht«, ruft er ihr hinterher. Sie ist schon auf dem Rückweg in den Hauptraum des Studios, und ich höre ihr Kichern durch den Flur hallen.

Die Kameradschaft und offensichtliche Zuneigung unter den Leuten hier ist unglaublich angenehm. Neid durchzuckt mich, und ich ringe ihn nur mühsam nieder. Früher mal habe ich geglaubt, in meiner Abteilung bei der UHG ginge es ebenso solidarisch zu. Für einen Großteil der vier Jahre habe ich nicht geahnt, was für ein stinkender Sumpf aus sexueller Belästigung und Angst unter der Oberfläche brodelt. Und nachdem mir die Scheuklappen von den Augen gerissen worden waren, gab es kein Zurück mehr in diese selige Unwissenheit.

»Alles gut bei dir?«

Judes Frage holt mich in die Gegenwart zurück, und ich

zwinge mich zu einem Lächeln. »Ja.« Ich reibe mit den Händen über meine bloßen Unterarme. »Ist nur immer so kalt hier drinnen.« Mit einem Nicken deute ich auf die Tüte in seiner Hand. »Ich hab Burger und Pommes mitgebracht, das ist hoffentlich okay?«

Lange mustert er mich, stellt die Tüte auf den Tisch im Pausenraum. »Du weißt, dass es okay ist, Cypress«, antwortet er endlich leise, aber an seinem unverwandten Blick sehe ich genau, dass ich mit meinem Themawechsel nicht so einfach davonkomme. »Ich hab dir doch gesagt, das ist nicht nötig.«

Ich winke ab und lasse mich auf das abgenutzte, aber gemütliche Sofa sinken. »Ich weiß, ich weiß, irgendwie so was hast du mal gesagt.«

Er schnaubt. »Bin gleich wieder da.«

Er geht hinaus, und ich bin froh, der erneuten Diskussion zu entgehen – er hat mir schon gesagt, dass er keine Gegenleistung dafür erwartet, mich bei sich wohnen zu lassen, doch ich habe bisher nicht auf ihn gehört und werde es auch weiterhin so halten.

Nach meiner ersten Woche in seiner Wohnung habe ich versucht, ihm Miete aufzudrücken, aber er hat nichts von mir angenommen. In der zweiten Woche ebenso wenig. *Spar das für deine eigene Wohnung. Deshalb bist du doch hier.* Das war seine Standardantwort. Da er kein Geld von mir annimmt, habe ich angefangen, mich auf andere Weise bei ihm zu bedanken. Ich halte die Wohnung sauber. Mache Frühstück an den Tagen, an denen er damit dran ist, den Laden zu öffnen. Und bringe ihm, wenn er lange arbeitet, Essen vorbei, ehe ich selbst zur Arbeit gehe.

Ich bin es gewohnt, für mich selbst zu zahlen – und auch für andere. Dass sich jemand um mich kümmert, ohne dafür irgendeine Gegenleistung zu erwarten, fühlt sich für mich an, als wäre ich in einem Paralleluniversum gelandet, dessen Regeln ich nicht kenne. Ich bin die ganze Zeit angespannt, warte auf einen Donnerschlag, sobald ich eine davon übertrete.

Früher oder später wird das passieren.

Als er gleich darauf zurückkehrt und die Tür hinter sich schließt, atme ich tief durch, um mich zu beruhigen, denn mit einem Mal ist mir, als würde mein Magen vor Nervosität auf und ab hüpfen. Eine unserer stillschweigend vereinbarten Regeln lautet: Jeder kümmert sich um seine eigenen Angelegenheiten.

Abgesehen von dem Umstand, dass er über Moms finanzielle Lage Bescheid weiß, haben wir diese unsichtbare Grenze nicht übertreten, aber jetzt gleich werde ich es tun. Ich werde sie nicht nur überschreiten, ich werde drübertrampeln.

»Hier.« Er reicht mir einen grauen Kapuzenpulli mit dem Aufdruck #TeamTyrion.

»Ist das dein Ernst?« Glucksend ziehe ich ihn über. In dem weichen Baumwollstoff hängt Judes Geruch und hüllt mich ein wie eine Umarmung.

Er zuckt mit den Schultern und grinst schief. »Eden kam eines Tages mit diesem #TeamDaenerys-Pulli an, also musste ich sie vom *Game-of-*Thron stoßen. Sie hat angefangen.«

»Danke«, sage ich leise. Räuspere mich, greife nach meinem Essenskarton und öffne ihn. Schinde Zeit. »Was war das eben zwischen Knox und dir? Als er sagte, du wärst gut genug für einen eigenen Laden, hast du ausgesehen, als ob du ihm gleich in die Eier trittst.«

Jude schnaubt, dann zuckt er mit den Schultern. »Ach, nichts. Er eröffnet einen zweiten Laden und will, dass ich ihn übernehme.«

Ich starre ihn an. »Ist das der Job, für den die meisten Menschen töten würden?«

Seine Augen lodern auf. Vermutlich ist er überrascht, dass ich mich noch Wort für Wort an etwas erinnere, das er gesagt hat, als wir uns gerade erst kennengelernt haben. Als könnte ich irgendetwas vergessen, das in jener Nacht geschehen ist. Irgendetwas, das mit ihm zu tun hat. »Ja, genau.«

»Und du hast abgelehnt.«

»Ja, hab ich.«

»Wegen London?« Er sieht mich mit zusammengekniffenen Augen an, und ich zucke nonchalant mit den Schultern. »Ich hab ein bisschen im Wohnzimmer aufgeräumt«, erkläre ich, hole meine Gabel aus der Folie und spieße ein paar Salatblätter auf – eine willkommene Ausrede, um ihm nicht in die Augen sehen zu müssen. »Ein paar Briefe und Unterlagen waren vom Tisch gefallen. Ich respektiere deine Privatsphäre und würde niemals …« *Ach, verdammt.* Seufzend lege ich die Gabel beiseite und sehe zu Jude hoch. Er hat sein Essen noch nicht angerührt. Steht mit verschränkten Armen da und beobachtet mich. Himmel, ich wünschte, er würde zu Boden sehen. Oder zur Wand. Was auch immer er möchte, solange er nur mich nicht ansieht, denn die Eindringlichkeit und Schönheit dieses Blicks lässt meine Hirnzellen schmelzen. »Ich hab den Vertrag für deine Gastanstellung in London gesehen.«

Er rührt sich nicht, blinzelt nicht einmal. Aber die Anspannung, die auf einmal in der Luft liegt, ist unmöglich zu übersehen.

»Du verlässt das Land«, sage ich, suche nach einer Bestätigung für das, was ich tief in mir längst weiß. »Deshalb hast du Knox' Angebot nicht angenommen. Du hattest da schon beschlossen, in dem Londoner Studio anzufangen. Weiß er davon?«

»Ja und ja.«

Das ist alles. Keine Erklärung. Nur dieses Ja. Es ist lächerlich, dass es sich anfühlt wie ein Schlag in den Magen. Weshalb sollte es mich denn kümmern? *Es kümmert mich nicht*, behauptet eine Stimme in mir, aber der Schmerz in meinem Brustkorb spricht eine andere Sprache.

»Na, jedenfalls Glückwunsch«, bringe ich mühsam heraus. »Wann geht es denn los?«

Er legt den Kopf schief und betrachtet mich wie ein misslungenes wissenschaftliches Experiment. Fast fühle ich mich wie ein ausgeweideter Frosch, der ausgestreckt auf einer Unterlage festgepinnt ist, so dass Jude sich alles ganz genau ansehen kann – den Schmerz, die Wut, das unerklärliche Gefühl eines großen Verlusts.

Ich habe keinen Appetit mehr und klappe meinen Karton wieder zu. Stopfe ihn zurück in die Plastiktüte und stehe auf. Ich muss hier weg. Weg von ihm. Weg … von mir selbst.

»Cypress.« Auch dass er mit dieser sandpapierrauen Stimme meinen Namen sagt, hält mich nicht auf, als ich zur Tür gehe. Nur die Hand, die sich um meinen Oberarm schließt, bringt mich zum Stehen. »Cypress, was ist los?« Sanft, aber nachdrücklich dreht Jude mich zu sich um. »Du bist wütend«, murmelt er, greift nach meinem Kinn und hebt mein Gesicht.

Ich ignoriere die Wärme, die seine Berührung in mir hervorruft, sehe ihm in die Augen und behaupte: »Nein, ich muss nur los zur Arbeit.«

»Du bist wütend«, wiederholt er mit entnervend ruhiger Stimme, die mich umso mehr aufregt, weil in meinem Innern das reinste Durcheinander herrscht.

»Bin ich nicht.« Mit einem Ruck entziehe ich ihm mein Kinn und weiche zurück. Brauche dringend etwas Abstand. »Ich habe ja gar keinen Grund, auf dich wütend zu sein. Ich wohne ja nur bei dir, Jude, du hast mich kurz bei dir unterkommen lassen. Das bedeutet nicht, dass wir ein Recht auf private Informationen über den anderen hätten. Es tut mir leid, dass ich gefragt habe.«

»Das Opfer zu spielen, passt nicht zu dir«, sagt er, der Blick der grünen Augen ist undeutbar.

Jetzt werde ich wütend. »Siehst du? Und deshalb sind wir keine Freunde. Jedenfalls würde es keiner meiner Freunde wagen, mich als Opfer zu bezeichnen.« *Miststück, Schlampe, Arschloch,* das macht mir nichts aus, aber *Opfer?* Nein. Ich habe ein Jahr lang dagegen angekämpft, als Opfer gesehen zu werden – selbst als ich zum Opfer gemacht wurde. Und jetzt, da ich gerade mein Bestes gebe, um mein Leben wieder in Gang zu bekommen, neu durchzustarten, lehne ich dieses Wort erst recht ab.

Denn tief in mir habe ich hin und wieder selbst geglaubt, ein Opfer zu sein, auch wenn ich es mir auf keinen Fall eingestehen will.

»Dann benimm dich nicht wie eins«, erwidert er ebenso ruhig wie zuvor. Aber diese Augen … sie verschießen Blitze. »Ich habe nichts absichtlich vor dir geheim gehalten. In dem ganzen Durcheinander der letzten Wochen ist nur das Thema nie zur Sprache gekommen. Ich betrachte dich als Freundin, Cypress. Ich würde dich nicht absichtlich anlügen, auch nicht, indem ich dir gezielt etwas verschweige. Und ich hätte auch nicht plötzlich gesagt, dass du nächsten Monat aus der Wohnung rausmusst, weil ich weggehe. Das würde ich dir nicht antun.«

»Du bist nicht für mich verantwortlich.« Meine Stimme klingt schroff, denn der Schmerz in meiner Brust hat sich soeben deutlich verschlimmert. Nächsten Monat. In einem Monat wird er weggehen, und dann liegt ein ganzes Meer zwischen uns.

Ja, ich weiß, ich kenne ihn erst seit knapp über einem Monat. Die drei Jahre damals, als wir noch Kinder waren, zählen nicht, denn da waren wir viel zu beschäftigt damit, uns anzugiften, um Freunde zu werden, geschweige denn Familie. Aber im Lauf der letzten Wochen ist Jude … Was zum Geier ist er eigentlich für mich? Ein Freund nicht, denn bei meinen Freunden pflege ich eigentlich nicht nächtelang wach zu liegen und gegen das Bedürfnis anzukämpfen, rüberzugehen und auf sie draufzuklettern. Träume nicht davon, mit meinen Kumpels zu vögeln.

Und doch habe ich mich seit sehr langer Zeit niemandem mehr so nahe gefühlt.

Die bevorstehende Trennung ist gut.

Ja, das ist sie. Mich Jude allzu sehr verbunden zu fühlen, wäre ein großer Fehler. Von ihm abhängig zu werden, eine Katastrophe.

»Ich habe nie gesagt, dass ich mich für dich verantwortlich fühle«, antwortet er, senkt die Arme und kommt ein Stück auf mich zu. »Ich weiß nicht, was dir drüben in Kalifornien zugestoßen ist, aber es hat deine Sicht auf andere Menschen wirklich gründlich kaputtgemacht. Wenn jemand dir eine Hand reicht, starrst du sie an, als würde sie in der nächsten Sekunde ausholen und dich schlagen. Betrachtest Freundlichkeit als Mitleid. Hilfe als Last. Freundschaft als Verpflichtung.«

Er kann mich mal. »Wir sind keine Freunde«, stelle ich klar … erneut. Als würde es wahrer, je öfter ich es sage und denke. Aber nicht für ihn, sondern für mich.

»*Sherlock.*«

Vom plötzlichen Themensprung verblüfft, blinzle ich ihn an. »Was?«

»Deine Lieblingsserie – die Version von BBC, nicht die mit Lucy Liu. Und das liegt nicht nur daran, dass Cumberbatch dir gefällt. Du magst die Serie, weil du dich mit ihm misst, weil du versuchst, vor ihm herauszubekommen, wer der Killer ist.« Ich starre ihn an, aber er ist noch nicht fertig. »Du magst die kleinen Erdnussbutterbonbons lieber als Erdnussbuttertörtchen. Deine Lieblingssüßigkeit. Vor allem, wenn du erst nach Mitternacht heimkommst und Schwierigkeiten hast, so weit runterzukommen, dass du schlafen kannst.«

Ich öffne den Mund, bekomme aber keinen Laut heraus. Starre ihn nur an, während er weitere Informationen über mich aufzählt.

»Du liebst Ketchup und Mayo auf deinen Pommes, und du glaubst, du solltest fünf Kilo abnehmen, was völliger Bullshit ist. Vor allem, wenn du diese fünf Kilo am Hintern abnehmen würdest.«

»Okay, es reicht, du kannst aufhören«, flüstere ich. »Ich hab's begriffen.«

»Hast du das wirklich, Cypress? Denn du schleppst so eine schwere Last mit dir herum, dass ich staune, dass du nicht einen Buckel hast wie Quasimodo. Ich, deine Schwestern, sogar die Leute hier im Laden – wir haben dich gern. Wir kennen dich, und wir haben dich gern. Mehr als die Arschlöcher, die du damals in Kalifornien um dich hattest.«

»Woher willst du denn wissen, dass es Arschlöcher waren?«, knurre ich, denn seine Worte treffen ihr Ziel, wieder und wieder. »Du kennst sie doch gar nicht.«

»Süße, du hast mir selbst gesagt, dass dein Leben völlig im

Arsch war, ehe du hergekommen bist. Und in meinen Augen ist jeder Mensch, der dich kannte und dir nicht geholfen hat, der dich nicht unterstützt hat, damit du es ein bisschen leichter hast, jeder, der zugelassen hat, dass du dein ganzes Zeug ins Auto lädst und ganz allein hier runterfährst, ein Arschloch.« Er senkt den Kopf, und mit einem Mal ist sein Mund nur wenige schreckliche Zentimeter von meinem entfernt. Ich kann seinen Kuss, den ich nicht vergessen habe, förmlich auf den Lippen schmecken. »Und das gilt auch für jeden Mann, der behauptet, dir nahezustehen. Kein Mann sollte zulassen, dass sein Mädchen leidet, dass sie sich ganz allein um ihre Mutter kümmert oder Drinks in einer schmierigen kleinen Bar serviert, während er irgendwo gemütlich auf seinem Hintern sitzt und keinen Finger rührt, um ihr zu helfen. Also ja, Baby, es sind Arschlöcher.«

Unsere raschen Atemzüge sind laut im ansonsten so stillen Pausenraum.

Ich will ihn am liebsten anschreien, ihn dafür beschimpfen, dass er so tut, als würde er mich kennen, über mein Leben Bescheid wissen. Diese Last auf meinen Schultern, wie er es nennt, ist meine Wachsamkeit, und sie hat mich davor bewahrt, so zu enden wie meine Eltern; sie hat mich davor bewahrt, mich in jemanden zu verlieben, denn sie lässt nicht zu, dass mir jemand nahe genug kommt, um mir wehzutun. Ohne diese Wachsamkeit hätten mich die ganzen Zermürbungstaktiken und Schikanen, mit denen mein Vorgesetzter und meine Kollegen mich ein ganzes Jahr lang bombardiert haben – nachdem ich es gewagt habe, den Mund aufzumachen und die sexuelle Belästigung zur Anzeige zu bringen, die Frauen in dieser Firma stillschweigend hinnehmen sollten –, nur noch mehr zersetzt.

Aber ich sage kein Wort.

Vielleicht hätte ich etwas gesagt, wenn ich es fertigbrächte, wegzusehen, statt diese Lippen anzustarren und mir zu wünschen, dass sie sich auf meine senken, an mir saugen, mich quälen. Wenn ich mich weniger auf den klaren Zedern-im-Regen-Duft konzentriert hätte, den er verströmt. Vielleicht hätte ich mich dann verteidigen können. Wenn nicht mein ganzer Körper im Alarmmodus wäre und sich nach der ganz besonderen sexuellen Folter durch die Hände dieses Mannes gesehnt hätte. Vielleicht hätte ich ihm dann den Kopf zurechtrücken können.

Vielleicht.

O Gott, ich will ihn so sehr.

Will, dass er mich berührt, mich an sich drückt, mich leckt … mich hinlegt, meine Beine spreizt und tief in mich hineinstößt.

»Hey Jude, du …« Beim Klang von Edens Stimme mache ich förmlich einen Satz, weg von Jude. Sie steht auf der Türschwelle, und ihr Blick wandert zwischen ihrem Schwager und mir hin und her. »Jude«, beginnt sie noch mal von vorn, »Analise ist hier.«

Die Lust in Judes Blick verfliegt, und in seine Augen tritt ein kaltes Funkeln. Auch der Hunger weicht aus seinem Gesicht, verwandelt sich in Zorn, ehe auch der unter einer ausdruckslosen, starren Maske verschwindet.

Mir stockt der Atem. So habe ich ihn noch nie gesehen. Es ist ein verstörender Anblick.

»Danke, Eden«, sagt er leise. »ich komme gleich.«

Sie nickt und zieht sich zurück, und er betrachtet mich mit einem Blick, bei dem mir das Blut in den Adern erstarrt. »Bleib hier«, sagt er, und es ist eindeutig ein Befehl, das ist unmissverständlich.

Vergiss es.

Ich warte, bis seine Schritte im Flur verhallen, dann folge ich ihm.

Noch ehe ich den vorderen Teil des Ladens erreiche, höre ich laute Stimmen. Na gut, eine laute Stimme. Judes Stimme ist kalt und abweisend, aber ruhig. Doch die weibliche Stimme klingt angespannt, fordernd und ist nur zwei Dezibel davon entfernt, zu schreien.

»… erwartest du denn, wenn du nicht ans Telefon gehst und meine Nachrichten nicht beantwortest, Jude?« Eine schlanke Blondine hat sich über den Tresen gelehnt und Jude am Arm gepackt. Sie ist ausgesprochen hübsch mit ihrem dichten langen Haar, das ihr bis über die Schultern des rosa Burberry-Mantels fällt, den großen himmelblauen Augen und wie gemeißelten Wangenknochen, mit denen jede Kosmetikfirma sie vom Fleck weg als Model engagieren würde. Ich widerstehe dem Impuls, an mir hinabzusehen mit meiner Uniform aus T-Shirt, zerrissener Jeans und Stiefeln. Ihr perfektes Make-up bleibt makellos, auch als sich eine der Tränen, die in ihren Augen schimmern, löst und über ihre Wange rinnt. Würde nicht Schmerz ihren Blick verdunkeln und ihre Stimme hörbar heiser machen, könnten mir ausgesprochen zynische Gedanken über diese effektvolle einsame Träne kommen. »Ich vermisse dich.« Sie legt ihm eine Hand an die Wange. »Ich vermisse dich so sehr.«

»Ich erwarte, dass du damit aufhörst, im Studio aufzutauchen und mich und dich selbst zu blamieren«, antwortet er, ohne auf das zu reagieren, was sie gesagt hat. Er greift nach ihrer Hand, löst sie von seiner Wange und schiebt sie weg. »Ich habe dir gesagt, dass du das nicht noch mal tun sollst.«

Noch mal?

Wer ist diese Frau? Und weshalb wirkt niemand überrascht, dass sie vor den Augen der Kunden eine Szene macht? Sogar einige der Kunden scheinen nicht besonders schockiert zu sein.

»Ich weiß«, wimmert sie. »Aber ich will dich doch einfach nur sehen, deine Stimme hören. Du bist der einzige Mensch, mit dem ich reden kann, das weißt du.«

»Ana, es ist schon seit Monaten Schluss, und das hier hilft dir nicht dabei, damit klarzukommen. Du musst jetzt gehen.«

Es ist schon seit Monaten Schluss. Die Worte hallen in meinem Kopf wider, laut und immer lauter. Diese umwerfende Frau ist ganz offensichtlich seine Ex, aber trotzdem wird mir ganz übel. Als würde sich in meinem Magen ein riesiges Loch öffnen, und ich bin entsetzt, als sich dieses Loch mit einem glühend heißen, wirbelnden Strudel füllt: Eifersucht. Entsetzt taumle ich einen Schritt zurück. Himmel, ich habe gar kein Recht darauf, so zu empfinden. Und ich will es auch nicht, auf gar keinen Fall. Dieser grüne Dämon namens Eifersucht ist der erste Schritt hin zur Abhängigkeit, zur Obsession. So wie bei dieser Frau. Wie bei meiner Mutter ...

»Wer bist du?«, will Ana wissen. Ich blinzle. In den tränennassen Augen lodert jetzt eine hellblaue Flamme, und sie richtet sich geradewegs auf mich. »Und warum trägst du sein Sweatshirt?«

Ich blicke an mir herunter. Scheiße. Den Kapuzenpulli hatte ich völlig vergessen. Jude dreht sich um und starrt mich an. Starrt mich *wütend* an.

»*Wer. Ist. Sie?*«, kreischt sie ihm direkt ins Gesicht. Ihre Wangen färben sich scharlachrot, und die blauen Augen leuchten so hell, dass sie fast wahnsinnig wirkt. *Lieber Gott.* Sie hat gerade das Genre gewechselt, von *Beverly Hills 90210* zu *Der*

Exorzist in exakt zweieinhalb Sekunden. »Antworte mir! Ist sie etwa der Grund dafür, dass du nicht mehr mit mir redest? Warum liebst du mich nicht mehr?« Wieder richtet sich ihr wilder Blick auf mich, als wollte sie mich erdolchen. »Zieh das aus«, zischt sie und hechtet auf die halbhohe Schwingtür zwischen Eingangsbereich und Tattoostudio zu.

»Verdammt nochmal, Ana!« Jude verstellt ihr den Weg. Mit einem raschen Handgriff öffnet er die Tür und tritt hindurch, schlingt die Arme um sie, um sie aufzuhalten. »Hör auf damit«, zischt er leise in ihr Ohr, aber es ist so totenstill im Laden geworden, dass jeder es hört.

Sobald sich seine Arme um sie schließen, lässt sie sich gegen ihn sinken. Ein Schluchzen bricht sich Bahn, und sie dreht sich um, klammert sich an ihn wie Kletterefeu.

Er hebt den Kopf, und sein Blick bannt mich an Ort und Stelle, als wären meine Stiefel am Boden festgeklebt. Was ich dort alles sehe in diesen smaragdgrünen Tiefen: Zorn, Frustration, Ohnmacht … Trauer. Die Trauer ist es, die mich trifft wie ein Schlag ins Gesicht, ein Erdbeben der Stärke 8,9 auf der Richterskala. Und mein Herz ist das Epizentrum. Himmel, dieser Ausdruck in seinen Augen … ich kann es nicht länger ertragen.

Ich will hier weg. Will einfach auf dem Absatz kehrtmachen und zum Pausenraum rennen, die Tür zuknallen, damit eine weitere Barriere zwischen ihm, seinem Schmerz und mir ist. Ich kann dieses Gefühl nicht zulassen. Nicht für Jude. Nicht für mich selbst. Es ist wie ein schmutziger, glitschiger Abhang vor meinen Füßen, und ich kann es mir nicht erlauben, ihn hinunterzustürzen.

Aber … zugleich will ich auch zu ihm laufen, das Mädchen wegreißen und mich zwischen die beiden stellen. Ihn abschirmen gegen alles, was ihm diese Qualen bereitet. Gegen alles … und jeden.

Ich bin gefangen wie ein Fisch, der am Haken zappelt. Will in die eine Richtung abhauen, aber ein stärkeres, tieferes Gefühl zieht mich in die andere.

»Jude«, grollt Knox, die mächtigen Arme vor der noch mächtigeren Brust verschränkt. »Bring sie raus.«

Die Traurigkeit in Judes Augen verstärkt sich noch, ganz kurz nur, dann nickt er seinem Bruder zu und dreht sich um, geleitet die immer noch schluchzende Ana nach draußen.

Er hat nicht mal eine Jacke.

Der alberne Gedanke zuckt mir durch den Kopf, als ich – gemeinsam mit allen anderen – zusehe, wie er sie zu einem schwarzen BMW begleitet und versucht, sich aus ihrem Griff zu befreien. Beim dritten Versuch gelingt es ihm endlich, und er hilft ihr in den Wagen. Dann bleibt er dort stehen, offenbar völlig ungerührt von der Kälte, und starrt noch lange auf den leeren Platz, wo eben noch ihr Wagen stand, selbst als sie schon lange weggefahren ist.

Sekunden, Minuten, Gott, eine ganze Ewigkeit verstreicht, und er kommt nicht zurück. Und als er sich endlich in Bewegung setzt, geht er die Straße hinunter, weg vom Studio.

Ich stoße die angehaltene Luft aus, mein Herz hämmert schmerzhaft gegen die Rippen; die einzelnen Schläge hallen in meinem Schädel wider wie in einer Echokammer. Das ist zu viel. Wir wohnen nur in derselben Wohnung; wir sind nicht auf die Art befreundet, dass wir uns einander anvertrauen oder dem anderen helfen, seine Wunden zu lecken. Ich hab selbst genug Probleme, ich kann mich nicht auch noch um die von jemand anderem kümmern. Scheiße, ich werde ja schon mit meinen eigenen kaum fertig. Außerdem hat er Knox, Eden und seine Kollegen. Und apropos Kollegen, ich muss in einer Stunde auf der Arbeit sein. Ich mache kehrt und laufe in den Pausenraum, um meine Tasche und die Schlüssel zu holen.

Ich halte mich raus aus dieser Scheiße …

Nachdem ich mir mein Zeug geschnappt habe, nehme ich den Hinterausgang.

Und laufe Jude hinterher.

Kapitel 9

JUDE

Ich will nicht ohne dich leben. Bitte zwing mich nicht, ohne dich zu leben.

Mit diesen Worten hat mich Ana angefleht, als ich sie zum Einsteigen in ihren Wagen genötigt habe, und diese Worte verfolgen mich die Straße hinunter, hetzen hinter mir her, schnappen nach meinen Fersen und verbeißen sich in meinem Genick. Bohren sich unter meine Haut und versenken die Zähne in meinem Fleisch, bis auf den Knochen. Ich kann ihnen nicht davonlaufen. Kann sie nicht aus meinem Gehirn herausoperieren.

Aber vielleicht kann ich sie ertränken.

Ich reiße die Tür der nächstbesten Bar auf, und obwohl es erst acht Uhr abends ist, sind mehr als die Hälfte der Tische belegt, und es ist ziemlich was los. Der Besitzer hat vor einigen Jahren versucht, seinen Laden zu modernisieren, indem er raffinierte Beleuchtung hinter der Bar angebracht und die verkratzten alten Tische und die Stühle mit den Leiterlehnen gegen elegantere Modelle ausgetauscht hat; an den Wänden flimmern Sport-Events über Flachbildfernseher, und die alte Jukebox wurde durch eine PA-Anlage ersetzt, die einen der lokalen Rock-Radiosender spielt. Aber das funktionierende Münztelefon beim Ausgang, die Kondomautomaten bei den

Toiletten und die Pappbecher für Alkohol verbreiten noch immer das frühere Ambiente einer abgeramschten Kneipe.

Ich setze mich auf einen der wenigen leeren Barhocker und warte darauf, dass der Barkeeper mich bemerkt. Sollte ich hier sein, wenn ich eigentlich noch vier oder fünf Stunden arbeiten muss, je nach Laufkundschaft? Scheiße, nein, und Knox wünscht mir vermutlich gerade die Pest an den Hals. Aber das ist mir egal, denn Anas Schluchzer und ihre versteckte Drohung klingeln mir immer noch in den Ohren wie Kirchenglocken. Ich habe Knox heute ohnehin schon enttäuscht, indem ich meine Privatangelegenheiten mit in den Laden geschleppt und den Betrieb gestört habe – mal wieder. Hier und jetzt interessiere ich mich für nichts anderes mehr als dafür, Alkohol in mich hineinzuschütten, der den Schmerz dämpft, das Echo von Anas Worten zurückdrängt, die Panik besänftigt, die an mir zieht. Alles andere ist mir egal.

Verdammt. Warum braucht der Barkeeper denn so lange?

Ich fahre mir mit den Fingern durchs Haar, stütze die Ellbogen auf den Tresen und den Kopf in die Hände.

Schließe die Augen, reiße sie aber sofort wieder auf. Denn hinter meinen geschlossenen Lidern wartet die Erinnerung daran, wie sich Anas schlanker Leib an mich drängt, geschüttelt von ihrem Schluchzen. An den Schmerz in ihrer Stimme, als sie mich angefleht hat, ihr zu sagen, dass ich sie immer noch liebe, weil sie ohne mich nicht weiterleben kann. Ein altes Bild schwebt mir vor dem geistigen Auge wie eine alte Schwarz-Weiß-Fotografie. Schwarz und Weiß jedenfalls bis auf die dunkelroten Blutschlieren auf Haut und Badezimmerfliesen. Ich schlucke mühsam, spüre jeden Herzschlag in meiner Brust. Jedes Mal, wenn Ana das sagt, schwingt für mich eine Drohung in ihren Worten mit, und es ist, als würde ich den schlimmsten, beängstigendsten Augenblick meines ganzen Lebens noch mal durchleben. Was, wenn Ana …? Es wäre meine Schuld.

Eine Geisterhand greift nach mir, packt mich an der Kehle, die Knochenfinger drücken zu …

Mein Atem pfeift, die Lunge ist wie zugeschnürt, und an den Rändern meines Sichtfelds wallt obsidianfarbener Rauch auf. Verdammt, *nein. Nicht hier. Nicht jetzt.*

Aber kein Betteln und kein noch so starker Wille kommt gegen die aufsteigende Panikattacke an. Ich stehe auf, taumle von der Bar weg; vermutlich sehe ich sturzbetrunken aus, obwohl ich keinen Tropfen Alkohol intus habe. Auf der verzweifelten Suche nach Platz, nach Luft, stolpere ich den Gang entlang, der zu den Toiletten führt. Ein bisschen Privatsphäre bei meinem Zusammenbruch. *Bitte, Gott, lass es mich bis dorthin schaffen.* Niemand weiß von meinen Panikattacken, und bei der Vorstellung, mitten in der Bar eine zu erleiden, vor den Augen aller Leute, schnürt es mir die Brust noch enger zusammen. Mein Herz pumpt schneller, und auf der Stirn, im Nacken und in den Achselhöhlen bricht mir der Schweiß aus.

Mit tauben Fingerspitzen stoße ich die Tür auf, ohne mich darum zu scheren, ob drinnen jemand ist. Ich muss dort hinein.

Drinnen lasse ich mich gegen die Wand sacken, mein Rückgrat knallt so hart gegen die Fliesen, dass es wehtut.

Ich versuche mich zu beruhigen, mein Gehirn daran zu erinnern, dass dies nur eine Panikattacke ist, die wir unter Kontrolle bringen können. Ich schließe die Augen und konzentriere mich nacheinander auf sämtliche Gliedmaßen, versuche sie zu entspannen, und atme. Konzentriere mich auf … auf … *Auf was?* Ich kann nicht …

»Jude.« Weiche Hände umfassen mein Gesicht. Sanft und zugleich fest. *Cypress.* Verzweifelt konzentriere ich mich auf sie – auf ihre Stimme, ihre Berührung, ihren Duft nach Rosen und Äpfeln –, um mich zu sammeln, mich aus der Dunkelheit zu befreien, die mich unter sich zu begraben droht. »Jude, sieh mich an.«

Meine Augenlider scheinen tonnenschwer zu sein, aber ich zwinge mich dazu, sie zu öffnen, und ihr Gesicht schwebt vor mir. Unscharf zuerst, doch je länger ich mich auf sie konzentriere, desto klarer sehe ich sie. Obwohl ich weiß, wie ich auf sie wirken muss, wie ich hier in diesem schmuddeligen Klo stehe und zittere – völlig außer mir, schwach –, umklammere ich ihre Hüften, ziehe sie dichter an mich heran, bis sich ihre Oberschenkel gegen meine drücken, ich ihre Brust an meiner spüre und ihr Atem warm gegen meinen Hals weht.

»Konzentrier dich auf mich«, weist sie mich an. Löst eine meiner Hände von ihrer Hüfte und drückt sie gegen ihre Brust, legt ihre eigene Hand darüber. Unter meiner Handfläche, unter ihrem Brustbein, spüre ich ihr Herz schlagen, und der gleichmäßige Rhythmus pulsiert durch meinen Arm, als wollte er eine Verbindung zu meinem Herzen suchen, das gerade versucht, meine Rippen zu zertrümmern. »Atme mit mir zusammen.« Sie atmet tief und ruhig durch die Nase ein, hält eine Weile inne und atmet durch den Mund wieder aus. »Mach mit, Baby.«

Sie wiederholt die Atemübung, und ich imitiere sie, mache es genau wie sie. Sehe nichts bis auf ihr wunderschönes Gesicht, und langsam, ganz langsam zieht sich die Dunkelheit zurück, und die Panik zieht zögernd und widerwillig ihre dolchscharfen Klauen aus meinem Fleisch, eine nach der anderen.

»Genau so«, sagt sie leise, eine Hand noch immer an meinem Gesicht, der Daumen streicht sanft über meine Wange. Obwohl ich weiß, dass ich damit noch mehr Schwäche offenbare, schmiege ich das Gesicht in ihre Handfläche, würde mich am liebsten darin vergraben, mich in *ihr* vergraben, wenn ich nur könnte.

»Danke«, sage ich mit rauer Stimme, und mir wird peinlich bewusst, wie sie mich gerade gesehen hat – gebrochen, entblößt. »Verdammt.« Ich schließe die Augen. Der Fluch klingt nicht wütend, sondern müde. So müde und erschöpft wie ich selbst. Ich löse die Hände von ihrer Brust und ihrer Hüfte und fahre mir mit den Fingern durchs Haar, ziehe daran, bis meine Kopfhaut schmerzt. Fluche noch einmal, diesmal klingt es weicher, traurig, als läge darin alles, was diese Panikattacke überhaupt erst ausgelöst hat.

»Geht es wieder?«, fragt sie, und ich sehe auf sie hinunter. Wappne mich gegen das Mitleid, das ganz sicher ihre blauen Augen verdunkelt.

Fuck, das wird mir die Eingeweide rausreißen.

Wenn es denn da wäre. Aber das ist es nicht. Da ist nur Wärme, Sorge, Zuneigung, aber kein Mitleid.

»Alles wieder gut«, behaupte ich und lasse die Arme sinken. Ja, diese Attacke ist vorbei, doch die nächste lauert bereits in meinem Unterbewusstsein, wartet voll hämischer Vorfreude auf den nächsten Auslöser. Es ist, als lebte in meinem Hirn ein Dämon. Und dieser Dämon bin ich selbst. »Was tust du hier?«

»Meine Mom hatte auch Panikattacken. Vor allem in der ersten Zeit, nachdem Dan sie verlassen hatte. Im Laufe der Jahre sind sie immer seltener geworden, aber ab und zu hat sie immer noch eine.« Sie betrachtet mich, während sie das beinahe beiläufig erzählt, als wäre es etwas ganz Normales und nicht etwa eine Ausfallerscheinung des Hirns, das mit der Wirklichkeit nicht fertigwird. »Wie oft passiert dir das?«

Vielleicht liegt es an ihrer nüchternen, geradlinigen Art, dass ich antworte, ohne zu überlegen. Vielleicht liegt es einfach an … ihr.

»In letzter Zeit … oft.«

Sie nickt, ihr prüfender Blick ist fast zu scharf, zu … wissend. »Die Sache im Laden – war das der Auslöser?«

»Ja.« Ich beiße die Zähne zusammen, ein letztes Aufbäumen der alten Gewohnheit. Der Geheimniswahrer meiner Familie zu sein, hat mir das Schweigen zur zweiten Natur werden lassen, und obwohl ich es ihr erzählen will, bleiben mir die Worte in der Kehle stecken, kleben auf meiner Zunge fest, und der Reflex, es einfach für mich zu behalten, ist fast unüberwindbar. Aber ich spüre ihre Hand, die sich an meinen Hals schmiegt, und als diese eleganten Finger mit ihren ganz frischen Schwielen über meine Kehle streichen, löst sich der Knoten. »Ana und ich waren fast ein Jahr lang zusammen, ehe ich es beendet habe. Am Anfang war es schön. Um ehrlich zu sein, war es ein tolles Gefühl, dass sich ein Mädchen von der Goldküste so sehr in mich verliebt.«

»Goldküste. Westküste. Was-auch-immer-Küste. Hast du dich mal angesehen? Ob reich oder arm oder von königlichem Blut – eine Frau müsste tot sein, um von dir nicht völlig hin und weg zu sein«, murmelt sie.

Ich streiche über das kleine Grübchen in ihrem Kinn, lasse den Finger darüber verharren. »Danke, meine Schöne.« Ich erinnere sie nicht daran, dass sie von mir nicht völlig hin und weg ist. »Sie war sehr süß am Anfang, hat keinen Hehl daraus gemacht, dass sie Zeit mit mir verbringen und bei mir sein will. Aber mein Job, meine Arbeitszeiten …« Ich schüttle den Kopf.

»Ziemlich schnell hatte sie dafür immer weniger Verständnis. Ich konnte sie nicht auf alle Partys begleiten, auf die sie gehen wollte, und ich konnte auch nicht alles stehen und liegen lassen, um mit ihr nach New York, Miami oder L. A. zu reisen. Sie wollte jede Minute meiner Zeit für sich, und das konnte ich ihr nicht geben. Und dann war da die Eifersucht. Sobald ich eine Frau auch nur berührt habe, raste sie vor Wut, selbst wenn es eine Kundin war. Die selbstsichere, witzige und unabhängige Frau, die ich kennengelernt und in die ich mich verliebt hatte, wurde fordernd, aggressiv und hat die ganze Zeit geklammert. Ich kam damit nicht klar. Wollte damit nicht klarkommen. Wir passen einfach nicht zueinander.«

»Das sieht sie offenbar anders«, sagt Cypress leise.

Ich nicke. »Ja. Ich habe schon vor Monaten Schluss gemacht, aber sie akzeptiert es nicht. Leugnet es einfach. Heute war nur ein Beispiel von vielen. Sie ruft an, schreibt Nachrichten, bis ich irgendwann das Handy ausschalte. Taucht bei mir zu Hause auf, teilweise mitten in der Nacht. Manchmal sogar in der Bar, wenn wir abends noch zusammen was trinken gehen. Sie ist …«

»Ein Stalker«, sagt sie nachdrücklich. »Und vermutlich psychisch nicht gerade stabil, wenn ich mir ihren heutigen Auftritt so ansehe. Weshalb hast du nicht die Polizei gerufen? Du solltest zumindest eine einstweilige Verfügung erwirken. Nach dem, was ich vorhin gesehen habe, ist sie nicht ansatzweise bereit, dich loszulassen.«

Kurz schließe ich die Augen, und als ich sie wieder öffne, spannt sich Cypress an. Als würde sie spüren, dass meine nächsten Worte sie tiefer in mein persönliches Drama hineinziehen werden, als sie es eigentlich möchte. Trotzdem nimmt sie ihre Hand nicht weg. Lässt mich nicht los. Eher wird ihr Griff fester.

»Vor einem Monat hat sie mich auf der Arbeit angerufen. Ich bin nicht drangegangen, ich hatte überhaupt keine Lust auf diesen Scheiß. Sie hat noch mal angerufen und noch mal, ich habe nicht darauf reagiert. Erst beim fünften Mal, und da war ich stinksauer.« Ich schlucke mühsam, als würden mir meine Gefühle die Kehle verstopfen. Es dauert dennoch einen Moment, ehe ich wieder sprechen kann. Und als ich es endlich schaffe, klingt meine Stimme, als hätte ich eine Handvoll Glasscherben geschluckt. »Ich habe sie kaum verstanden. Zuerst dachte ich, sie spricht so undeutlich, weil sie betrunken ist. Aber … sie hat damit gedroht, sich umzubringen. Und ich kann nicht …« Ich bremse mich, ehe ich zu viel erzähle.

»O Gott«, stößt Cypress tonlos hervor, und die Flecken in ihren Augen leuchten sternenhell. »Jude …«

»Ich habe Knox gesagt, er soll einen Rettungswagen rufen, und bin rüber. Ich war etwas schneller als das Rettungsteam, aber sie hatte es noch nicht durchgezogen. Noch nicht …«

Ich drücke mich fester gegen die Wand, als könnte ich den Erinnerungen entkommen. Und Cypress folgt meiner Bewegung, ihr Körper schmiegt sich an meinen, gibt mir etwas – jemanden –, an dem ich Halt finde.

»Später hat sie mir erklärt, weshalb sie das gesagt hat«, rede ich weiter. Jetzt will alles raus. »Sie dachte, sie könnte keinen weiteren Tag ohne mich ertragen. Das hat mich fertiggemacht. Habe ich ihr das angetan? Habe ich so viel Dunkelheit in ihr Leben gebracht, dass sie keinen Grund mehr findet, um weiterzuleben? Ich kann nicht … Was, wenn ich nicht am Ende doch noch ans Telefon gegangen wäre …?«

»Hör auf«, sagt Cypress streng. Stellt sich auf die Zehenspitzen und legt mir die Hand in den Nacken, bis ich den Kopf senke. Ihre Augen lodern, und ihre Stimme ist eindringlich.

»Es tut mir unendlich leid, dass sie sich in einer so hoffnungslosen Lage gefangen hat. Ich habe dasselbe auch bei meiner Mutter gesehen. Scheiße, es ging mir selbst auch schon so. Aber Jude … ihre Drohung, sich das Leben zu nehmen? Das ist nicht deine Schuld, das ist ganz allein ihre Sache. Und auch wenn ich ungern wie ein eiskaltes Miststück klinge, aber dass sie fünfmal angerufen hat, statt ihren Plan in die Tat umzusetzen – das klingt nicht danach, als wollte sie wirklich sterben. Und dann redet sie dir danach noch Schuldgefühle ein? So. Ein. Bull. Shit.« Ihre Stimme klingt wie ein Knurren. »Völliger Bullshit, wirklich. Selbst in dem Moment war sie nicht in der Lage, Verantwortung für das zu übernehmen, was sie getan hat, sondern hat dich manipuliert, hat versucht, dich so sehr zu beschämen, dass du dich wieder mit ihr einlässt. Sie braucht Hilfe, Baby. Aber die Hilfe, die sie braucht, kannst du ihr nicht geben. Also hör auf mit diesem ganzen Was-Wenn, denn das führt nirgendwohin.«

Benommen starre ich sie an. Hebe die Hände, lege sie an ihre Wangen, hebe ihr Gesicht an und flüstere dicht an ihren Lippen: »Danke.«

Dafür, dass sie mir durch die Panikattacke geholfen hat und mich jetzt nicht ansieht, als wäre ich kaputt.

Dafür, dass sie einen Teil der Säure weggespült hat, die mir die Seele verätzt.

Ich bekomme es nicht hin, das alles auszusprechen, also berühre ich ganz behutsam mit meinen Lippen die ihren. Sanft, zärtlich und in der Hoffnung, dass in dieser Berührung zum Ausdruck kommt, was ich nicht in Worten auszudrücken vermag.

Ihr Atem stockt kurz und streicht dann warm über meine Haut. Mein Bauch zieht sich zusammen, und das Blut strömt in meinen Schwanz. Ich unterdrücke das in mir aufsteigende Stöhnen und hebe den Kopf. Aber dann teilen sich ihre Lippen, und ihre Zunge fährt über meinen geschlossenen Mund.

Meine Selbstbeherrschung fällt in sich zusammen.

Mit einem Ächzen presse ich meinen Mund auf ihren, nehme ihn in Besitz. Grabe die Hände in ihr Haar, ziehe ihren Kopf nach hinten, um besser an ihren Mund heranzukommen. Ich bekomme nicht genug von ihr. Ich bin wie ein Alkoholiker, ein Junkie. Nur dass Cypress eine Droge ist, die mit jedem Trip besser wird. Mich noch süchtiger macht.

Ich stoße tief in ihren Mund, unsere Zungen finden einander. Ich sauge an ihr, eine wortlose Aufforderung zu mehr. Ja, hier in dieser verdammten Toilette, in die jeden Moment sonst wer hereinspazieren kann. Es ist mir vollkommen gleich, solange ich sie schmecke, den Duft ihrer warmen Haut in der Nase habe und dieser Körper sich an mich schmiegt, der mich seit Wochen jede Nacht beschäftigt hält. Himmel, nichts zählt mehr außer ihr und dem Wunsch, in sie einzudringen, auf welche Weise auch immer.

Ich lege ihren Kopf zur Seite und dringe noch tiefer in ihren Mund vor, lecke über ihren Gaumen, erkunde so viel von ihr wie nur möglich. Bei dem Gedanken daran, wie lange es schon her ist, wird mein Kuss noch härter, fordert alles, was sie zu geben hat. Als wollte ich sie dafür bestrafen, dass ich so verrückt nach ihr bin.

Ich stoße mich von der Wand ab und wirble sie herum, ohne meine Lippen von ihren zu lösen, und drücke sie gegen die Tür. Erst dann hebe ich den Kopf, sehe ihr in die von Leidenschaft verdunkelten Augen und senke den Blick für einen Moment zu ihrem geschwollenen Mund. Kann der Versuchung nicht widerstehen und versenke behutsam meine Zähne in der üppigen Unterlippe. Sie wimmert, aber nicht aus Schmerz – das weiß ich, denn dieser sinnliche, hungrige Laut ist Track zwei auf der Playlist, die fast jede Nacht in meinem Kopf gespielt wird. Track eins ist der heisere Aufschrei, mit dem sie kommt, während ihre Pussy sich so fest um mich schließt, dass es fast schmerzt.

Ein letzter harter Kuss auf ihre Lippen, dann ziehe ich die Zähne über ihren Unterkiefer. Halte kurz inne und lecke über das feine Grübchen in ihrem Kinn, danach gleite ich mit dem Mund über ihre Kehle. Sie gräbt die Finger in mein Haar, zieht meinen Kopf fest an sich. Drängt mich, an ihrer zarten goldbraunen Haut zu saugen, Spuren darauf zu hinterlassen. Zumindest lautet so die Übersetzung meines ausgehungerten Verstandes. Und ich gehorche, nehme die Haut über ihrem Schlüsselbein zwischen die Zähne, sauge fest daran und lasse die Zunge darüberschnellen, immer wieder. Vielleicht bricht sich tief in mir der animalische Drang Bahn, dass ich sie zeichne, so dass jeder Mann, der sie ansieht, weiß: Sie ist mein.

Sie zeichnen. Sie ist mein.

Diese besitzergreifenden Worte tosen mir durch den Kopf und die Brust, während ich über ihre Kehle lecke, und es kommt mir vor, als tobte in meinem Innern ein gewaltiger Kampf. Die Logik protestiert, sie sei überhaupt nicht mein; dass ich sie nicht in Besitz nehmen kann und es auch gar nicht will. Aber dieses hungrige, wilde Etwas in meiner Brust sagt der Logik, sie soll bloß die Schnauze halten.

Ich schiebe ihren Pulli und das T-Shirt hoch, streiche über ihren flachen, glatten Bauch, und als er sich unter meiner Berührung nach innen wölbt, lodert Zufriedenheit in mir auf. Ich senke den Kopf, streife den Saum ihres BHs nach unten und umschließe mit der Hand ihre Brust, hebe sie an, als würde ich meinem Mund ein kostbares Geschenk darbieten. Sauge die Brustwarze tief in meinen Mund, schnalze mit der Zunge dagegen.

Ihr Aufschrei hallt von den Fliesenwänden wider, und ich sehe auf, betrachte sie. Sie hat den Kopf in den Nacken geworfen, und ihr Gesicht ist von wilder Lust verzerrt. Bei dem Anblick könnte ich hier und jetzt kommen, ohne meinen Schwanz auch nur zu berühren. Weil ich weiß, dass die Lust, die ihr Gesicht verdunkelt, mir gilt.

Sie senkt den Kopf und erwidert meinen Blick. Ihre Brust hebt und senkt sich, und als ich mit ihren harten braunen Nippeln spiele, hineinkneife, stoßen ihre Hüften vor. Ich neige den Kopf wieder, ohne ihren Blick loszulassen, und drücke die Lippen auf die seidige Haut zwischen ihren Brüsten. Folge dem glatten Pfad hinunter und an der Fülle ihrer linken Brust entlang bis zu der Stelle direkt über ihrem Herzen. Jenes Herz, das sie womöglich als hart und kalt beschreiben würde. Aber das ist Unsinn. Es ist verwundet und schmerzt, ansonsten ist damit alles in bester Ordnung.

»Ich bekomme dich einfach nicht aus dem Kopf. Und ich habe es nach Kräften versucht.« Ich richte mich auf, fasse sie am Kinn und streiche mit dem Daumen über die volle Unterlippe. »Dein Mund. Wie er meinen Schwanz in Besitz nimmt. Ihn zu deinem Sklaven macht. Ich habe von diesem Mund geträumt. Mir vorgestellt, wie du es noch mal tust, während ich mit der Hand fast meinen Schwanz zerquetscht habe. Aber jetzt gerade will ich deine Pussy noch mehr. Wirst du sie mir geben? Hier und jetzt? Mit dem Rücken an der Tür, durch die jederzeit jemand hereinwollen kann?« Ich schiebe sie ein Stück weiter, bis sie genau in der Mitte der Tür steht. Knabbere an ihrem Ohrläppchen. Ihrem Unterkiefer. »Was sagst du, Süße? Darf ich dich haben?«

Ein Schauer überläuft sie, und ich könnte das als Antwort betrachten. Aber ich will hören, wie sie es sagt mit ihrer sinnlichen, vor Lust vibrierenden Stimme. Muss von ihr hören, dass sie ganz und gar dabei ist.

Mit einer Selbstbeherrschung, die mich selbst überrascht, löse ich die Hände von ihr, stütze sie neben ihrem Kopf gegen die Tür. In jener Nacht vor einigen Wochen waren wir nur zwei Fremde füreinander, die miteinander geschlafen haben und nicht vorhatten, einander je wiederzusehen.

Das ist jetzt ganz anders. Wir wissen ganz genau voneinander, wer wir sind. Sie ist meine Stiefschwester. Sie wohnt bei mir. Nach einer Nacht kann niemand von uns einfach aufstehen und gehen – höchstens den Flur entlang in ein anderes Zimmer. Das Risiko ist größer, die möglichen Konsequenzen sind drastischer. Dan. Ihre Mom. Meine Mutter. Also nein, ich werde die zwischen uns brodelnde Lust nicht ausnutzen, um sie zu verführen. Dies ist ihre Entscheidung. Aber verdammt, ich hoffe, sie trifft eine Entscheidung, die bedeutet, dass ich bis zu den Eiern in ihr versinken werde.

»Jude«, sagt sie leise und streicht mit einer Hand über meine Brust, über den Bauch und über meinen Schwanz. Mir entringt sich ein Stöhnen, und als sie fester zugreift, balle ich die Hände an der Tür unwillkürlich zu Fäusten. Werfe meinen Vorsatz, sie nicht zu berühren, über Bord und lehne die Stirn gegen ihre. Spüre ihren Atem in raschen, warmen Stößen über meine Lippen wehen. »Fick mich.«

Ich schlage mit beiden Fäusten gegen die Tür und erobere ihren Mund, stoße tief vor, hart, wie eine Ankündigung dessen, was ich mit ihr tun werde. Was wir miteinander tun werden.

»Weißt du, welche Erinnerung an unsere Nacht mich am meisten verfolgt?«, knurre ich ihr ins Ohr und öffne ihre Hose.

Ich ziehe ihr die schwarze Jeans runter und nehme dabei das Höschen gleich mit. Sie stöhnt auf, ohne die Hand von meinem Schwanz zu nehmen, und ich beiße die Zähne zusammen, als die Lust in mir aufschießt, durch mein Rückgrat zuckt und direkt in meine Eier fährt. Noch ein bisschen so weiter, und ich bin erledigt, noch bevor ich in sie eindringe. Aber trotzdem kann mich nichts davon abhalten, einen Finger in ihre herrliche, vor Feuchtigkeit schimmernde Spalte zu schieben.

»Verdammt«, murmle ich. Feucht und warm teilen sich ihre Schamlippen für mich, und mein Finger gleitet hinein. »So feucht. Daran erinnere ich mich auch noch.« Ich tauche einmal ein, und dann ziehe ich den Finger wieder heraus und streiche weiter nach oben zu ihrem Kitzler. Sie bäumt sich unter meiner Hand auf, die schlanken Schenkel spreizen sich. »Ich weiß noch, wie du schmeckst, süßer als Zucker und so heiß. Wie du meine Zunge geritten bist.« Ich fahre mit dem Daumen über die empfindliche Stelle und genieße es, wie sie mir entgegenkommt, meine Berührung sucht. Wie sehr sie will, was ich ihr geben kann.

»Schluss mit den Spielereien«, knurrt sie. Während sie mit einer Hand meinen Schwanz umfasst, packt sie mit der anderen mein Kinn und hebt es an. »Fick mich«, verlangt sie. »Jetzt.«

Die aufbrüllende Lust verbrennt meinen Verstand zu Asche, pulverisiert jeden Gedanken bis auf den, dass ich diese enge Pussy dehnen will. Ich löse ihren Griff um mein Kinn, fasse sie an den Hüften und drehe sie um, so dass sie mit dem Gesicht zur Tür steht. Ihre Hände schlagen gegen das Holz, der Kopf fällt in den Nacken. Ihr schlanker Hals sieht aus wie eine Einladung, und ich nehme sie an, lege die Hand darum, mein Handballen ruht auf ihrem Schlüsselbein. Mit der anderen Hand streiche ich über ihren Bauch und weiter nach unten, bis ich zwischen ihren Beinen anlange und die Hand um ihren Schamhügel wölbe.

»Ich erinnere mich an all das. Aber auch noch an etwas anderes, und das macht meinen Schwanz so hart, dass es wehtut und ich gar nicht so viel Hand anlegen kann, dass er lange unten bleibt.« Ich streiche über ihre Hüfte und dann über ihren Hintern, packe das feste Fleisch. »Wie du mich geritten hast und ganz kurz davor warst, zu kommen. Aber du konntest nicht. Nicht, ehe ich mit dem Finger deinen Arsch gefickt habe.« Ich drücke noch einmal zu. »Das hat dir sehr gefallen, richtig?«

»Ja«, stöhnt sie, und ich spüre die Vibration unter meiner Hand, die noch immer ihren Hals umfasst. »Gott, ja.«

»Dann sollst du das noch mal haben.«

Ich spreize ihre Beine so weit, wie die Jeans um ihre Knie es erlaubt, und winkle ihr Becken an, dass ihr Hintern sich mir entgegenreckt. Ihre Schamlippen, angeschwollen und dunkelrosa, glänzen vor Nässe. Bei dem Anblick gräbt die Lust Krallen und Zähne noch tiefer in mich hinein.

Ich öffne Gürtelschnalle und Hose und befreie meinen Schwanz. Es ist zugleich Erleichterung und Folter. So wie es auch beides zugleich ist, in ihr zu sein. Ja, das beschreibt es perfekt. Befriedigung und zugleich eine unerbittliche Gier nach mehr. Immer, immer mehr von ihr.

Ich greife in meine Potasche und ziehe mein Portemonnaie und ein Kondom heraus, werfe die Brieftasche auf die Ablage bei den Waschbecken. Im nächsten Augenblick habe ich das Kondom übergezogen, und die Spitze meines Schwanzes liegt zwischen ihren Beinen. Fast möchte ich es hinauszögern, möchte ganz langsam eindringen und den Moment genüsslich auskosten. Aber der in mir tobende Hunger …

Ich stoße zu.

»*Fuck*«, fluche ich mit zusammengebissenen Zähnen, meine Stimme wird von ihrem erstickten Aufschrei fast übertönt. Meine Finger bohren sich tief in ihre nackten Hüften – gut möglich, dass es blaue Flecken gibt. Und die animalische Seite in mir hofft es. Ich will, dass sie morgen in den Spiegel blickt und sich nicht nur erinnert, sondern es auch spürt, weil es noch ein wenig wehtut. Dass sie weiß, wer diese Spuren an ihr hinterlassen hat, wer sie in Besitz genommen hat, wenn auch nur für diesen Augenblick. »Fuck«, flüstere ich noch mal in ihrem Nacken.

So unglaublich fest. So stark. Ich stecke in einem Schraubstock, dem ich gar nicht entrinnen will. Ihr Innerstes zieht sich um mich zusammen, liebkost mich, selbst wenn ich mich nicht bewege. Ich schließe die Augen, beiße die Zähne so fest zusammen, dass sie wehtun. Aber ich halte ganz still, bis sie sich an mich gewöhnt hat. Warte auf ihr Zeichen, dass ich weitermachen soll.

Sekunden später – gefühlte Stunden – gibt sie es mir. Ihre Hüften kreisen, dass ihr wunderschöner Hintern über meine Haut reibt. Ich bin von diesem Hintern besessen. Ich will ihn küssen, beißen, daraufschlagen … ihn nehmen.

Ich ziehe mich zurück, ganz langsam, ächze, als ihr feuchtes Inneres mich umklammert, als würde sie verlangen, dass ich mit dem Unsinn aufhöre und wieder zurückkomme. Mit einem raschen, harten Stoß gehorche ich. Wir erschauern gemeinsam. Meine Erinnerungen haben mich die ganze Zeit getrogen. Haben unterschlagen, *wie* gut es sich anfühlt. Vielleicht, um meinen Verstand zu retten. Denn wenn mir die ganze Zeit über vollkommen bewusst gewesen wäre, wie herrlich es ist, so von ihr umgeben zu sein – Himmel und Hölle zugleich –, dann wäre ich über sie hergefallen, sobald sie das Wohnzimmer meiner Mutter betreten hat.

Ich blicke hinunter und sehe zu, wie ich aus ihr herausgleite, glänzend und fast zu groß für ihr zartes, verletzliches Fleisch. Diesmal stoße ich nicht wieder zu, sondern dringe ganz langsam ein, sehe fasziniert zu, wie sie sich für mich öffnet und mich aufnimmt. Es ist heiß, erotisch … wunderschön.

Ich behalte dieses langsame Tempo bei, obwohl alles in mir danach schreit, zuzustoßen, bis wir beide kommen. Stattdessen greife ich nach vorn, ziehe meinen Finger durch die allgegenwärtige Feuchtigkeit. Dann teile ich mit dem nassen Finger ihre Pobacken, suche und finde den kleinen, gekräuselten Hintereingang. Ich benetze ihn mit ihrer körpereigenen Gleitcreme; hole noch mehr, um sicherzugehen, dass sie gründlich feucht ist.

Sie beugt die Knie, stößt mit den Hüften vor und zurück, bewegt sich auf meinem Schwanz. Bettelt mit dieser Bewegung darum, dass ich tiefer eindringe, heftiger.

Ich gebe ihr, was sie will.

Meine Fingerspitzen durchbrechen den festen Muskelring, überwinden ihn, dann gleiten sie hinein. Glatt ist sie und unglaublich eng. Für meine zwei Finger genau richtig. Sie schließt sich um mich, und fast wäre ich jetzt schon gekommen.

Mit einem zittrigen Atemzug fange ich an, mich zu bewegen, sehe zu, wie ich Cypress vorn und hinten zugleich vögle. Zu wissen, dass es Cypress ist, die ich da in Besitz nehme, ist das stärkste Aphrodisiakum von allen.

»Jude«, wimmert sie, die Hände gegen die Tür gestemmt. Ihre Hüften arbeiten, bäumen sich jedem meiner Stöße entgegen. In gewaltigen elektrischen Wellen wogt Lust über mein Rückgrat, droht mein Hirn kurzzuschließen, mein Bewusstsein. »Bitte. Nimm mich. Bitte.«

Ihr Flehen, ihre Enge, der Nachdruck, mit dem sich ihr Hintern um meine Finger schließt … es katapultiert mich in den Abgrund. Wieder und wieder stoße ich zu. Benutze sie. Huldige ihr. Nehme sie.

Schiebe die freie Hand an ihrer Hüfte vorbei, finde ihren Kitzler und streiche darüber. Kneife hinein.

Mit einem von den Wänden widerhallenden Aufschrei kommt sie, als wollte sie sich vollständig auflösen. Ihre Pussy krampft sich um mich zusammen, und ich höre nicht auf, sorge dafür, dass sie jeden noch so kleinen Ausläufer ihres Höhepunkts auskosten kann. Erst als ihre Schreie zu einem Wimmern verklingen, lasse ich selbst los, hämmere in sie, bis ich explodiere. Verdammt, diese Ekstase – sie macht mich vollkommen hilflos, und ich nehme diese Hilflosigkeit aus vollem Herzen an.

Heftig atmend küsse ich ihren weichen Nacken, bevor ich behutsam Finger und Schwanz aus ihr herausziehe. Entsorge rasch das Kondom, dann kehre ich zu ihr zurück und drehe sie um.

Fahre mit den Fingern durch ihr Haar und hebe ihr Gesicht, sehe ihr in die noch immer von Lust vernebelten Augen. Betrachte ihre Lippen, die geschwollen sind von meinem Kuss, und ihre Haut, von einem Orgasmus gerötet, der mich beinahe umgebracht hätte.

Und ich bin noch nicht zufrieden. Ich will mehr.

»Melde dich auf der Arbeit ab«, sage ich leise. »Melde dich ab und komm mit mir nach Hause. Ich bin noch nicht mit dir fertig.«

Zuerst antwortet sie nicht, und ich wappne mich dafür, dass sie ablehnt. Es ist eine unfaire Bitte, das muss ich zugeben. Ich selbst sollte auch ins Studio zurückkehren, aber ich will sie noch mal haben, alles andere ist mir egal. Ich will neben ihr liegen. Ihren Atem auf meiner Haut spüren.

Ihre Lider flattern, senken sich, und fast hätte ich meine Bitte zurückgenommen.

Aber dann flüstert sie: »Lieber bereue ich es, etwas getan zu haben, als zu bereuen, es nicht getan zu haben.« Ich runzle die Stirn, doch ehe ich sie fragen kann, was sie damit meint, nickt sie und erwidert meinen Blick. »Okay.«

Erleichtert stoße ich die Luft aus, und die Lust brandet in mir auf wie eine Flutwelle, die einen ganzen Strand verschlingen will.

»Gehen wir.«

Kapitel 10

CYPRESS

»Was hast du damit gemeint?«, fragt Jude leise ins stille Schlafzimmer hinein. Die verheerenden Momente auf der Bartoilette, gefolgt von noch mehr umwerfendem Sex in seiner Wohnung, sind schon Stunden her. Ich bin völlig ausgelaugt, die Glieder sind mir schwer nach all dem Sex, der zugleich aus Mythen wie aus Pornos stammen könnte. Mein benebelter Verstand braucht eine Weile, um zu sortieren, was Jude meint, aber als ich gerade darauf komme, erklärt er: »Du hast vorhin etwas über Reue gesagt.«

»Lieber bereue ich es, etwas getan zu haben, als zu bereuen, es nicht getan zu haben«, sage ich leise. »Das ist ein Zitat von Lucille Ball. Es bedeutet, dass ich lieber etwas bereue, das ich ausprobiert und getan habe, als dass ich etwas aus lauter Angst gar nicht erst ausprobiere.« Stumm fechte ich einen Kampf mit mir selbst aus, wie viel ich ihm erzählen soll. Vielleicht liegt es an der sexgetränkten Erschöpfung, vielleicht auch daran, dass mir zumute ist, als wäre das ganze Schlafzimmer in einen Kokon aus Intimität eingesponnen. Vielleicht aber auch daran, dass ich mich zum ersten Mal einem anderen Menschen öffnen möchte, ihm offen sagen, wie ich empfinde. Nein, nicht einfach irgendeinem anderen Menschen. Jude. »Ich lerne Zitate bedeutender Frauen auswendig. Eine Art Hobby, mit fünfzehn hab ich damit angefangen. Zuerst war es, weil ich das Gefühl hatte, dass sie mich mit ihrem Rat und ihrer Weisheit begleiten, um mir zu helfen, so zu werden wie sie. Erfolgreich. Stark.«

Vor allem, weil ich von meinen Eltern keine Unterstützung bekommen habe. Was als seltsame kleine Angewohnheit eines einsamen Teenagers begonnen hat, ist inzwischen eine Gewohnheit geworden. Die Gewohnheit, mich selbst zu ermutigen.

»Sie haben versucht, uns zu begraben. Sie wussten nicht, dass wir Samen sind«, zitiert er leise.

»Das ist schön.« Die Kraft dieser schlichten Worte haut mich um. Sie beschreiben ihn und auch mich. Wir beide hatten mit verdammt hässlichen Ereignissen zu kämpfen, aber wir haben uns nicht darunter begraben lassen. Stattdessen sind wir daran gewachsen. »Von wem ist das?«

»Weiß ich nicht.« Er macht eine kurze Pause. »Ich hab es in einer Folge *Criminal Minds* gehört.«

»Echt?« Ich kichere, und sein leises Lachen lässt meinen Körper vibrieren. Nachdem wir beide wieder verstummt sind, schlüpft mir ein weiterer Gedanke unter dem vom Sex geschwächten Radar durch, ich bekomme ihn nicht mehr eingefangen. Seufzend ergebe ich mich meiner Neugier und murmle leise an seiner Haut: »Darf ich dich was fragen?«

»Ja«, erwidert er, die Stimme schon schwer vom Schlaf, in den er langsam hinüberdämmert. Ich zögere, aber dann drückt er mich sanft mit dem Arm, der um meine Schultern liegt. »Frag mich.«

Ich schließe die Augen. Verdammt, jetzt hab ich diese Tür schon aufgestoßen, nun kann ich auch durchgehen. »Ist Ana einer der Gründe, weshalb du nach London gehst?«

Er antwortet nicht sofort, hält jedoch auch nicht in den trägen, ziellosen Bewegungen inne, mit denen seine Finger über meine Haut streichen. »Klingt es, als wäre ich ein Feigling, wenn ich Ja sage?«, fragt er schließlich.

»Nein.« Ich lege ihm die Hände auf die Brust und mein Kinn obendrauf, so dass ich ihm in die Augen blicken kann. »Es würde ehrlich klingen. Und klug. Wie ich schon sagte, sie tut mir ein bisschen leid, weil es ihr gar nicht gut geht, aber ich bin froh, dass du kein Haustier hast – diese Frau wäre glatt imstande, es zu kochen und dir vorzusetzen, um sich an dir zu rächen.«

Er lacht leise in sich hinein, und mir ist seltsamerweise zumute, als hätte ich eine Goldmedaille gewonnen.

»Sie ist einer der Gründe«, gibt er zu.

»Und was noch?«, hake ich nach. Aus irgendeinem Grund wünsche ich mir sehr, dass er mir sein Vertrauen schenkt.

Er seufzt, sein Blick verdunkelt sich. An seinem Kiefer zuckt ein Muskel, und der ganze große Körper spannt sich an. Ich kann keine Gedanken lesen, doch das ist auch gar nicht nötig, um zu wissen, dass er gerade schwer mit sich ringt.

Ich hole tief Luft, setze mich auf und wickle mich in die Decke. Mein Knie berührt seine Hüfte. Er runzelt die Stirn, aber ich schüttle den Kopf. Wenn ich möchte, dass er sich mir anvertraut, muss ich dafür selbst mutig genug sein. Mich erst einmal selbst verletzlich machen.

»Ich habe drei Jahre lang für die *Universal Health Group* gearbeitet – vier, wenn man das Praktikum in meinem letzten College-Jahr mitzählt. Es war ein guter Job; ich konnte das Wissen aus meinem Studium anwenden und habe gut verdient. Konnte mir selbst die Sicherheit verschaffen, die ich in meiner Kindheit nie kennengelernt habe, und sogar Mom unterstützen.« Ich sammle mich kurz. Das war der einfache Teil, jetzt wird es schwierig. »Vor einem Jahr bin ich länger geblieben, um noch einen Bericht fertig zu schreiben. Ich dachte, ich wäre allein in der Abteilung, deshalb war ich überrascht, als mein Vorgesetzter mich in sein Büro rief. Aber ich hab mir nichts weiter dabei gedacht – immerhin hatten wir schon oft irgendwelche Meetings und Besprechungen gehabt. Aber diesmal …« Ich schlucke, versuche meinen Mund zu befeuchten, der auf einmal wie ausgetrocknet ist. »Diesmal war alles anders. Er hat an der Tür auf mich gewartet, und sobald ich hereinkam, hat er sie hinter mir geschlossen. Sie abgeschlossen. Ich wusste, dass etwas nicht stimmt, verdammt, ich *wusste* es. Aber ich hab mir eingeredet, dass nichts los ist, dass er vielleicht einfach nur über irgendwelche sensiblen Informationen mit mir reden und verhindern will, dass irgendwer hereinplatzt. Im Rückblick war ich so unglaublich dumm. So naiv.«

»Cypress«, flüstert Jude und richtet sich ebenfalls auf, sieht mich unverwandt an. In seinem Blick dämmert Begreifen, verdunkelt seine Augen, und am liebsten wäre ich auf seinen Schoß geklettert, hätte mich zusammengekauert und den Kopf an seine breite Brust geschmiegt. Aber ich kann nicht. Ich bin wieder genauso erstarrt und hilflos wie damals in diesem Büro, kann nichts anderes tun, als einfach weiterzumachen.

»Statt sich wie sonst an seinen Schreibtisch zu setzen, hat er gesagt, ich solle auf dem Sofa Platz nehmen. Auch das war eigenartig, aber ich habe getan, was er gesagt hat. Er hat sich neben mich gesetzt und angefangen, über meine Arbeitsleistung zu reden und darüber, wie wertvoll ich für die Firma sei. Dass ich es weit bringen könne mit meinem Abschluss, meiner Ausbildung und meiner Arbeitsmoral. Das hat mich so gefreut, mir so geschmeichelt, dass ich nicht mal in Panik geraten bin, als er mir eine Hand auf den Oberschenkel gelegt hat. Bis zu diesem Moment war er immer vollkommen professionell, ich habe nicht begriffen ... mir war nicht klar ...« Ich schlinge die Arme um mich selbst und senke den Kopf. »Er hat zu mir gesagt, mein Name sei für eine Beförderung zur leitenden Finanzmanagerin im Gespräch, was mich völlig verblüfft hat. Ja, ich hab mir für die Arbeit den Arsch aufgerissen, aber viele Kollegen waren schon deutlich länger dort als ich. Trotzdem war ich völlig hin und weg. Leitende Finanzmanagerin? In meinem Alter? Ich wollte das so gern, und ich wusste, dass ich die Arbeit gut hinbekommen würde. Er hat mir versichert, dass ich mit seiner Fürsprache den Job bekommen würde. Ich müsste nur noch ein bisschen härter arbeiten, mehr Überstunden machen, etwas mehr Initiative zeigen. Im ersten Moment war ich ganz verwirrt, denn es war acht Uhr abends, und ich war die Einzige, die noch im Büro war. Ich zeigte doch schon Initiative, machte Überstunden. Aber dann hat er ... er hat ...«

Du musst mir zeigen, dass du diese Beförderung wirklich willst, Cypress.

Sei nicht naiv. So wird dieses Spiel nun mal gespielt. Quid pro quo. *Und wenn du weiterkommen willst, musst du lernen, das Spiel der Erwachsenen mitzuspielen.*

Du gibst mir, was ich will, und ich sorge dafür, dass du befördert wirst. Du kannst gleich damit anfangen, indem du dich vor mir hinkniest und mir ein bisschen Dankbarkeit zeigst.

Selbst jetzt höre ich noch ganz deutlich, wie diese kultivierte, aalglatte Stimme rau wird vor Lust – und Genugtuung. Als würde es ihm Freude bereiten, mich zu erniedrigen, mich auf meinen Platz zu verweisen. Und in seinen Augen gehörte ich vor ihm auf die Knie, seinen Schwanz in meinem Mund.

Ich spüre, wie mir Galle aufsteigt und in meiner Kehle brennt.

Die Matratze unter mir schwankt, und im nächsten Moment schließen sich starke Arme um mich, ebenso starke Schenkel legen sich um meine, und eine mächtige, unerschütterliche Wand aus Muskeln drückt sich gegen meinen Rücken. Seine Berührung ist so vollkommen anders als jene, die mich so sehr erniedrigt hat. Judes Berührung bedeutet, dass ich sicher bin. Geborgen.

Zittrig stoße ich die Luft aus, und die in mir aufsteigende Panik flaut ab. Die Übelkeit lässt nach, und ich ergebe mich dem Drang, mich gegen ihn zu lehnen. Nehme seine Unterstützung an. Lasse mich von ihm halten.

»Er hat mein Bein gedrückt und mir gesagt, wenn ich diese Beförderung will, müsste ich mich vor ihm hinknien und ihm einen blasen – für den Anfang. Und dann müsste ich mich auf den Rücken legen und ihm beweisen, dass ich diesen Job und die Gehaltserhöhung wirklich will. Im ersten Moment war ich starr vor Schreck, konnte mich nicht rühren. Anscheinend hat er das als Zustimmung gewertet, denn er hat mir die Hand zwischen die Beine geschoben, mich b-berührt«, stottere ich und erschauere. Nur dank Judes Stärke und seiner Umarmung schaffe ich es, mich im Hier und Jetzt zu verankern. »Ich hab ihn weggestoßen, ihm gesagt, wohin er sich sein Angebot stecken kann, und hab zugesehen, dass ich dort wegkomme.

Am nächsten Morgen bin ich zum Betriebsrat gegangen. Ich hatte solche Angst, meinen Job zu verlieren, meinen Ruf, alles, wofür ich so hart gearbeitet hatte. Aber ich bin hingegangen. Und ich habe gelogen.« Inzwischen flüstere ich nur noch, voller Scham, und obwohl seitdem ein Jahr vergangen ist, fühle ich mich immer noch schmutzig. »Ich habe ihnen erzählt, es wäre jemand anderem passiert und ich hätte es nur belauscht. Ich habe mich zu sehr geschämt, um zuzugeben, dass es mir selbst passiert ist. Mich zu sehr geschämt, um einzugestehen, dass ich so naiv gewesen bin, dass ich in so eine Lage geraten konnte.«

»Süße, du musst dich für überhaupt nichts schämen«, sagt er, und seine tiefe Stimme brummt in meinem Ohr und in meinem Rücken. »Dieser kranke Wichser ist schuld. Und deine Firma, weil sie so etwas zulässt. Denn ich würde meine Eier darauf verwetten, dass es weder das erste Mal war, dass er so was getan hat, noch das erste Mal, dass ihn dafür jemand gemeldet hat. Es wäre ihm ganz sicher nicht so leichtgefallen, dich sexuell zu belästigen, wenn er Angst vor den Konsequenzen gehabt hätte. Nein, ihm war klar, dass es keine Folgen für ihn haben würde.«

»Ja.« Ich nicke. »Das hab ich auf die harte Tour herausgefunden. Sie haben meinen Bericht aufgenommen, aber in den nächsten Tagen stellte sich heraus, dass ich es war, die bestraft wurde. Ich musste zu unzähligen Meetings mit der Geschäftsleitung antreten, musste immer wieder erzählen, was passiert ist, und sie haben mich ausgefragt und meine Geschichte komplett auseinandergepflückt. Ich hatte das Gefühl, sie wussten genau, dass es nicht einer anderen Frau passiert ist, und habe mich gefragt, was mein Vorgesetzter ihnen wohl erzählt haben mochte. Dass ich zu ihm gekommen wäre? Dass ich ihm dieses Angebot gemacht hätte? Aber die Meetings waren nur der Anfang. Es folgte eine ganze Batterie aus Vergeltungsmaßnahmen. Ich wurde ständig beobachtet, und alles, was ich tat, wurde sorgfältig vermerkt. Was ich den ganzen Tag mache, bis hin zur Dokumentation, wie viel Zeit ich auf dem Klo verbringe. Auf einmal bekam ich ganz erbärmliche Leistungsbeurteilungen, obwohl sie vor diesem Abend immer ausgezeichnet waren. Und dann ging es auf einmal mit diesen Gerüchten los. Darüber, wie ich überhaupt an meine Position gekommen bin, weshalb ich eingestellt wurde. Es war die Hölle, Jude. Die Hölle. Und ich bin aus lauter Sturheit ein Jahr lang geblieben, obwohl ich fast jeden Morgen vor der Arbeit gekotzt habe, obwohl ich ausgegrenzt und bestraft wurde, weil ich das Verhalten meines Vorgesetzten gemeldet habe – ich bin trotzdem hingegangen, weil ich den Gedanken nicht ertragen habe, nicht nur ein Opfer zu sein, sondern auch noch ein Feigling, der einfach alles hinwirft.«

»Du bist weder das eine noch das andere, Cypress.«

Diese schlichten, leisen Worte und die darin mitschwingende Versicherung, dass er mir *glaubt*, haben eine Wirkung auf mich wie ein Erdbeben. Ich drehe mich in seinen Armen um, will dringend sein Gesicht sehen, seine Augen. Mir stockt der Atem. Noch viel mehr als sonst erinnert er mich an einen Erzengel mit seiner ernsten Miene und dem brennenden Blick, der mich wärmt, der unter Haut und Knochen reicht und anfängt, den tiefgefrorenen, verkümmerten Teil von mir aufzutauen, der sich tief in mir zusammengerollt und sich ganz klein gemacht hat, als ich fast alles verloren habe einschließlich meines Stolzes, meiner Sicherheit und meines Glaubens an die Menschheit.

Es ist erst einige Monate her, aber gerade hat mir Jude etwas zurückgegeben, das ich längst verloren glaubte. Ich weiß nicht, wie das möglich ist. Ich könnte nicht einmal sagen, wann es passiert ist, doch er hat ein Wunder vollbracht. Hat mir ein wenig Vertrauen in die Welt zurückgegeben.

Je länger ich ihn ansehe, desto tiefer graben sich Verlangen und Hunger in meine Seele.

Und die Angst.

O Gott, er könnte mich vernichten.

Der Gedanke ist wie ein Flüstern in meinem Verstand, aber sein Echo ist laut wie der Schrei einer Banshee, die einen nah bevorstehenden Tod ankündigt. Dieser Mann … Ich weiß, dass er mich körperlich nie verletzen würde, aber … ohne die allerleiseste Anstrengung kann ich vor mir sehen, wie ich in einer leeren, verlassenen Wohnung darauf warte, dass er wiederkommt und mir wenigstens einen kleinen Brocken Zuneigung und Aufmerksamkeit hinwirft.

Sehe mich vor mir, nachdem er mich verlassen hat. Gebrochen. Nur noch der Schatten meiner selbst.

Sehe mich als meine Mutter.

Denn er wird mich verlassen. Das tun sie alle.

Nur nicht, wenn man sie zuerst verlässt.

»Mein Vater hatte da einen Lieblingsspruch – er hat das immer gesagt, wenn wir ein Football-Spiel verloren, einen Test versaut oder sonst irgendwie unsere eigenen Erwartungen nicht erfüllt haben«, sagt Jude und wiegt mich auf seinem Schoß wie ein Kind. »Dass uns nicht unsere Fehler ausmachen, sondern das, was wir damit anfangen. Ich sehe nicht das, was dir passiert ist – auch wenn das ebenfalls kein Fehler war und kein Versagen, du hast nichts falsch gemacht. Ich sehe mir an, was du danach getan hast. Du bist deiner Mutter zu Hilfe geeilt. Hast dein ganzes Leben aufgegeben und ein neues angefangen. Hast dich geweigert, dich von Arschlöchern kaputtmachen zu lassen, die dachten, sie könnten tun, was immer ihnen gerade einfällt, weil sie Geld haben und sogenannte Macht. Du hast dich nicht zum Sterben zusammengerollt. Du hast gesagt, sie sollen sich ins Knie ficken, und du hast überlebt. Süße, das hat nichts mit aufgeben zu tun oder damit, Opfer zu sein. Das ist die Reaktion einer Kämpferin. Und ich bin verdammt beeindruckt.«

Mir brennen lange unterdrückte Tränen unter den Lidern, und ich kneife die Augen fest zu, weil ich nicht bereit bin, auch diese letzte Verteidigungslinie aufzugeben. Nicht einmal für Jude. Vielleicht vor allem nicht, weil er es ist. Ich habe ihm schon mehr gezeigt, als ich je einem anderen offenbart habe – ob Freund oder Liebhaber. Diesen kleinen Rest will ich ganz für mich behalten. Es ist nicht viel, aber wenigstens etwas.

»Du bist dran«, erinnere ich ihn, und meine Stimme klingt heiser, weil ich mein Schluchzen runterwürge. »London. Was ist der andere Grund?«

Er reibt seine Wange an meiner, und ich sollte ihm sagen, dass er damit aufhören soll. Ihm sagen, dass es mir wieder gut geht und ich seinen Trost nicht mehr brauche. Stattdessen entspanne ich mich noch mehr und genieße seine Nähe. Das Gefühl, von seinem Körper umfangen zu werden. Die Stärke seiner um mich geschlungenen Arme und Beine. Der moschusartige Jude-und-Sex-Geruch, der mich in der Nase kitzelt. Ich atme ihn tief ein, versuche ihn mir ganz genau einzuprägen für später, wenn mir nur noch das von ihm bleibt – die Erinnerung.

»Seit ich in der Lage war, einen Stift zu halten, habe ich gezeichnet«, beginnt er. »Das war meine erste große Liebe, meine Leidenschaft.«

Unwillkürlich wandert mein Blick zur Wand hinüber, an der all die Bilder hängen. Inzwischen weiß ich, dass die meisten dieser Bilder von ihm stammen, und seit ich bei ihm eingezogen bin, schleiche ich mich manchmal in sein Zimmer und betrachte sie. Manche sind mit Tinte gemalt, andere halte ich mit meinem ungeübten Blick für Ölbilder. Sie alle sind wunderschön, lebensecht, selbst die abstrakte Chicagoer Skyline. Auch wenn Jude mir nicht gesagt hätte, wie sehr er die Kunst liebt, wüsste ich es – wegen der Sorgfalt, den feinen Details und der Schönheit, die er auf Papier, Pergament und Leinwand gebannt hat.

»Als Knox angefangen hat, bei Gino zu lernen – dem früheren Besitzer des Ladens, ehe Knox ihn ausgezahlt hat –, da fiel mit einem Mal alles an seinen Platz. Meine Bestimmung war es, Tätowierer zu werden. Ja, ich liebe es, auf Papier oder Leinwand zu malen und zu zeichnen … aber eine lebende, atmende Leinwand? Bilder können zerstört oder verunstaltet werden, oder sie gehen verloren. Aber mit einem Tattoo wäre meine Arbeit unsterblich – *ich* wäre unsterblich. Gino hat mich im Team aufgenommen, als ich sechzehn war, und während sich Knox eher auf die Kämpfe konzentriert hat, bin ich dort geblieben, habe gelernt, meine Arbeit perfektioniert. Was immer in meinem Leben geschehen ist – Connors Tod, die Zerwürfnisse in meiner Familie, Ana –, in diesem Stuhl und mit meiner Maschine in der Hand bin ich mit mir im Reinen. Da kann mir nichts etwas anhaben.«

Ich betrachte ihn, sehe die Traurigkeit in seinen Augen, als er über seine Bestimmung spricht, seine große Liebe. Drehe mich um und setze mich rittlings auf ihn, spüre seinen Schwanz an meiner Pussy, meine Brüste schmiegen sich an seine Brust. Trotz der Position geht es nicht um Sex, sondern um Nähe. Darum, ihn wissen zu lassen, dass er nicht allein ist, dass ich für ihn da bin.

»Aber ich bin jetzt siebenundzwanzig, in einem Monat schon achtundzwanzig, und ich hatte noch nie etwas ganz für mich. Es ist nicht mein eigener Ruf, nicht mein Laden, nicht mal mein eigener verdammter Name. Ich bin nicht Jude Gordon, Tätowierer. Ich bin Jude, der kleine Bruder von ›Hard Knox‹ Gordon. Der in Knox' Laden arbeitet.« Er gibt ein kurzes Auflachen von sich, das über meine Haut schrammt wie lauter scharfkantige Steinchen. »Scheiße, ich weiß ja selbst, wie das klingt. Undankbar. Verwöhnt. Kindisch.«

»Nein«, sage ich leise, streiche über seinen Arm und verflechte meine Finger mit seinen. »So klingt es nicht.« Ich weiß, wie es sich anfühlt, etwas Eigenes haben zu wollen, um seiner selbst willen wahrgenommen zu werden. Genau deshalb habe ich vor so langer Zeit Dans Geld abgelehnt. Ich wollte mir ein Stipendium erarbeiten und aus eigener Kraft das College schaffen, erfolgreich sein, damit alles wirklich mir gehört – niemandem sonst. Einfach nur mir. Ich verstehe ihn sehr gut.

»Schon immer habe ich mich ein bisschen mit der Frage herumgeschlagen, ob ich eigentlich wirklich als Tattoo-Künstler akzeptiert werde oder nur von Knox' Ruf profitiere. Ich denke, das werde ich in London herausfinden. MMA ist dort zwar auch bekannt, aber nicht halb so populär wie bei uns. Dann habe ich die Chance, mich zu beweisen. Nicht nur vor den Kunden, sondern auch vor mir selbst. Ich brauche diese vier Monate, um herauszufinden, wo ich als Künstler eigentlich stehe, und ich weiß, dass Knox das nicht versteht, aber …«

»Aber manchmal reicht es nicht, wenn ein anderer an dich glaubt«, beende ich den Satz für ihn, obwohl es sich anfühlt, als klaffe in meinem Bauch und in meiner Brust ein tiefer Abgrund, der sich zusehends mit Trauer füllt. Einsamkeit. Bitterkeit. Denn auch wenn ich verstehe, was er sagt und weshalb er das braucht … trotz aller Vorwarnungen und aller vorangegangenen Lektionen habe ich zugelassen, dass ich mich emotional an ihn binde. Wie eine zischende Schlange rührt sich

Schmerz in meiner Brust, und ich gebe alles, um nicht zusammenzuzucken, damit er nicht merkt, was da gerade in mir tobt. Es hat ja keinen Sinn, ihm zu verraten, was in mir los ist, welche Gefühle in mir wüten. Es fühlt sich an wie lauter Trümmerteile, die von einem Tornado in mir herumgeschleudert werden.

Denn aus diesem Augenblick, den wir miteinander teilen, kann nichts erwachsen. Noch immer schweben die Drohungen meines Vaters bedrohlich über mir, Jude geht fort, und wie sehr er auch beteuern mag, es sei nur für vier Monate – niemand kann in die Zukunft sehen. Gut möglich, dass er dort seinen Platz findet, seine Bestimmung, sein neues Zuhause.

Und dann bin da noch ich. Jude kann nicht mein sein, weil ich immer noch ich bin. Mein gutes altes emotional verkümmertes, bindungsscheues Ich, das noch nicht weiß, was aus ihm wird. Und unter dem Chaos lauert Angst. Angst vor ihm.

Angst, was ich seinetwegen werden könnte.

Schwach. Abhängig. Nur noch ein gebrochener Schatten meiner selbst.

Und doch … Mein Herz flattert mir gegen die Rippen wie ein panischer Vogel, der sich mit aller Macht zu befreien sucht – oder zu seinem Besitzer zurückkehren will. All die Worte, die ich niemals sagen darf, stecken in meiner Kehle fest, trampeln über meine Zunge, schreien danach, ausgesprochen zu werden …

Das Klingeln meines Handys durchbricht die Stille. Fast bin ich dankbar für die Unterbrechung, denn um ein Haar hätte ich etwas Unwiderrufliches getan. Etwas Dummes.

Ich klettere von seinem Schoß runter und laufe durchs Schlafzimmer, spüre seinen Blick wie eine warme Liebkosung auf meinem nackten Körper. Dass er mich bloß ansieht, reicht aus, um die Lust, die gar nicht richtig geschlafen hat, wieder aufflammen zu lassen. Meine Brustwarzen werden steinhart, und der angenehme leise Schmerz tief in mir lässt meinen Kitzler kribbeln.

Meine körperliche Reaktion auf ihn ist wie eine knallrote Warnflagge, die mir sagt, dass ich sofort die Bremsen reinhauen muss, denn der Wagen ist längst außer Kontrolle. Aber wie hält man einen Rennwagen an, der mit hundertzwanzig um eine Kurve brettert, ohne dass man ins Schleudern gerät und einen Unfall baut?

Unmöglich.

Ich bin das emotional versehrte Produkt meiner Eltern. Sie haben mir vorgelebt, dass Liebe wehtut, einen im Stich lässt, einen gebrochen zurücklässt und mit dem nächsten Wind verweht. Sie ist unzuverlässig, so wie auch die meisten Männer, mit denen ich bisher näher zu tun hatte. Ich muss nicht erst bis zum Hals in eine Beziehung eintauchen, um das zu wissen; diese Lektion habe ich von den Besten gelernt. Und außerdem … ich traue niemandem mehr. Nach dem, was in meiner früheren Firma passiert ist, fürchte ich mich davor. Ich traue ja nicht mal mir selbst.

Ich ziehe das Handy aus meiner Jeanstasche und werfe in meinem verzweifelten Drang, meinen Gedanken zu entkommen, nicht mal einen Blick auf das Display, ehe ich den Anruf annehme.

»Cypress?« Mom.

O Gott. Mir ist, als würde sich Eiswasser in meine Adern ergießen, das heiße Blut abkühlen, Leidenschaft durch Grauen ersetzen. Nicht, weil am anderen Ende meine Mom ist und sie um zwei Uhr morgens anruft. Sondern weil ich diese dünne, brüchige Stimme, mit der sie spricht, die Verzweiflung darin, nur allzu gut kenne.

Ich schließe die Augen und umklammere das Handy so fest, dass meine Finger schmerzen. »Mom. Was ist passiert?« Denn das ist keine Frage: Irgendwas ist passiert.

»Ich habe nur …« Sie verstummt, aber ich höre ihr leises, gleichmäßiges Schluchzen wie einen Herzschlag dort am anderen Ende. »Dein Vater hat angerufen, Liebes. Um mal zu hören, wie es mir geht. Er hat gesagt, du hättest ihm von meinem Herzinfarkt erzählt, und er wollte sich nach mir erkundigen.« Noch ein Schluchzer, diesmal heftiger. »Ich habe so lange nicht mehr mit ihm gesprochen. Was hat das zu bedeuten? Meinst du …?« Sie vollendet ihre Frage nicht, denn jetzt weint sie, wild und herzzerreißend.

Verdammt. Ich balle meine Hand zur Faust und presse sie gegen die Stirn, lege den Kopf in den Nacken und kämpfe gegen die Tränen an. *Verdammt.*

»Mom, hör zu, ich bin gleich da, okay? Ich bin schon auf dem Weg zu dir«, versichere ich ihr, obwohl ich nicht ganz sicher bin, dass sie mich hört. »Okay? Mom, okay? Ich bin auf dem Weg«, wiederhole ich hastig.

Endlich höre ich ihr brüchiges, tonloses »Okay«, und ich lege auf, stürme von Angst und Sorge getrieben aus Judes Zimmer. Streife drüben in meinem Zimmer eilig eine Unterhose über und einen BH, T-Shirt und Jeans, die nicht nach Rauch und Bier riechen, und rase ins Wohnzimmer. Von Andersonville bis zur North Side brauche ich etwa zwanzig Minuten, und Gott, in zwanzig Minuten kann so viel passieren … Mein Magen krampft sich zusammen, und ich zwinge mich dazu, nicht mehr über all die Möglichkeiten nachzudenken.

Schlüssel. Ich brauche Schlüssel und Brieftasche. Verdammt, wo habe ich sie denn bloß gelassen …?

»Ich hab deine Schlüssel.«

Mein Kopf ruckt hoch. Ich war so hektisch, dass ich nicht gesehen habe, dass Jude neben der Wohnungstür steht, vollständig bekleidet und mit meinem Autoschlüssel in der Hand.

»W-was machst du da?«, stammle ich und bleibe vor ihm stehen. Jacke, Pulli, Jeans und Stiefel. »Du kannst nicht …«

»Du hast völlig recht«, unterbricht er mich und reicht mir die vermisste Brieftasche. »Ich kann dich in dem Zustand nicht fahren lassen. Na komm.« Er schließt die Tür auf und öffnet sie.

Ich schüttle den Kopf. »Nein, Jude, ich bin …«

»Ich weiß, denn ich komme mit.« Er tritt in den Hausflur hinaus. »Na los.«

Ich habe keine Zeit, um mich mit ihm herumzustreiten. Und das unerschütterliche Beweg-deinen-Hintern-Knurren in seiner Stimme klingt ganz und gar nicht danach, als wollte er nachgeben.

Verdammt.

Ich laufe an ihm vorbei und die Treppen hinunter.

Fürchte mich vor dem, was mich am Ziel erwarten wird.

Kapitel 11

JUDE

Heilige Scheiße.

»Sag nichts. Bitte«, fleht mich Cypress leise an, ohne mich anzusehen, während wir durch das Wohnzimmer ihrer Mutter gehen, die in einer kleinen Wohnung in North Side lebt. Ich antworte nicht, aber ich streiche ihr den Rücken hinauf und lege ihr die Hand in den Nacken.

Es ist noch nicht lange her, dass wir in diesem Loch von einem Motelzimmer standen und ich sie gefragt habe, weshalb sie nicht bei ihrer Mutter unterkommt. Und ich erinnere mich noch gut daran, mit welchem Nachdruck sie geantwortet hat, das komme nicht infrage. Jetzt verstehe ich das. Himmel, ja, und wie ich es verstehe.

Von der kleinen Diele und dem Wohnzimmer aus sieht man nur den Durchgang zur Küche und einen dunklen Flur, aber es reicht aus, um zu erkennen, dass die ganze Wohnung eine Art Zeitkapsel ist, die aus einer Zeit vor fast zwanzig Jahren stammt. Ein billiger Fernsehschrank, den eine der berüchtigten Böen Chicagos in sich zusammenfallen lassen würde wie ein Kartenhaus. Ein uralter Fernseher mit integrierten Lautsprechern, darunter eine Stereoanlage. Ein großes Sofa und ein Zweiersofa stehen sich gegenüber, beide mit einem verblichenen Blümchenstoff bezogen, der vermutlich schon aus der

Mode war, ehe ich überhaupt geboren wurde. Die Hälfte des vollgestopften Zimmers wird von einem altmodischen langen Esstisch samt sechs Stühlen in Beschlag genommen; es sind die einzigen Möbel im ganzen Zimmer, die glänzen, als wären sie gerade frisch gewachst worden und warteten auf Besucher.

Nein, ich nehme es zurück. Da ist auch noch der Kaminsims. Selbst im schwachen Lichtschein der einzigen Lampe in diesem traurigen Zimmer schimmert er noch heller als der polierte Tisch und die Stühle. Keine einzige Staubflocke befleckt das Kirschholz … oder die unzähligen gerahmten Bilder, die darauf stehen. Und diese Bilder …

Dan in einer blau-rot-weißen Chicago-Cubs-Jacke.

Dan, der stolz grinsend neben einem klassischen Ford LTD steht.

Dan und eine hübsche Frau, die Cypress verblüffend ähnlich sieht, die vor dem Gebäude posieren, das Cypress und ich vor wenigen Augenblicken betreten haben.

Dan. Dan. Dan und dieselbe Frau. Ein Paar und Dan mit einem winzigen Baby auf dem Arm, das wohl Cypress sein muss. Dan. Dan.

Das ist ein verdammter Altar.

Meine Brust zieht sich zusammen, und mein Griff in Cypress' Nacken wird fester. Kurz schmiegt sie sich in meine Berührung, entspannt sich ein wenig, aber nur ganz kurz. Dann strafft sie sich und löst sich von mir.

»Cypress?« Eine ältere Frau taucht im Flur auf, einen Morgenmantel um die dünne, fast zerbrechliche Gestalt gewickelt. Die Ähnlichkeit ist unverkennbar – das muss Cypress' Mutter sein. Sie ist die Frau von den Bildern mit dem jüngeren Dan.

Langes schwarzes Haar, hier und da grau gesträhnt, fällt ihr über die Schultern und rahmt eins jener Gesichter ein, die mit dem Älterwerden nur feiner und eleganter werden. Mir ist, als hätte Gott eine Trennwand entfernt, um mir einen Blick in die Zukunft zu gewähren, auf eine fünfundzwanzig Jahre ältere Cypress. Aber ich hoffe sehr, dass ihre Augen in fünfundzwanzig Jahren nicht so voller Sorge sind und die Traurigkeit ihr nicht die Mundwinkel so sehr nach unten zieht, dass man sich nicht vorstellen kann, diese Lippen hätten jemals gelächelt. Ich hoffe, dass die Enttäuschungen ihres Lebens ihr nicht die schmalen Schultern beugen werden, als würde das Gewicht der Welt sie langsam zu Boden drücken.

Der Druck in meiner Brust wird noch größer, und in meinem Kopf brüllt das Entsetzen so laut auf, dass ich nicht höre, wie Cypress ihrer Mutter antwortet, obwohl ich sehe, wie sich ihre Lippen bewegen. Auf gar keinen Fall kann diese lebhafte, tapfere Kriegerin, die so voll unbändiger Lebenskraft steckt, je so enden wie die arme Frau, die verblasst und grau in dieser tragischen Gedenkstätte steht, die einem Mann gewidmet ist, der sie vor mehr als zehn Jahren verlassen hat.

Cypress nimmt ihre Mutter sanft am Arm und führt sie ins Wohnzimmer. Ich gehe auf die beiden zu, bleibe aber stehen, als Cypress kaum merklich den Kopf schüttelt. Doch ihre Mom scheint es trotzdem bemerkt zu haben, denn sie blickt in meine Richtung und sieht mich an. Die blauen Augen, die denen ihrer Tochter so sehr ähneln, werden groß, die bleichen Lippen formen ein kleines O.

»Mom, das ist ein Freund von mir. Äh … Jay«, sagt Cypress und wirft mir einen bittenden Blick zu. »Er hat mich hergefahren.« Behutsam hilft sie ihrer Mutter, sich aufs Sofa zu setzen, dann hockt sie sich vor ihr auf den Boden und nimmt mit beiden Händen ihre Hand. »Jetzt erzähl mir, was los ist. Kann ich irgendwas für dich tun? Musst du ins Krankenhaus?«

»Ich …« Sie verstummt, sieht mich an, und in ihren Augen steht nichts als gehetzte Leere. Shit.

»Hätten Sie gern einen Tee oder Kaffee?«, biete ich an, mit gesenkter Stimme, als würde ihre Mom bei normaler Lautstärke in Stücke zerspringen. »Ich mache Ihnen gern eine Tasse.« Es ist ganz offensichtlich, dass sie in meiner Gegenwart nicht reden mag.

Sie neigt den Kopf. »Tee wäre schön … äh, Jay?«

»Ja, Ma'am.«

Sie nickt erneut. »Schön, Sie kennenzulernen. Ich bin Brenda. Der Kessel steht auf dem Herd, und die Teebeutel sind im Schrank direkt darüber.«

»Alles klar.« Ich gehe in die Küche, die kaum groß genug ist, dass sich zwei Leute gleichzeitig darin aufhalten können. Obwohl sich zwischen Küche und Wohnzimmer eine Wand befindet, ist die Wohnung klein genug, dass ich die Unterhaltung zwischen Cypress und Brenda mit anhören kann, und ich lausche ohne den leisesten Anflug von Scham.

»Du hast gar nicht erzählt, dass es da jemand Neuen in deinem Leben gibt, Liebes«, sagt Brenda.

»Er ist nur ein Freund, Mom«, flüstert Cypress, der vermutlich völlig klar ist, dass ich jedes Wort höre.

»Na, jedenfalls wirkt er nett …«

»Mom, ich bin nicht hier, um über ihn zu reden. Was ist los? Ich kann nicht fassen, dass Dan dich angerufen hat. Er muss doch wissen, wie dich das aufregt.« Cypress klingt fast, als würde sie knurren.

»Liebes, du solltest deinen Vater nicht bei seinem Vornamen nennen, das ist respektlos«, ermahnt Brenda sie, aber es klingt kraftlos, als täte sie es aus reiner Gewohnheit. »Und ich habe es dir doch schon erzählt, er wollte sich nur nach mir erkundigen.«

Etwas verspätet drehe ich den Wasserhahn auf und fülle den Kessel, dann schalte ich den Herd ein und stelle den Kessel auf die Platte. Und warte. Lausche. Aus dieser Perspektive habe ich Cypress bisher noch nicht kennengelernt, und ich will so dringend mehr über sie erfahren, dass ich nicht mal ein schlechtes Gewissen habe. Außerdem müsste ich schon die Wohnung verlassen und ein Stück den Korridor hinuntergehen, um nicht alles mitzubekommen.

»Was glaubst du, was hat das zu bedeuten?«, fragt Brenda, sie klingt drängend. Lautlos schleiche ich zum Durchgang und spähe ins Wohnzimmer. Cypress kniet vor ihrer Mutter, die inzwischen die Hände ihrer Tochter umklammert, so weit vorgebeugt, dass sich ihre Köpfe beinahe berühren. »Ich habe ihn gefragt, ob er mal auf einen Kaffee vorbeikommen möchte. Er hat gesagt, er denkt darüber nach. Glaubst du, er kommt? Ich habe ihn so sehr vermisst. Vielleicht kommt er jetzt endlich zu mir zurück …«

»Mom, hör auf damit«, unterbricht Cypress den verzweifelten Monolog ihrer Mutter mit einem wütenden Zischen. Aber unter diesem Zorn … Ich weiche vom Durchgang zurück, kehre zum Küchentresen zurück und packe ihn mit beiden Händen. Fest. Stelle mir vor, es wäre Dans Hals. Denn es ist seine Gedankenlosigkeit, sein beiläufiger, gleichgültiger Anruf bei dieser armen Frau, der dazu geführt hat, dass in Cypress' Stimme jetzt diese grelle Note von Schmerz mitklingt. »Es war nur ein Anruf. Du weißt, dass er sich nichts dabei gedacht hat. Er wusste ja nicht mal von deinem Herzinfarkt, ehe ich ihm davon erzählt habe.« Ein tiefer Seufzer und das Quietschen einer Sprungfeder. »Mom, du musst es mal gut sein lassen. Dan ist schon seit vielen Jahren weg, und er kommt nicht zurück. Er hat eine Frau, eine Familie. Das ganze Warten und Hoffen …« Ein leises, aber entsetzliches Schluchzen unterbricht sie. »Mom, bitte hör auf zu weinen. Du steigerst dich da nur rein. Und das kannst du dir gerade nicht leisten.«

»*Warum?* Warum hat er mich verlassen? Was hab ich denn getan? Ich liebe ihn so sehr …«

Ich lasse den Kopf sinken und schließe die Augen, aber so höre ich die Schluchzer nur umso deutlicher. O Gott, ist das etwa eine Kostprobe von dem, was Cypress ertragen musste, seit Dan sie und ihre Mutter verlassen hat? Hat er für uns den Stiefvater gegeben, während sein kleines Mädchen die Mutter spielen musste, die Pflegerin der gebrochenen Frau, die er zurückgelassen hat?

Vor lauter Verlangen, Cypress zu umarmen, schmerzen meine Arme, meine Schultern ächzen unter dem Drang, ihr ein wenig von ihrer Last abzunehmen, zu spüren, wie sie sich anlehnt. Und zwar deshalb nur *ein wenig*, weil sie zu stur ist, um mich mehr tragen zu lassen. Heißt aber nicht, dass ich es nicht versuchen werde.

Sie hat so viel durchgemacht – und überlebt. Eine zu kurze Kindheit, die viel zu früh von ihr verlangt hat, dass sie erwachsen wird, dann war sie ganz allein in einer fremden Stadt, hatte einen Job, in dem man sie erniedrigt und dafür bestraft hat, dass sie den Mut aufbrachte, das zu melden. Muss sich um ihre kranke Mutter kümmern und jeden sich bietenden Job annehmen, um irgendwie über die Runden zu kommen.

Man sagt, Männer seien das starke Geschlecht. Das macht wohl die Frauen automatisch zum schwächeren Geschlecht? Wie kann jemand es wagen, das zu behaupten? So jemand hat ganz offensichtlich nie eine Frau wie Cypress Winters getroffen. Sie stellt uns alle in den Schatten.

Der Kessel pfeift und stößt eine Dampfsäule aus. Ich schnippe den Verschluss an der Seite auf, nehme Tasse, Untertasse und Teebeutel aus dem Schrank und bereite Brendas Tee zu. Mit langsamen, behutsamen Schritten kehre ich ins Wohnzimmer zurück, so dass die beiden genügend Zeit haben, um sich wieder zu fassen.

»Hier, für Sie«, sage ich leise und stelle die Tasse vor der älteren der beiden Frauen ab. Als sie den Kopf hebt, tu ich so, als würde ich ihr tränennasses Gesicht und die geschwollenen roten Augen nicht bemerken. Oder die erschütternde Traurigkeit darin. »Ich habe weder Zucker noch Honig dazugegeben, kann aber gern noch etwas holen.«

»Nein«, sagt sie heiser. Räuspert sich und greift nach der Teetasse. »Das ist wunderbar so. Danke.«

»Ist mir ein Vergnügen.« Ich sehe Cypress an und deute mit einem Nicken zur Wohnungstür. »Ich warte unten auf dich. Nimm dir so viel Zeit, wie du brauchst.«

Ich bringe es nicht fertig, sie nicht zu berühren, also lege ich kurz die Hand an ihre weiche Wange und streiche mit dem Handrücken darüber. »Unten«, wiederhole ich. Und dann füge ich hinzu, weil ich es einfach tun muss: »Was immer du brauchst, Süße, du musst mir nur Bescheid sagen.«

Das kann sie verstehen, wie immer sie will. Und so, wie ich Cypress kenne, versteht sie es richtig. Sie muss nur fragen, und ich werde ihr freudig bestätigen, dass ich wirklich meine: was immer sie braucht. Mein Körper, meine Wohnung, meine Unterstützung … alles.

Aber Cypress ist Cypress, und sie bittet mich um nichts.

Ich sehe ihre Mutter an. »Hat mich gefreut, Sie kennenzulernen, Brenda.«

»Gleichfalls«, flüstert sie.

Ich verlasse die Wohnung, in der Cypress aufgewachsen ist, laufe die Treppen hinunter und unten auf die Straße. Muss die ganze Zeit gegen den Drang ankämpfen, wieder zurückzurennen und sie dort rauszuholen. Um sie gegen die Geister zu beschützen, die einfach nicht aufhören wollen, sie zu verfolgen.

Ich schließe meinen Wagen auf, setze mich hinters Lenkrad und verriegele die Türen, als würde mich das davon abhalten, den Wagen wieder zu verlassen. Weil ich davon ausgehe, dass es dauern wird, drehe ich die Heizung auf, dann greife ich nach meinem Handy. Ein paar verpasste Anrufe von Knox. Einer von Mom. Sechs Anrufe von Ana und ebenso viele Nachrichten. Ich lese sie nicht.

Seufzend lasse ich das Handy auf die Ablage zwischen Fahrer- und Beifahrersitz fallen. Angesichts des Zustands, in dem Ana vorhin war, sollte ich wohl ihre Eltern anrufen und fragen, ob alles in Ordnung ist. Aber Anas Familie vertritt den sehr klaren Standpunkt, dass ich die Schuld an Anas Verhalten trage. Irgendwie hege ich so meine Zweifel daran, dass ihr nahezu pathologisches Verlangen nach Aufmerksamkeit erst mit Beginn unserer Beziehung aufgetreten ist – ihre Eltern hatten immer so viel um die Ohren mit ihrer Arbeit und irgendwelchen sozialen Verpflichtungen, dass ihre Tochter praktisch von einem Kindermädchen aufgezogen wurde.

Trotzdem. Was, wenn ich nicht anrufe, und ausgerechnet heute Nacht beschließt sie …

Sie braucht Hilfe, Baby. Aber die Hilfe, die sie braucht, kannst du ihr nicht geben. Also hör auf mit diesem ganzen Was-Wenn, denn das führt nirgendwohin.

Cypress' Worte von vorhin hallen mir durch den Verstand, und ich balle im Schoß die Fäuste. Ich brauche keinen Psychiater, um zu wissen, dass ich unter einem Samariterkomplex leide. Es hat angefangen, nachdem ich Mom blutüberströmt auf dem Badezimmerboden gefunden habe. Es ging damit weiter, dass ich ihr Geheimnis für mich behalten habe und immer den Streitschlichter gespielt habe – für meine Brüder und meine Freundinnen. Und diese alten Impulse waren es auch, die mich dazu bewogen haben, Cypress anzubieten, bei mir einzuziehen.

Im Lauf der letzten Wochen ist mir klargeworden, dass ich für andere Menschen nicht immer alles reparieren kann. Das zu begreifen, ist jedoch das eine, es zu akzeptieren etwas ganz anderes. Aber es hat damit angefangen, dass ich Cypress zu jenem Motel gefolgt bin. Es ist mir egal, dass ich riskiere, Dan zu enttäuschen und Mom zu verletzen, wenn sie das mit mir und Cypress je herausfinden, solange ich sie nur beschützen kann …

Nein, ich kann es mir ruhig ehrlich eingestehen: Es ist mir egal, solange ich die Frau bei mir habe, die ich ums Verrecken nicht aus meinem Verstand und meinen Träumen verbannen kann.

Ja, selbst in meinen Träumen ruft sie nach mir, neckt mich, foltert mich … macht mir Angst.

Es ist die Wahrheit. Sie macht mir Angst, denn Stiefschwester oder nicht, meine augenblickliche Abwehr gegen etwas Festes und meine instabile Ex hin oder her – ich will sie. Mehr, als ich je zuvor eine Frau gewollt habe. Die Macht meines Verlangens nach ihr erschüttert mich, hält mich nächtelang wach. Denn es geht nicht nur um Sex. Es geht darum, ihr Shampoo in meinem Bad zu riechen, nachdem sie eine lange heiße Dusche genommen hat. Darum, sie in der Küche summen zu hören, wenn sie mir Frühstück macht, obwohl ich ihr mehrfach gesagt habe, es sei nicht nötig. Um den Anblick ihres dunklen, dichten Haars, das sich über mein Kopfkissen ergießt.

Ehe sie in mein Leben zurückgekehrt ist, hat sich in meinen Gedanken alles um London gedreht. Ich habe die Tage gezählt, bis ich endlich abreisen und einen neuen Abschnitt meines Lebens beginnen kann. Und jetzt? Jetzt dreht sich für mich alles um die Frage, wann sie mitsamt ihren blauen Augen und der scharfen Zunge wieder durch die Tür marschiert kommt.

Shit. Ich lehne den Kopf an und starre ans Wagendach. Wann ist das alles nur so verdammt kompliziert geworden?

Jemand klopft ans Beifahrerfenster, und als ich Cypress erkenne, entriegele ich den Wagen. Straffe mich, als sie die Tür öffnet und sich auf den Beifahrersitz sinken lässt. Ich habe gar nicht bemerkt, dass sie aus dem Haus gekommen ist.

»Hast du geschlafen?« Sie schnallt sich an.

»Gedöst«, schwindle ich. Das ist besser, als zuzugeben, dass ich mich so tief in den Gedanken an sie verloren habe, dass man mir glatt den Wagen unterm Hintern hätte wegklauen können.

Ich starte den Motor. Als wir die dunkle Straße hinunterfahren, werfe ich ihr einen raschen Blick zu. Beziehungsweise ihrem Hinterkopf, denn sie sieht aus dem Fenster.

»Ist deine Mom okay?«

»So okay, wie sie heute Nacht halt sein kann … oder überhaupt.« Sie schüttelt den Kopf. »Tut mir leid, dass ich dich dazu genötigt habe, zu behaupten, du wärst jemand anders, und danke, dass du mitgespielt hast. Sie weiß alles über deine Mutter, einschließlich der Namen ihrer Kinder. Als Dan sie verlassen hat, war sie wie besessen von ihr und ihrer Familie. Hat versucht zu begreifen, was Katherine wohl haben mag, was sie nicht hat. Zum Beispiel Söhne, die Mom selbst ihm nie schenken konnte.« Wieder schüttelt sie den Kopf und lacht bitter auf. »Hätte sie gewusst, dass du Katherines Sohn bist, wäre sie entweder durchgedreht oder zusammengebrochen oder hätte mir vorgeworfen, dass ich sie absichtlich vor dir bloßstellen will ...«

Sie stößt ein so überdrüssiges Seufzen aus, dass es mir in der Seele wehtut. Es ruft all meine Beschützerinstinkte auf den Plan, die sich auf ihre Bürde stürzen und sie an sich reißen wollen, um sie für sie zu tragen oder in Grund und Boden zu stampfen. So müde und niedergeschlagen hat sie nicht einmal geklungen, als sie mir erzählt hat, was in Kalifornien passiert ist.

Anscheinend schafft die komplizierte Beziehung zu ihrer Mutter, was sexuelle Belästigung und systematische Erniedrigung nicht geschafft haben.

»Tut mir leid«, murmle ich und greife nach ihrer Hand. Im ersten Moment macht sie die Finger ganz steif, aber dann erwidert sie den Druck meiner Hand.

»Ich mag sie nicht so sehen«, sagt sie leise und schmerzerfüllt, und meine Hand am Lenkrad packt fester zu, damit ich nicht an den Straßenrand fahre und Cypress auf meinen Schoß ziehe. »Es fühlt sich an, als hätte ich sie verraten ...«

Sie muss den Satz nicht beenden. Dass ausgerechnet ich – der Sohn der Frau, für die Dan ihre Mutter verlassen hat – Brenda so gesehen habe, fühlt sich überhaupt nicht in Ordnung an.

Ehe ich etwas sagen kann, entzieht sie mir ihre Hand und fährt sich durchs Haar, dann birgt sie das Gesicht in ihren Händen.

»Scheiße, Dan!« Es ist fast ein Aufschrei. »Scheiß *auf* dich, Dan«, setzt sie leiser, aber ebenso nachdrücklich hinterher.

Oder ebenso voller Schmerz. »Was hat er sich bloß dabei gedacht, was meint er denn, was passiert, wenn er sie anruft? Geht ihm einer ab, wenn er mit den Gefühlen anderer Menschen herumspielt? Macht er das mit Absicht? Will er sie am Haken behalten? Vielleicht gefällt ihm ja die Vorstellung, dass es eine Frau gibt, die ihn so verzweifelt liebt, dass sie seinetwegen ihr ganzes Leben auf Eis legt und *dreizehn verdammte Jahre* lang darauf wartet, dass er zurückkommt …«

Ihr Schluchzen hallt im Wagen wider.

Scheiß drauf. Ich rase über die nächste Kreuzung und fahre an den Bordstein. Bringe den Wagen ruckartig zum Stehen, steige aus, öffne ihre Tür und ziehe sie aus dem Wagen in meine Arme.

Sie weint so heftig, dass es mir das Herz in Stücke reißt, selbst als sie sich an mich klammert. Tatsächlich macht mich das noch fertiger als alles andere. Außer beim Sex hält sich Cypress an niemandem fest, lehnt sich niemals an. Aber genau das tut sie jetzt …

Ich beuge mich runter und küsse sie auf den Kopf, murmle tröstenden Nonsens. Verspreche ihr, dass ich sie festhalte, dass ich nicht zulasse, dass ihr jemand wehtut. Versichere ihr, dass ich sie beschütze und sie darauf vertrauen kann, dass ich ihr nicht wehtue.

Worte, die sie nicht hören kann, so sehr weint sie, begleitet von einem erstickten Wimmern, das fast klingt wie das eines Tiers.

Wie lange wir da stehen in der verlassenen, dunklen Straße, weiß ich nicht, und es kümmert mich auch nicht. Aber als sich ihr Schluchzen endlich beruhigt und sie nicht mehr so sehr zittert, tun mir bereits die Arme weh. Und trotzdem lasse ich sie nicht los.

»Mein ganzes Leben lang habe ich von meinen Eltern immerzu was über Liebe gehört. Liebe, Liebe, Liebe«, stößt sie an meiner Brust hervor. »Damit begründen sie alles, was sie getan haben, was sie immer noch tun. Fremdgehen. Wegsehen und es hinnehmen. Jemanden verlassen. Besessenheit. Sogar das Erpressen der eigenen Tochter.« Sie lacht tonlos, und ich drücke sie fester an mich. »Wenn das Liebe ist, will ich nichts davon wissen. Diese Liebe verwandelt einen in einen Gefangenen, der sich selbst ankettet und dann darüber klagt, dass er nicht frei ist. Scheiß auf Liebe«, flüstert sie.

Sie löst sich aus meiner Umarmung und tritt einen Schritt zurück.

Ich balle die Fäuste und schiebe sie in meine Jackentaschen.

Scheiß auf Liebe.

Kann ich ihr die Bitterkeit verübeln, die aus ihren Worten trieft? Nein. Nicht nach dem, was ich in der Wohnung ihrer Mutter gesehen habe. Nicht nachdem ich den Altar auf dem Kaminsims gesehen und miterlebt habe, welchen Platz Cypress' Bedürfnisse in der Hierarchie dieser Familie einnehmen. Nicht angesichts der Tatsache, dass Dan seine Liebe zu meiner Mutter über Cypress' Wohlergehen stellt, weshalb sie heimlich bei mir lebt, immer in der Angst, dass er herausfindet, dass wir miteinander zu tun haben, und seine finanzielle Hilfe einstellt.

Nicht wenn ihr Vater sie angeblich aus Liebe im Stich gelassen hat, als sein kleines Mädchen ihn am meisten gebraucht hätte.

Also nein, ich kann es ihr wirklich nicht verübeln.

Trotzdem kribbeln meine Finger vor Verlangen, sie an mich zu ziehen, ganz dicht, und von ihr zu verlangen, dass sie mir zuhört, während ich ihr klarmache, weshalb diese erbärmliche Vorstellung, die ihre Eltern da abgeben, nichts mit Liebe zu tun hat. Liebe ist nicht selbstsüchtig. Liebe verrät nicht. Liebe verletzt nicht, sondern beschützt. Sie will niemanden in die Falle locken oder ihn manipulieren.

Aber andererseits – was weiß ich denn schon über Liebe?

Wenn ich die Augen schließe, sehe ich vor mir, was die Liebe einem Menschen antun kann. Spüre die klebrige Röte auf meinen Händen, rieche ihren kupfrigen Geruch. Höre den flachen Atem aus einer nur noch mühsam arbeitenden Lunge.

Selbst wenn ich an Eden und Knox denke, dieses leuchtende Beispiel für Liebe … sie beide hat es die Geborgenheit und Sicherheit im Schoß der Familie gekostet.

Tja, ich weiß einen Scheißdreck über die Liebe.

Ich setze mich in Bewegung, achte darauf, Cypress nicht zu streifen, und öffne ihr die Wagentür. Sobald sie eingestiegen ist, umrunde ich den Wagen und steige ebenfalls wieder ein.

Im Auto sitzt ein dritter Passagier: das Schweigen. Und keiner von uns macht Anstalten, ihn rauszuwerfen.

Alles, was zu sagen ist, wurde gesagt.

Kapitel 12

CYPRESS

Ich betrete Judes Wohnung, und meine Brust fühlt sich so leer an wie ein ausgehöhlter Baumstamm. Statt Moos wuchern lauter scheußliche Gefühle auf mir – Traurigkeit, Reue, Erschöpfung – und warten darauf, dass meine Wachsamkeit kurz nachlässt, damit sie auch die Leere in meinem Innern befallen und mich ganz ausfüllen können.

Vor Erschöpfung bin ich ganz matt. Jeder Schritt, jeder Atemzug erfordert Konzentration. Ich streiche mir mit beiden Händen übers Gesicht und erschrecke darüber, wie trocken es sich anfühlt, nachdem ich literweise Tränen an Judes Brust vergossen habe. Scheiße, bin ich wirklich vor seinen Augen derart zusammengeklappt?

Wie Flashbacks zucken Bilder vor mir auf, wie ich mich von Schluchzern geschüttelt an ihm festklammere und das jahrzehntealte Drama meiner Eltern aus mir herausbricht. Die Scham zerfrisst das Korsett aus Stolz, das mich so lange geschützt hat.

Ich habe noch nie jemandem von meiner Kindheit erzählt. Habe noch nie jemanden so nah an mich herangelassen, dass er erahnen kann, welchen Trümmerhaufen sie in mir hinterlassen hat. Aber bei Jude habe ich eine Ausnahme gemacht. Und als ich jetzt sein Wohnzimmer betrete, die Arme um mich selbst geschlungen, kann ich mich nicht entscheiden, ob ich schnell in meinem Zimmer verschwinden und die Tür abschließen oder mich umdrehen und das Gesicht an seine Brust drücken soll. Mich in seinen Armen verstecken und den Trost suchen, den ich mir wünsche, um den ich aber nicht bitten kann, weil ich zu stolz dafür bin – und zu viel Angst davor habe. Denn ihn darum zu bitten, bedeutet, dass ich ihn brauche.

Und das kann ich mir nicht leisten. Weder mein Herz kann es sich leisten noch mein Verstand.

Also ist die richtige Entscheidung, in mein Zimmer zu gehen. Und dort die ganze Nacht zu bleiben, damit wir am Morgen so tun können, als wäre uns dieser Ausrutscher nicht passiert.

Keine Ahnung, weshalb meine Füße nicht folgsam tun, was mein Hirn entschieden hat. Weshalb ich diesen Mistfüßen nicht einfach befehle, zu tun, was ich will. Weshalb ich weiterlaufe, wenn doch unablässig *Nein, nein, nein!* durch meinen Kopf hallt …

Mein Herz ist ein verräterisches Miststück und steht in enger Verbindung zu meiner ebenfalls illoyalen Pussy, und die beiden haben das Steuer übernommen.

Aufsteigende Lust und Verzweiflung verscheuchen meine Erschöpfung, und mit einem Mal durchzuckt mich Energie, Adrenalin kreist durch meine Adern. Ich bin auf Autopilot, befeuert von dem Wissen, dass dies das letzte Mal sein wird, dass ich mir selbst gestatte, ihn zu berühren. Aber selbst als ich vor ihm stehen bleibe, ist mein Verstand noch klar genug, damit ich weiß: Wenn ich ihn körperlich in mich eindringen lasse, dann lasse ich damit zugleich zu, dass er mir auch emotional mehr bedeutet. Denn da ist eine Ebene, die nichts damit zu tun hat, wie sein Schwanz mich dehnt, wie tief er in mich stößt. Und je mehr er mir bedeutet, je näher er mir kommt, desto gefährlicher wird es.

Gefährlich deshalb, weil es das Risiko erhöht, dass ich werde, was ich niemals zu werden geschworen habe, wenn er schließlich nach London geht und ich zurückbleibe; meine Mutter. Abhängig. Eine leere Hülle. Gebrochen.

Und doch lege ich die Hände auf seine Brust, streiche über sein Hemd nach unten, über den Bauch hinab bis zum Bund seiner tief sitzenden Jeans. Selbst mit dem Stoff dazwischen wärmt die Hitze, die er abstrahlt wie ein lebendiger Kamin, meine Handflächen. Fließt in Wellen über meine Arme, über die Brust, sammelt sich in meinen Brüsten. Meine Nippel werden hart, Verlangen lodert in mir auf, und die Flamme flackert, tanzt, wird immer heller, heißer, größer.

Ich schließe die Augen, atme tief seinen Duft nach Sandelholz ein und die dunklere Moschusnote.

»Was machst du da?« Seine Stimme vibriert unter meinen Händen, und unwillkürlich bohre ich die Fingerspitzen in seine Haut.

»Weis mich bitte nicht ab«, flüstere ich. »Nur noch dieses eine Mal.« Ich schlucke, versuche das Geständnis aufzuhalten, das auf meine Lippen drängt. Verliere die Schlacht. »Ich brauche dich.«

Mein Blick ist stur auf seinen Bauch gerichtet, als ich meine selbstsüchtige Bitte an ihn richte. Er steht ganz still. Wahrscheinlich glaubt er, ich würde ihn benutzen. Die Wahrheit jedoch bleibt mir in der Kehle stecken – dass ich mich mit aller Verzweiflung an diese letzte Gelegenheit klammere, ihn zu berühren, von ihm berührt zu werden, um es in mir zu speichern für die Zeit, wenn er nicht mehr da ist. Denn die Wahrheit, wie immer sie lautet, entblößt einen immer viel zu sehr. Und heute Nacht habe ich ihn schon zu viel sehen lassen, ihm zu viel gegeben. Vorhin im Bett. In Moms Wohnung. Auf der Straße neben dem Auto. Noch ein wenig mehr, und von mir bleiben nur noch Bruchstücke übrig.

Und das kann ich mir nicht leisten. Nicht, wenn ich mich selbst noch wiedererkennen will, wenn er nicht mehr da ist.

»Sieh mich an«, sagt er. Leise, sanft, aber darunter liegt Stahl. Ich hebe den Kopf, stelle mich dem grünen Feuer in seinen Augen. Ein Feuer, das mich jetzt bereits versengt, obwohl diese herrlichen Hände mich noch gar nicht berühren. »Und jetzt sag mir, was du von mir brauchst.«

»Dass wir wieder zurückspulen.« Ich streiche ihm mit den flachen Händen über die Seiten, greife nach hinten und fahre seinen Rücken hinauf. Erschauere bei der Erinnerung daran, wie sich sein großer, harter Körper gegen mich gedrückt, wie er in mich eingedrungen ist. Voller Vorfreude darauf, ihn noch einmal haben zu dürfen, auf jede erdenkliche Weise. »Zu Jay und Ro. Ich brauche noch mal diese eine Nacht von dir.«

»Du bist ja völlig in Panik«, sagt er leise, und die Härte dieser Worte steht im krassen Gegensatz zu seiner sanften Stimme und der Zärtlichkeit, mit der sein Daumen über meine Wange streicht. Meine Lider zittern, fast hätte ich die Augen geschlossen, aber ich erinnere mich gerade noch rechtzeitig an seine Anweisung. Und daran, dass ich weder Sanftheit noch Zärtlichkeit will. »Du hast Angst, und es ist dir peinlich, was ich heute Nacht gesehen habe. Und jetzt willst du so tun, als wäre es nicht geschehen, indem du es, indem du *mich* in Sex ertränkst. Du willst den Sex benutzen, um mich durch die Tür zurückzustoßen, die du mir geöffnet hast, und sie wieder abschließen.«

»Ja.«

Sein Mundwinkel hebt sich zu einem schiefen Lächeln. Dann senkt er den Kopf, bis unsere Lippen nur noch ein ganz kleines Stück voneinander entfernt sind. »Na, dann gib dein Bestes ... *Cypress.*«

Er nennt mich bei meinem richtigen Namen, und ich verstehe genau, was das bedeutet. Er weigert sich, so zu tun, als wäre er Jay, das Gegenstück zu Ro.

Er ist nicht Jay, sondern Jude. Und er fordert mich auf, ihn als den Mann zu nehmen, der mich im Arm gehalten und getröstet hat, als ich geweint habe.

Zum Teufel mit ihm.

Und zum Teufel mit mir selbst, weil ich es nicht fertigbringe, auf dem Absatz kehrtzumachen und zu gehen.

Ich stelle mich auf die Zehenspitzen und drücke die Lippen auf seinen Hals. Sauge Haut zwischen meine Zähne, streiche mit der Zunge darüber. Stöhne auf, weil er so gut riecht – halb nach Rasierwasser, halb nach sich selbst. Er ist wie ein Schuss purer Whiskey, sein Geschmack brennt eine feurige Spur durch meine Kehle. Hitze breitet sich in meinem Bauch aus. Es ist berauschend, und ich will mehr.

Er stößt ein Grollen aus, das an meiner Brust vibriert, unter meinen Lippen. Eine sanfte und zugleich fordernde Hand gleitet meinen Rücken hinauf, übers Genick, gräbt sich in mein Haar. Er legt den Kopf zurück und drückt mich an sich, eine stumme Aufforderung, fester zu saugen, nicht aufzuhören. Und ich höre nicht auf, denn der wilde, urtümliche Teil in mir will ihn zeichnen, selbst wenn es nur vorübergehend ist. Von diesem Drang erfüllt grabe ich die Zähne in die Sehne, die sich deutlich unter seiner Haut abzeichnet.

Er knurrt und zieht mit einem Ruck meinen Kopf in den

Nacken, drückt seine Lippen auf meine. Wir knallen regelrecht aufeinander, unsere Zungen verstricken sich in einen wilden Kampf – nicht, weil sie um die Vorherrschaft ringen, sondern weil sie mehr wollen. Immer, immer geht es uns um *mehr.*

Roh, wild, feucht, heiß. Dieser Kuss ist … Sex. Jeder Stoß seiner Zunge findet tief in mir ein Echo, und mein Körper spannt sich, pulsiert vor Verlangen, ihn in mir zu spüren, wie er mich dehnt, mich zeichnet. Meine Brustwarzen werden noch härter, bis jede noch so leichte Berührung, mit der sie über seine Brust streifen, zugleich kitzelnde Lust und grausame Folter ist. Und sehr bald reicht uns die leidenschaftliche Vereinigung unserer Münder nicht mehr.

Vielleicht spürt er, wie sich in mir etwas verschiebt, vielleicht ist er aber auch ebenso ungeduldig und hungrig wie ich. Jude beugt sich leicht vor, greift um meine Oberschenkel und hebt mich hoch. Instinktiv schlinge ich die Beine um seine Mitte und die Arme um seinen Hals. Ohne dass wir unseren Kuss unterbrechen, trägt er mich zum Sofa. Dreht sich um, setzt sich, und ich sitze rittlings auf ihm, spüre, wie seine großen Hände sich um meinen Hintern legen und gegen seinen Schwanz drücken.

Er muss mich nicht erst auffordern, ihn zu reiten. Mein Höschen ist nass, und alles in mir schreit nach ein wenig Erleichterung angesichts der alles verzehrenden, unstillbaren Lust, die nur er in mir zu entfachen vermag. Ich spreize die Beine weiter, halte mich an der Rückenlehne des Sofas fest und lasse die Hüften kreisen, streiche mit der Pussy über seine harte Erektion. Versuche nicht einmal, mein Wimmern zu unterdrücken. Schiere, reine Lust. Ich weiß, dass ich es mir nur einbilde, trotzdem könnte ich schwören, dass ich durch seine und meine Jeans hindurch jede Ader seines Schwanzes spüre und das Pulsieren seines Bluts darin. Noch einmal reiben, noch ein unterdrückter Aufschrei. Noch eine Schockwelle aus Lust.

Und es wird noch schlimmer, noch intensiver, als er sich vorbeugt und meine Brustwarze mitsamt dem T-Shirt darüber mit den Zähnen packt. Unwillkürlich biege ich den Rücken so sehr durch, dass es wehtut. Lasse die Sofalehne los und packe seinen Hinterkopf, halte ihn fest. Sein Mund, dieser herrliche, sündige Mund, saugt an mir, schließt sich um meine Brustwarze, zieht daran, neckt mich. Ich lege den Kopf ganz weit in den Nacken, meine Hüften sind in ständiger Bewegung, der Reißverschluss drückt gegen meinen Kitzler. Er zieht die Zähne über meine Haut, und ich schreie auf, bin schon so nah am Abgrund, dass ich ihn praktisch sehen kann, und elektrische Pulse strömen über mein Rückgrat und sammeln sich ganz unten.

Aber jetzt noch nicht. Sosehr ich den Kopfsprung in die Ekstase auch herbeisehne: Jetzt noch nicht.

Denn ich bin hungrig.

Ich schiebe seinen Kopf von mir weg, rutsche von seinem Schoß, ohne auf sein unwilliges Grollen zu achten, und knie mich zwischen seinen Beinen auf den Boden. Zerre mit zitternden Fingern an seinem Gürtel, öffne ihn und ziehe den Reißverschluss hinunter. Vor Erwartung und Leidenschaft wird mir die Brust eng, als ich die Finger um seinen Schwanz schließe. Er liegt schwer in meiner Hand, und zwischen meinen Beinen pocht es, als würde sich mein Körper bei dem Anblick daran erinnern, wie es sich anfühlt, wenn dieser Schwanz tief in mich eindringt. Fast hätte ich ein Wimmern ausgestoßen. Gott, es ist doch erst wenige Stunden her, aber das scheint keine Rolle zu spielen. Meine Lust lodert schon wieder ebenso hoch – vielleicht sogar noch höher, weil sich Verzweiflung hineinmischt. Denn hiernach ist es vorbei.

»Du bist so schön«, flüstere ich und befreie ihn ganz aus der Hose. Sehe an ihm hoch, bis ich seinem Blick begegne, in dem ebenfalls ein Feuer lodert. »Du bist so schön«, wiederhole ich. Und diesmal meine ich nicht nur seinen Körper, sondern ihn selbst. Die Seele dieses Mannes.

Nein. Gar nicht erst damit anfangen.

Hier geht es um Sex. Darum, dass ich mich gut fühlen und mich in diesem guten Gefühl verlieren will. Wieder beuge ich den Kopf und gleite mit den Lippen an seinem Schwanz hinauf, über die feuchte Spitze, lecke den kleinen Tropfen auf, der bereits wie eine Perle auf der kleinen Vertiefung glitzert. Sein Geschmack, so erdig und moschusartig und so sehr *er*, explodiert auf meiner Zunge, und vor lauter Behagen stoße ich ein leises Stöhnen aus.

Diese kleine Kostprobe bringt mich vollends in Wallung. Ich öffne den Mund und senke den Kopf tiefer, nehme ihn weiter in den Mund. Falle so gierig über ihn her, als wäre er meine Henkersmahlzeit, verschlinge ihn, als würde ich so etwas – ihn – nie wieder erleben dürfen. Ich schließe die Hand um die untere Hälfte des Schafts, den ich nicht in den Mund bekomme, und pumpe auf und ab.

»Langsam, Süße«, bringt Jude über mir mühsam heraus. Fasst in mein Haar, streicht es mir aus dem Gesicht, so dass er sehen kann, wie er in meinen Mund stößt. »Verdammt, Cypress.« Sanft löst er meine Hand von seinem Schwanz und ersetzt sie durch seine. »Ich werde das nie satthaben. Niemals«, murmelt er. Ich weiß nicht, ob es für meine Ohren bestimmt war, doch mir wird vor Freude ganz warm, was wirklich unpassend ist – denn ich will gar nichts anderes empfinden als irrwitzige, alles betäubende Leidenschaft.

Ich nehme ihn tief in den Mund, bewege den Kopf auf und ab. Vielleicht versuche ich, auf seinen Höhepunkt hinzuarbeiten. Vielleicht versuche ich mich selbst davon zu überzeugen, dass es hier um rohen, leidenschaftlichen Sex geht und um sonst gar nichts. Aber Jude packt mein Haar fester und löst die andere Hand von seinem Schwanz, legt sie an meine Wange. Er hält mich fest, zieht meinen Kopf nach oben, bis sein Schwanz nur noch meine Lippen streift.

»Langsam, habe ich gesagt«, erinnert er mich. Streichelt sanft mit dem Daumen über meinen Wangenknochen, dann über den Mundwinkel, schließlich über die Unterlippe. »Ich weiß, was du versuchst, Süße. Aber du wirst mich nicht als Darsteller in diesem Film benutzen, den du da gerade in dir abspulst«, sagt er leise und eindringlich. »Hier geht es um uns beide und um sonst gar nichts. Also wirst du mich langsam nehmen und jede Sekunde auskosten. Jede Sekunde genießen.«

Ich starre ihn an und grabe die Fingernägel in seine von Jeansstoff bedeckten Oberschenkel. Um ihn zu bestrafen oder um mich festzuhalten? Ich kann es selbst nicht sagen. Aber als sich meine Lippen wieder für ihn teilen, mache ich ganz langsam, geleitet von seiner Hand auf meinem Kopf. Er füllt meinen Mund, und ich leiste keinen Widerstand. Will es nicht einmal.

Stattdessen drücke ich mich mit den Knien höher, um ihn tiefer aufnehmen zu können. Stöhne auf, als sein Geschmack meinen Mund erfüllt, kreise mit der Zunge um seine Eichel, ehe ich ihn langsam wieder aufnehme. Präge mir alles ein, das Gefühl, seinen Geruch, alles. Lasse ihn immer tiefer gleiten, bis er hinten in meinem Rachen anstößt. Und auch jetzt reicht es mir nicht. Ich entspanne die Muskeln, atme durch die Nase ein und schiebe ihn noch tiefer.

»Süße. Verdammt.« Er stöhnt auf, ich spüre, wie sich seine Fingerspitzen in meine Kopfhaut graben, seine Hüften behutsam vorstoßen, so dass die Eichel meine Kehle massiert, tiefer und tiefer hineingleitet.

Die Muskeln meiner Kehle ziehen sich rhythmisch um ihn zusammen, mir treten Tränen in die Augen. Aber ich höre nicht auf. Kann nicht aufhören. Ziehe den Kopf nur kurz weit genug zurück, um durch die Nase zu atmen, und dann nehme ich ihn erneut in mich auf, bis tief in meine Kehle. Unter meinen Händen spannen sich seine Oberschenkel, und sein Bauch wölbt sich vor Anspannung nach innen. Wie eine Litanei, wie ein Gebet kommt ihm immer wieder mein Name über die Lippen. Und als er mir übers Haar streicht, über die Wange, über meine Lippen, die sich so weit für ihn öffnen, ist es wie eine Huldigung.

»Ich komme, Süße«, warnt er mich, und die Stöße seiner Hüften werden härter, nachdrücklicher. »Verdammt, ich bin schon zu dicht dran.«

Letztes Mal habe ich mich zurückgezogen, habe es mit den Händen beendet. Noch nie habe ich einen Mann in meinem Mund kommen lassen. Das ist wie Sex ohne Kondom – zu intim. Aber jetzt, da ich seinen Schwanz an meinem Gaumen und meiner Zunge pulsieren fühle, er tief in meine Kehle eingedrungen ist … jetzt, da ich spüre, wie er zittert von der Anstrengung, sich zu beherrschen, es hinauszuzögern …

Ich strecke eine Hand nach oben, lege sie auf seine, die auf meinem Haar liegt, schiebe meine Finger zwischen seine Finger. Jetzt liegen unsere beiden Hände auf meinem Kopf. Halten mich unten. Ich will, dass er mir sein Sperma gibt. Will … ihn.

»Cypress.« Er stöhnt auf, und sein Körper spannt sich so sehr, als würde er jeden Moment in zwei Hälften zerspringen.

Vielleicht begreift er genau, was das hier für mich bedeutet, denn als der erste Tropfen seines Spermas meine Zunge trifft, sieht er mich an, die Augen dunkel und zugleich funkelnd. Und er wendet den Blick nicht ab. Nicht, als ich schlucke. Nicht, als der letzte zitternde Schauder ihn durchläuft.

Nicht, als er mich auf seinen Schoß zieht und seine Lippen auf meine presst.

Unsere Zungen kämpfen miteinander, schmecken sich. Schmecken *uns*.

Mit fieberhaften, eiligen Bewegungen stehen wir auf und ziehen einander aus, sein Grollen und mein Wimmern verschmelzen miteinander, als wir uns aneinanderpressen, endlich ganz nackt, Haut an Haut. Sein großer Leib scheint mich mit seiner Hitze zu versengen. Ich will, dass er mich verbrennt, bis von mir nichts mehr bleibt als Asche und der Geruch nach Sex, nach *uns*, der noch in der Luft schwebt.

Ich bin wie Wachs in seinen Händen, das er nach Belieben formen kann, als er mich seitlich aufs Sofa legt und sich dahinter, die Brust an meinem Rücken. Er hebt mein oberes Bein und legt es über seins, spreizt mich weit. Ich höre das Knistern von Folie, als er sich das Kondom überstreift, das er aus der Jeans genommen hat, ehe er sie zu Boden hat fallen lassen.

Obwohl es nicht das erste Mal ist, halte ich den Atem an. Warte. Erschauere. Koste den ersten Stoß aus. Den ersten Augenblick seines Eindringens. Das Brennen, als er mich dehnt. Hebe einen Arm und strecke ihn hinter mich, umfasse seinen Kopf, und er birgt das Gesicht in meiner Halsbeuge, ohne innezuhalten.

»*O Gott*«, hauche ich und biege den Rücken durch, während mich die Lust durchzuckt wie ein Blitz.

Er hält mich fest, eine Hand unter meinem Oberschenkel und die andere an meiner Brust. Zieht mich halb auf sich. Ich bin ganz weit für ihn geöffnet und seinen harten Stößen ausgeliefert, und eigentlich müsste ich es verabscheuen, mich wehren. Aber stattdessen lasse ich mich ganz fallen, überlasse ihm die Kontrolle und nehme, was er mir gibt. In dem Wissen, dass ich bei ihm in guten Händen bin.

Und *Gott*, wie gut diese Hände sind.

Seine Künstlerhand spielt mit meinen Brustwarzen, zieht daran, kneift, streichelt. Entlockt mir mit derselben Leichtigkeit Lust, wie sie Linien auf dem Papier zum Leben erweckt. Mit jeder Berührung facht er meine Leidenschaft weiter an. Sein Schwanz füllt mich aus, nimmt mich in Besitz, und es fühlt sich an, als würde er mich umformen, so dass nur er jemals genug für mich sein wird. Mich ausfüllt. Mir Befriedigung schenkt. Und das elektrisiert mich und jagt mir zugleich fürchterliche Angst ein.

Ich nehme den Arm wieder nach vorn und streiche über meine Brust und den Bauch und weiter hinunter, bis meine Fingerspitzen über die Stelle streichen, an der wir verbunden sind. Als ich mit einem Finger einen Kreis um meinen Kitzler ziehe, rast Feuer durch meine Adern. Ich verlagere das Gewicht ganz auf Jude, nehme auch die andere Hand runter und fahre damit zwischen meinen Schamlippen entlang, berühre seinen Schwanz, der in mich stößt, sich wieder zurückzieht, erneut zustößt. Meine Feuchtigkeit und seine Lusttropfen überziehen meinen Finger, und ich reibe damit über meinen Bauch, als könnte ich so ein Zeichen auf meiner Haut hinterlassen. Völlig verrückt, aber das ist es, was er mit mir anstellt – in seiner Gegenwart will ich das Unmögliche.

»Genau so, Süße«, sagt er leise und küsst mich unters Ohr, mit einer Zärtlichkeit, die einen absurden Kontrast zu seinen harten Stößen bildet. »Mach dich bereit. Mach uns beide bereit.«

Ich spüre seine Hände an meiner Hüfte, dann verflechten sich seine Finger mit meinen. Gemeinsam berühren wir meinen Kitzler, unsere Bewegungen sind perfekt aufeinander abgestimmt. Mein ganzer Körper vibriert vor Lust, die mich gleißend hell und leuchtend durchfährt und über meine Haut knistert wie Elektrizität. Meine Hüften bäumen sich unter unserer gemeinsamen Berührung auf, aber ich habe nicht viel Bewegungsspielraum, bleibe eine willige Gefangene seines Schwanzes, unserer Finger.

»Baby«, keuche ich mit vor Erregung kaum verständlicher Stimme. »Bitte. Ich brauche … o Gott!« Stöhnend erzittere ich. »Ich *brauche* es einfach!« Ich bin mir nicht zu schade zum Betteln. Nicht, wenn die Erlösung so nah ist, dass sie mich mit ihrer Hitze fast versengt. Aber das reicht mir nicht. Ich will darin verbrennen.

»Halt dich an mir fest«, knurrt er, und ehe ich reagieren kann, nimmt er mein Handgelenk, zieht es hoch und legt meinen Arm um seinen Hals. »Halt dich fest und lass nicht los.«

Ich habe keine Ahnung, ob er damit nur jetzt meint oder immer. Und ich frage nicht nach. Denn in diesem Augenblick, während mein Körper nach dem schreit, was nur er mir geben kann, und mein Herz wie eine Kriegstrommel in meinem Brustkorb dröhnt, wäre meine Antwort: beides. Ich will ihn weder jetzt loslassen noch überhaupt irgendwann.

Und das ist idiotisch.

Ich vergrabe die Hand in seinem Haar und überlasse mich ihm ganz und gar. Und als er mich nimmt, zerreißt es mich in lauter kleine Stücke. Schon in dem Augenblick, als ich komme und mir mein eigener Schrei in Ohren und Schädel widerhallt, da weiß ich, ich *weiß*: Was auch immer sich aus diesen Scherben wieder zusammensetzen wird – es wird nicht mehr viel Ähnlichkeit haben mit der Cypress, die ich sechsundzwanzig Jahre lang gewesen bin.

Kapitel 13

JUDE

Ich tauche die Nadel der Tätowiermaschine in die Kappe mit der schwarzen Tinte und trete auf das Pedal, das den Motor startet. Mit einer Hand auf dem breiten Rücken vor mir konzentriere ich mich ganz auf die Konturen der Walküre. Ein echt krasses, düsteres Tattoo, das ich extra für Knox entworfen habe, als er mir sagte, er sei bereit für ein neues Tattoo und wolle, dass ich es ihm steche.

Es ist nicht das erste Mal, dass ich meinen großen Bruder tätowiere. Und es ist auch nicht das erste Mal, dass ich vor Stolz deshalb fast platze. Wenn es ums Tätowieren geht, ist Knox genau wie im MMA-Ring: einer der Besten. Dass er sich in meine Hände begibt, damit ich eine permanente Veränderung an seinem Körper vornehme, ist für mich alles andere als eine Kleinigkeit. Es ist eine Ehre, und ich nehme es nicht auf die leichte Schulter.

Und außerdem ermöglicht mir die Konzentration auf sein neues Tattoo, für eine Weile alle anderen Gedanken beiseitezuschieben. Denn sobald ich die Maschine absetze und das letzte Tröpfchen überschüssige Tinte abgewischt habe, werde ich wieder nur an eins denken können. Cypress.

Immer Cypress.

Es ist jetzt eine Woche her, dass wir mitten in der Nacht zur

Wohnung ihrer Mutter gefahren sind, gefolgt von dieser das Universum sprengenden Vereinigung, die nur ein Idiot Sex nennen würde. Die Distanz, die so plötzlich auf dem Bürgersteig irgendwo in North Side aufkam, ist trotzdem nicht verflogen. Wenn überhaupt, hat sie sich eher noch verstärkt.

Ich hebe die Maschine, nehme den Fuß vom Pedal und sprühe eine Mixtur aus grüner Seife und Wasser auf Knox' Haut, um Tinte und Blut abzuspülen. Lege den Kopf schief und betrachte das Ergebnis. Ja, es ist echt der Hammer.

Ich tauche die Nadel erneut in die Tinte, schalte die Maschine wieder ein und nähere mich damit seinem Rücken.

»Eden ist schwanger.«

Was zum Henker?

Ganz langsam schalte ich die Tätowiermaschine wieder aus und lege sie behutsam auf Knox' Workstation ab. Glotze wie blind seinen Rücken an, bin wie erstarrt. Völlig taub.

Nein, das ist nicht ganz wahr. Unter der schockgefrosteten Oberfläche wirbelt das reinste Gefühlschaos.

Ein Riesenschreck. Denn verdammt nochmal, Knox und Eden bekommen ein Baby.

Trauer. Denn wenn ich an Eden denke, dann denke ich an Connor. Daran, wie wir alle immer dachten, von uns allen würde er als Erster ein Kind bekommen. Und daran, dass das niemals geschehen wird.

Zorn. Weil das Timing einfach unter aller Sau ist. Sie sind noch nicht lange zusammen. Mom und Dan haben Eden und Knox praktisch aus ihrem Leben gestrichen. Dieses Baby wird im Grunde keine Großeltern haben. Er oder sie wird zur Welt kommen und schon von Anfang an die Bürde einer komplizierten Familiengeschichte auf den kleinen Schultern tragen, und niemand kann dagegen irgendetwas tun.

Und Liebe. Gott, *Liebe.* Sie breitet sich schon jetzt in mir aus, lässt das Eis schmelzen, schlägt die Angst in die Flucht. Ja, dieses Kind wird Großeltern haben, die womöglich außerstande sind, es zu akzeptieren, aber da gibt es ja noch mich, Simon, Hakim, V und Shana. Und außerdem kann es keinen Vater geben, der sein Kind besser beschützen könnte als Knox, und keine Mutter, die liebevoller und kämpferischer ist als Eden.

Ich werde *Onkel.*

»Hast du mich gehört?«, fragt Knox. Er hat mir immer noch den Rücken zugewandt, auf einmal begreife ich auch, weshalb, und es trifft mich mit der Wucht eines Faustschlags: Er ist unsicher, wie ich die Nachricht wohl aufnehme. Mein Bruder – »Hard Knox« Gordon, zweimaliger BFC-Schwergewichtsmeister – ist nervös, weil er nicht weiß, wie ich auf die Nachricht reagieren werde, dass er mit der Witwe unseres Bruders ein Kind bekommt.

Ich rolle mit dem Hocker zurück, ziehe die Handschuhe aus, stehe auf und gehe um ihn herum, bis ich vor ihm stehe. Und strecke ihm eine Hand hin. Er hebt den Kopf und erwidert meinen Blick. Sein Gesicht ist typisch Knox – unbewegt, verschlossen. Aber seine Augen … sie scheinen förmlich zu brennen.

Er nimmt meine Hand, und ich ziehe ihn auf die Füße und in meine Umarmung. Wie von selbst umarmt er mich ebenfalls und drückt fest zu. Er ist ein Riesenkerl, deshalb bekomme ich keine Luft mehr, aber ich lasse nicht los. Und er ebenfalls nicht.

Vielleicht denken wir in diesem Moment beide an Connor. An unseren immer fröhlichen, lustigen, charismatischen Bruder, der die Seele unserer Familie gewesen ist. Und vielleicht denken wir auch beide daran, dass dieses Baby, das Kind seines von ihm verehrten großen Bruders und der Frau, die er so geliebt hat, vielleicht die neue Seele der Familie werden könnte.

Dass es der Beginn unserer Heilung sein könnte.

Lachend – ohne konkreten Grund, einfach nur so – klopfe ich Knox auf den Rücken, wobei ich darauf achte, nicht den frisch tätowierten Teil zu erwischen, und lasse ihn los.

»Verdammt, Mann, herzlichen Glückwunsch. Ich …« Ich schüttle den Kopf und lache noch lauter. »Ich weiß nicht, was ich sagen soll. Hast du es schon jemand anderem erzählt?«

»Nein.« Knox fährt sich mit einer Hand über den Kopf und löst dabei fast den Haarknoten, den er problemlos tragen kann, ohne auch nur im Geringsten weibisch auszusehen. »Wir wissen es erst seit gestern Abend. Eden hat einen Test gemacht, und …« Er reibt mit den Handflächen über seine Oberschenkel. »Sie will sich die Schwangerschaft erst vom Arzt bestätigen lassen, ehe wir es allen sagen.«

»Wusste sie denn, dass du es mir sagst?«

Er schüttelt den Kopf, und ich muss wieder lachen. »Was zum Teufel, Mann? Jetzt soll ich also dieses Geheimnis mit mir rumschleppen und niemandem davon erzählen? Herzlichen Dank auch.« Ich grinse, zum ersten Mal begeistert davon, Wahrer eines Familiengeheimnisses zu sein.

»Ich hab Angst.«

Dieses ehrliche, unverblümte Eingeständnis wischt mir das Lächeln aus dem Gesicht. Diese drei Worte habe ich von Knox noch nie zuvor gehört. Ich kann mir nicht vorstellen, dass sich mein großer Bruder vor irgendetwas auf der Welt fürchtet.

»Was, wenn ich mich nicht so um die beiden kümmern kann, wie sie es brauchen? Was für ein Vater werde ich sein? Dad …« Kurz schließt er die Augen. »Dad ist gestorben, bevor er damit fertig war, mir beizubringen, wie man ein Mann ist, geschweige denn ein Vater. Ich bin Faustkämpfer. Ich bin nicht sanft oder zugewandt. Was, wenn ich diesem Baby kein guter Vater sein kann? Was, wenn ich nicht der Mensch bin, den es braucht …«

»Zu wissen, was getan werden muss, beseitigt die Angst«, sage ich leise.

Knox blinzelt. Starrt mich an. »Was?«

»Rosa Parks.« Ich zucke mit den Schultern. »Ein neues Hobby von mir. Ich präge mir Zitate ein.« Knox runzelt die Stirn, und ich rede rasch weiter, ehe er fragen kann, was – oder genauer gesagt, wer – mich denn auf diese Idee gebracht hat. »Knox, seit Dads Tod warst du es, der uns aufgezogen hat. Wenn Mom es nicht aus dem Bett geschafft hat, dann hast du Simon und mich geweckt und dafür gesorgt, dass wir uns anziehen und zur Schule gehen. Du hast darauf geachtet, dass wir was essen, sogar, dass wir unsere Hausaufgaben machen. Mit fünfzehn Jahren warst du für uns zugleich Vater, Bruder, Beschützer und Vorbild. Ohne dich …« Ich sehe weg, beiße die Zähne zusammen und schlucke unwillkürlich, weil mir vor lauter Gefühlen die Kehle eng wird. »Ohne dich«, fahre ich heiser fort, »hätten Simon und ich die ersten Monate vielleicht nicht überstanden. Ohne dich, seien wir ehrlich, wäre ich jetzt nicht hier in diesem Laden, wo ich das mache, was ich liebe. Du hast mir gezeigt, wer und was ich sein kann, wer und was ich sein *will*. Und du würdest jeden pulverisieren, der einem Menschen etwas tun will, den du liebst. Du würdest für diese Frau da draußen sterben. Wie sollte es bei deinem eigenen Kind anders sein? Leidest du an selektivem Mutismus und bist so kommunikativ wie ein Felsbrocken? Ja, aber – aua, verdammt!« Grinsend reibe ich mir über den Arm, wo mich seine riesige Faust getroffen hat, und lege ihm eine Hand auf die Schulter. »Mann, du musst dir keine Gedanken darüber machen, ob du ein guter Vater wirst, ein guter Mann. Das bist du doch längst.«

Er senkt den Kopf. Und ich schwöre bei Gott, wenn Knox jetzt weint, dann verliere ich völlig die Fassung.

Aber als er wieder aufblickt, stehen keine Tränen in seinen Augen, stattdessen funkeln sie. Ein Mundwinkel zuckt, und er zieht eine Braue hoch. »Und ich dachte, Simon wäre der Gefühlsduselige von uns«, sagt er, und ich beschließe, so zu tun, als würde ich nicht hören, wie belegt seine Stimme klingt. Ist besser für uns beide.

Ich schnaube und setze mich wieder auf meinen Hocker. »Der Scheißkerl tut nur immer so, weil er weiß, dass die Frauen darauf stehen.« Ich deute auf den Tattoostuhl. »Bereit?«

Statt sich wieder hinzulegen, damit ich weiterarbeiten kann, verschränkt er die Arme vor der Brust und richtet einen prüfenden, unverwandten Blick auf mich. Jenen Blick, bei dem ich mich immer sehr zusammenreißen muss, um unter seinem Gewicht nicht nervös herumzuzappeln. Scheiße, nein, mit diesem Blick wird er als Vater nicht die allergeringsten Probleme haben.

»Was?« Ich öffne die oberste Schublade und nehme ein frisches Paar schwarze Handschuhe heraus.

»Hast du immer noch vor, in zwei Wochen nach London zu gehen?«

London. In zwei Wochen. Die Worte hallen in mir nach, und ich konzentriere mich viel mehr als nötig auf das Überstreifen der Handschuhe.

Knox irrt sich. Es sind keine zwei Wochen mehr, ich fliege in zwölf Tagen nach England. Übernächsten Dienstag. Übernächsten Dienstag fliege ich übers Meer und lasse Familie und Freunde für vier Monate zurück.

Lasse Cypress zurück.

Ehe sie vor fünf Wochen in mein Leben getreten ist, war ich mehr als bereit zu gehen. Habe mich wie verrückt darauf gefreut, bei der Arbeit endlich Jude Gordon zu sein, Tätowierer, ganz auf mich gestellt. Mir einen eigenen Ruf zu erarbeiten und nicht den meines Bruders zu erben. Aber jetzt … Mitten in meiner Brust klafft ein Loch, und das hat sie gegraben. Gräbt es jeden Tag noch tiefer. Der Gedanke, sie nicht mehr zu sehen, nicht zu berühren, ihren Geruch nicht mehr in der Nase zu haben, nicht mehr zu sehen, wie diese blauen Augen vor Lachen aufblitzen oder sich vor Lust verdunkeln …

Ich atme tief durch und sortiere die Farbkappen, die gar nicht sortiert werden müssen.

»Jude?«

»Ja«, antworte ich. »Ich habe es immer noch vor.« Denn auch wenn es schmerzt, als fließe Säure durch meine Adern statt Blut – ich muss es tun. Und der Grund dafür ist nicht, dass ich zugesagt und einen Vertrag unterschrieben habe. Nein, ich *muss* gehen. Um meiner selbst willen.

»Weißt du, ich verstehe, weshalb du es tust«, sagt Knox.

Ich richte mich kerzengerade auf, schwinge mit dem Hocker zu ihm herum. Ganz sicher habe ich mich verhört. »Was?«

»Ich hab gesagt, ich weiß, weshalb du nach London gehst.« Er legt den Kopf schief und kneift die Augen zusammen. »Ich bin nur nicht glücklich damit, weil ich deinen Grund dafür blödsinnig finde. Du bist verdammt gut, Jude. Einer der besten Tätowierer der ganzen Stadt, vielleicht sogar im ganzen Business. Und auch wenn ich weiß, dass du es nicht glaubst – du bist sogar besser als ich.«

Anscheinend ist heute der Tag der Bemerkungen, mit denen er mich fertigmachen will, denn ich bin völlig sprachlos. Genauer gesagt: vor Schock wie gelähmt. Kann mich nicht rühren, nichts sagen, sitze nur da und starre ihn an.

»Ja, ich hab diesen Laden gekauft, und mein Name steht an der Tür. Aber wenn es um die Kunst geht, um das Tätowieren ... jeder, der auch nur das Geringste davon versteht, der weiß, dass nicht du in meinem Schatten stehst, sondern ich in deinem.«

»Knox«, sage ich heiser. Denn es fällt mir immer noch schwer zu sprechen, zu begreifen, was er da gerade gesagt hat.

»Mir ist klar, dass keine Worte der Welt dich davon überzeugen können«, fährt er fort. »Manches muss man ganz für sich herausfinden, und das ist es, worum es dir bei dieser London-Sache geht. Wie gesagt, ich verstehe es. Und ich bin nicht wütend. Ich bin stolz auf dich.«

Tja, verdammt.

Jetzt bin ich es, der nur mühsam die Tränen niederringt. Ich räuspere mich, halte den Blick gesenkt. Eine Hand legt sich auf meine Schulter, drückt sie, und ich hole tief Luft.

»Und wenn du zurückkommst – und du kommst zurück«, knurrt Knox, »dann steht das Angebot mit dem neuen Laden noch immer. Ich eröffne ihn erst, wenn du wieder hier bist. Auf dem Kaufvertrag stehen unsere beiden Namen, aber wie du das Studio nennen willst, ist deine Sache. Mach damit, was immer du willst, es gehört dir.«

Mist, er hat mich voll erwischt. »Das musst du nicht tun«, stoße ich hervor.

»Scheiße, ich *muss* überhaupt nichts tun. Aber genau so werde ich's machen. Dein Studio, Jude. Deins allein.«

Ich drehe mich mit dem Stuhl um und tu so, als wäre ich sehr mit der Nadel beschäftigt. »Danke«, murmle ich. Räuspere mich, reiße mich zusammen und sehe auf. »Würdest du dich dann jetzt hinsetzen, damit ich das fertig stechen kann?« Ich tippe mit dem Finger auf den Stuhl. »Falls diese Walküre am Ende aussieht, als hätte sie einen Tritt ins Gesicht kassiert, sag ich allen, Hakim hätte sie gestochen.«

Knox schnaubt, setzt sich aber endlich wieder hin. Während ich weiterarbeite, löst sich ganz langsam der Knoten in meiner Brust. Doch die Wärme, die seine Worte hinterlassen haben, tanzt und leuchtet in mir wie ein ganzer Schwarm Glühwürmchen.

Einige Stunden später mache ich das Tattoo sauber, streife die Handschuhe ab und begutachte stolz mein Werk. Eine kühne geflügelte Kriegerin auf ihrem Pferd, das schwarze Haar weht hinter ihr im Wind, die goldene Rüstung schimmert, und der Ausdruck ihres schönen Gesichts sagt eindeutig: Leg dich doch mit mir an, wenn du dich traust. Wie ich schon sagte: der Hammer.

Nachdem ich den letzten Rest Blut und überschüssige Tinte abgewischt habe, steht Knox auf und schlendert zum Spiegel hinüber. Dreht sich um und betrachtet das Tattoo über seine Schulter hinweg. Ich warte, und wie immer, wenn ich ihn tätowiert habe, ziehen sich meine Eingeweide zusammen. Es dauert eine ganze Weile, bis er mich ansieht, ein seltenes Grinsen auf dem Gesicht.

»Wie ich sagte: der Beste.«

Ich erwidere sein Grinsen mit einem so strahlenden Lächeln, dass meine Wangen schmerzen.

»Danke, Mann«, sagt er und wendet mir wieder den Rücken zu. Mit Gaze und Tape decke ich das Tattoo ab. »Also …« Er geht zum Stuhl zurück und zieht sein Hemd wieder an. »Was machst du denn jetzt mit deinem Mädchen?«

»Was?«, stelle ich mich blöd. Aber ich rede hier mit meinem Bruder. Er hebt nur wortlos eine dunkle Braue und wartet. Kopfschüttelnd ziehe ich auch die neuen Handschuhe aus und werfe sie in den Müll. »Sie ist nicht *mein Mädchen.*« Ohne auf Knox' Schnauben zu achten, mache ich sauber. »Und es gibt nichts *zu machen*. Sie weiß über London Bescheid, und sie hat nicht vor, Chicago irgendwann in nächster Zeit zu verlassen.« Nicht, solange es ihrer Mutter schlecht geht. Und während sie ihr Leben neu aufbaut. »Und hast du vergessen, dass sie unsere Stiefschwester ist?«

»Echt jetzt?«, schnaubt er. »Du redest hier mit dem Mann, der die Witwe unseres Bruders geschwängert hat.«

Stimmt. Ich nehme an, der ganze Tabu-Scheiß kratzt Knox nicht besonders.

»Ihr seid nicht blutsverwandt. Scheiße, du hast sie zehn Jahre lang nicht gesehen. Und wenn du versuchst, mir zu erzählen, dass du ausschließlich … geschwisterliche Gefühle für sie hast, dann muss ich dich nach draußen schleifen und dir eine saftige Abreibung verpassen, einfach nur aus Prinzip.«

»Eden ist schwanger, und schon verwandelst du dich in Oprah.« Ich mustere ihn mit zusammengekniffenen Augen. »Was willst du denn von mir hören? Ja, Cypress und ich vögeln miteinander. Aber das ändert nichts an der Tatsache, dass sie Dans Tochter ist, und wenn es rauskäme, dann würden nicht nur Cypress und ihre Mutter in ernste finanzielle Schwierigkeiten geraten, sondern es würde womöglich auch zerstören, was von dieser Familie überhaupt noch übrig ist.« Sobald die Worte über meine Lippen sind, schnelle ich zu ihm herum. »Knox, es tut mir leid. Ich wollte nicht …«

Der Zorn gräbt tiefe Falten in sein Gesicht. Mit zwei langen Schritten überbrückt er den Abstand zwischen uns, legt mir beide Hände ins Genick, zieht mich auf die Füße und dicht an sich heran, bis unsere Stirnen sich fast berühren.

»Wirst du es denn niemals leid, ständig den Retter dieser Familie zu spielen?«, knurrt er mich an. »Der selbst ernannte Atlas dieser verdammten, in sich zusammenstürzenden Welt zu sein? Du hast dich mit dreizehn Jahren selbst ans Kreuz genagelt, und seitdem hängst du da und leidest.«

»Was zum Henker redest du denn da?«, frage ich, aber bei dem Wort *dreizehn* fängt mein Herz wie wild an zu donnern, und mir dreht sich der Magen um.

»Ich rede über den Tag, als Mom versucht hat, sich umzubringen, und du ihr das Leben gerettet hast«, blafft er mich an. Packt mich fester, und dann schüttelt er mich wie einen Welpen, den er im Nacken gepackt hat. »Ich rede darüber, dass sie von dir verlangt hat, ihr Geheimnis zu bewahren, und du genau das seitdem tust.«

»Wie …« Ich schlucke. Setze erneut an. »Woher weißt du das? Wann …« Wieder schnürt sich meine Kehle zu, und ich kann nicht weiterreden.

»Ich wusste es, sobald Mom nach Hause kam, und außerdem habe ich euch belauscht. Nicht, dass mich der Bullshit überzeugt hätte, den ihr uns da aufgetischt habt. Sie hat sich die Hand am Ofen verbrannt? Das erklärt ganz sicher nicht, dass ich dich später aus der Notaufnahme abgeholt hab, und auch nicht, dass sie zwei Tage lang im Krankenhaus bleiben musste. Nachdem ich gehört habe, wie sie dich anfleht, niemandem was zu erzählen, hab ich mich in ihr Zimmer geschlichen und in ihrem Bad die Blutspuren gefunden, denn du hast dich beim Putzen nicht gerade besonders geschickt angestellt. Dass sie mitten im Sommer langärmlige Oberteile getragen hat, war dann die letzte Bestätigung, die ich brauchte.«

»Du hast nie ein Wort gesagt«, flüstere ich wie betäubt und bekomme es noch nicht ganz in meinen Kopf. Er wusste Bescheid? Ich habe diese Last mein halbes Leben lang mit mir herumgeschleppt, und er *wusste Bescheid?* Ich war die ganze Zeit nicht allein?

»Du hattest Mom versprochen, mit niemandem darüber zu reden, und ich wollte dir nicht noch eine weitere Bürde aufhalsen – die, dein Versprechen zu brechen. Aber deshalb konnte ich dir auch nicht helfen, und das hat mich angepisst. Ich war so verdammt wütend auf sie, dass sie dir das antut. Dass sie das uns antut. Dass sie entschieden hat, dass ohne Dad zu leben so schlimm ist, dass sie lieber auch uns verliert, statt es noch länger zu ertragen. Das war der Grund, weshalb ich damals mit dem Kämpfen angefangen habe. Dir konnte ich nicht helfen, und ich habe versagt. Ich habe sowohl dich als auch Mom im Stich gelassen, als ihr mich am meisten gebraucht hättet.«

»Das ist nicht wahr«, protestiere ich. »Wie kannst du nur denken …«

»Aus denselben Gründen, weshalb du glaubst, das Schicksal dieser Familie hinge an dir. Dass du für Moms Wohlergehen verantwortlich wärst. Aber so ist es nicht. Ich hätte um ein Haar zum zweiten Mal Eden verloren, weil ich den Gedanken nicht ertragen konnte, Mom noch mal zu enttäuschen. Der Familie Gordon einen weiteren Schlag zu versetzen. Aber weißt du was, kleiner Bruder? Wir sind ihre Kinder. Genau das ist es, was Kinder tun: Sie enttäuschen ihre Eltern. Und zugleich bringen sie Freude in ihr Leben, machen sie stolz. Du kannst das eine nicht ohne das andere haben. So ist das Leben nun mal. Und wenn du es zulässt, dass diese Frau wieder aus deinem Leben verschwindet – oder du aus ihrem –, weil du

Angst davor hast, diese Familie kaputtzumachen, dann sage ich: Vielleicht sollte sie kaputtgehen. Weil das bedeuten würde, dass wir als Familie nicht stark genug sind. Und vielleicht ist es ja nötig, dass die Familie auseinanderbricht, damit etwas Neues daraus entstehen kann. Etwas anderes. Etwas Besseres.«

Dann tut er etwas, das er noch nie getan hat. Etwas, das mich so sehr erschüttert, dass ich vollkommen reglos stehen bleibe, auch als er hinausgeht, während mir all die verdammten Tränen, die ich zuvor zurückgehalten habe, übers Gesicht strömen.

Er tut etwas, das in den fünfzehn Jahren seit Dads Tod niemand mehr getan hat. Weil derjenige, von dem ich es kenne, tot ist.

Er küsst mich auf die Stirn.

Und dann geht er, und ich starre ihm blind vor Tränen hinterher.

Kapitel 14

JUDE

Ich blicke auf den Grabstein hinunter. Zeit und Wetter haben ihm oberflächlich zugesetzt, aber der graue Stein ist noch immer so massiv und robust wie der Mann, den wir darunter begraben haben. *Patrick Gordon. Geliebter Ehemann und Vater.* Und darunter die Jahreszahlen seines zu kurzen Lebens.

Seufzend sehe ich mich auf dem gut gepflegten Friedhof um und betrachte die Blumen auf den Gräbern. Ich hatte überlegt, beim Floristen vorbeizufahren und einen Blumenstrauß mitzunehmen, aber ehrlich gesagt hätte ich mich dabei sehr albern gefühlt. Dad war nicht so der Blumentyp, er hätte ein Bier sehr viel mehr zu schätzen gewusst. Am meisten ein Budweiser.

Puh.

Ich lege den Kopf in den Nacken und schließe die Augen. Kann ihn deutlich vor mir sehen, wie er in seinem Lieblingslehnstuhl sitzt, die ausgestreckten Beine übereinandergeschlagen, in einer Hand die Fernbedienung und in der anderen eine rot-weiße Dose. Vielleicht besteht Mom ja gar nicht darauf, dass Dan sein Bier außer Sicht aufbewahrt, weil sie ein Snob ist. Vielleicht liegt es eher an der Marke und an den Erinnerungen, die der Anblick wachruft. Und es wäre sicher verdammt seltsam, seinem Ehemann mitzuteilen, dass er kein

Bud trinken soll, weil es einen an den toten Mann erinnert, mit dem man vor ihm verheiratet war.

Wie kann es sein, dass ich das jetzt erst begreife?

»Ich nehme an, wenn du hier wärst, würdest du mir ordentlich in den Hintern treten, weil ich sie so verkannt hab«, sage ich leise zu Dads Grab. »Wobei – wenn ich so darüber nachdenke, hättest du wahrscheinlich an uns alle eine Menge Kopfnüsse zu verteilen.«

»Jude?«

Beim Klang von Moms Stimme drehe ich mich um und schiebe die Hände in die Jackentaschen. Mit gerunzelter Stirn verlässt sie den gepflasterten Weg, der sich über den Friedhof schlängelt, und kommt zu mir. Und zu Dad. Lange blickt sie den Grabstein an, und ich bin still, lasse ihr ihre Zeit mit dem Mann, den sie über alles geliebt hat.

Nach einer Weile holt sie zitternd Luft und strafft die Schultern. Dreht sich zu mir um und lächelt mich an, aber ihre blauen Augen sind dunkel vor Sorge.

»Hey, mein Liebling. Ich war sehr überrascht, als du angerufen hast und dich hier mit mir treffen wolltest.« Sie streicht mir über den Arm und tätschelt mir durch die Jackentasche hindurch den Handrücken. »Ist alles in Ordnung?«

Ja, liegt mir automatisch auf der Zunge, selbst in diesem Moment. Aber das ist der ewige Streitschlichter in mir, der Geheimniswahrer der Familie. Als ich vor einer Stunde das Studio verlassen und meine Mutter angerufen habe, war ich entschlossen, es ab sofort anders zu handhaben. Mich von alten Lasten zu befreien.

Selbst wenn das bedeutet, der Frau, die ich von allen Frauen auf der Welt am meisten liebe, Schmerz zuzufügen.

»Ich bin müde, Mom«, sage ich leise.

Auf ihrer Stirn bildet sich ein bekümmertes V. »Das habe ich mir schon gedacht, Jude.« Sie schüttelt den Kopf, umfasst mit einer Hand mein Kinn. »Du arbeitest einfach zu viel. Ich wünschte …«

»Mom«, unterbreche ich sie, greife nach ihrem Handgelenk und löse ihre Hand sanft, aber entschlossen von meinem Gesicht. »Hör auf. Es geht nicht um das Studio oder meine Arbeit. Ich bin schon sehr lange müde.« Ich fahre mir mit der Hand übers Gesicht. »Schon sehr lange«, flüstere ich.

»Liebling.« Sie dreht ihr Handgelenk in meinem Griff und schließt die Finger um meine, nimmt meine Hand. »Was ist denn los? Erzähl es mir.«

Dies ist die Mutter, an die ich mich erinnere. Nicht das zerbrechliche oder das mit Vorwürfen um sich schlagende Geschöpf. Nein, dies ist die Mutter, die uns Raum gelassen hat, wenn wir wütend waren, aber später in unser Zimmer kam, sich auf die Bettkante gesetzt und schweigend gewartet hat. Ihre unerschütterliche Geduld förderte früher oder später immer zutage, was uns bedrückte, und nie war sie um Trost und die richtigen Worte verlegen.

Und dieser kurze Blick auf ihr früheres Ich verleiht mir den nötigen Mut. »Ich habe es dir nie erzählt, aber ich leide unter Panikattacken.«

Sie schnappt nach Luft und drückt meine Hand fester. »Warum … wie konntest du mir das verschweigen? Ich kann nicht fassen, dass du es mir nicht erzählt hast. Weshalb, Jude? Wie lange schon?«

»Seit ich dreizehn war«, antworte ich mit heiserer Stimme und erwidere ihren Blick. Sehe, wie Begreifen in ihrem Blick dämmert. »Relativ kurz nach Dads Tod«, setze ich hinzu, damit ihr wirklich klar ist, was ich meine.

Sie entreißt mir ihre Hand, und Schmerz zuckt über ihr Gesicht.

»Jude, ich kann nicht …« Fast wie gegen ihren Willen streicht sie über die Innenseite ihres Handgelenks. Über die längst verblasste, jedoch immer noch sichtbare Narbe.

»Wir müssen darüber reden«, beharre ich. Fahre mir mit der Hand durchs Haar, drehe mich um und starre Dads Grabstein an. *Hilf mir, die richtigen Worte zu finden, Dad, verleih mir die nötige Stärke.* Kein Windzug erhebt sich, die Wolkendecke reißt nicht auf, um die Sonne durchbrechen zu lassen. Es gibt kein einziges der Zeichen, von denen Leute so gern behaupten, sie würden sie erleben, wenn sie auf dem Friedhof mit geliebten Verstorbenen reden. Aber in mir breitet sich mit einem Mal eine tiefe Ruhe aus, und das reicht mir. Entschlossen wende ich mich wieder meiner Mutter zu. »Ich habe dein Geheimnis fünfzehn Jahre lang für mich behalten, Mom. Wir haben nicht einmal miteinander darüber geredet. Aber jetzt kann ich nicht mehr.«

Ich hole tief Luft und betrachte sie, sehe die Schatten in ihren Augen. Alten Schmerz. Scham. Ich schüttle den Kopf.

»Ich habe nicht vor, allen davon zu erzählen«, versichere ich ihr. Wozu sollte es auch gut sein? Knox weiß es schon die ganze Zeit, und es Simon und Dan zu erzählen würde ihnen nur unnötig wehtun. »Aber ich war so wütend, Mom. Verwirrt und wütend, weil Knox, Simon, Connor und ich anscheinend kein ausreichender Grund für dich waren, weiterleben zu wollen. Wie kann es sein, dass du uns verlassen wolltest? Und dann hast du mir das Versprechen abgenommen, es für mich zu behalten. Ich war erst dreizehn, Mom. Die Last war zu schwer für mich.«

»Ich weiß, Jude«, sagt sie ganz leise, und in ihren Augen schimmern Tränen. Kurz scheint ihr Gesicht in sich zusammenzufallen, dann fasst sie sich wieder. Aber die Tränen … eine löst sich, rinnt ihr über die Wange. »Es tut mir so leid, Liebling. Das will ich dir schon seit Jahren sagen. Ich hätte dir das niemals antun dürfen. Nichts von alldem. Sobald ich …« Sie unterbricht sich, reibt ihr Handgelenk. »Ich habe es bereut. Ich wollte leben, für euch Jungs da sein. Ich habe mich so geschämt, dass du mich so gefunden, mich so gesehen hast. Du wusstest, was ich zu tun versucht habe. Ich hatte solche Angst, dass noch jemand anders es erfährt. Ich wusste, welche Sünde ich begangen habe«, flüstert sie. »Gott, diese Bürde hätte ich dir niemals auf die Schultern laden dürfen. Und es t-tut mir leid.«

Mir wird die Kehle so eng, dass ich fast keine Luft mehr bekomme. Ich schließe fest die brennenden Augen, ziehe Mom an mich und nehme sie in den Arm. Ihr erstes Schluchzen bricht sich Bahn, dann das nächste, und ich halte sie im Arm, während sie weint.

»Wir brauchen dich immer noch, Mom«, sage ich zu ihr, als der erste Sturm abebbt. Umfasse ihre Schultern und trete einen Schritt zurück, sehe ihr ins schmerzverzerrte Gesicht. »Du bist so stark. Wir hätten uns keine liebevollere Mutter wünschen können. Selbst nach deinem Suizidversuch bist du irgendwann zurückgekommen, warst wieder die Mutter, die wir um ein Haar verloren hätten. Aber als Connor … nein, Mom, du musst das jetzt hören«, sage ich bestimmt, als sie versucht, sich aus meinem Griff zu befreien, und halte sie fest.

»Ich kann nicht. Nicht jetzt«, protestiert sie und hebt abwehrend die Hände. Als wollte sie mich und das Thema weit wegschieben. »Du darfst nicht …«

»Du musst es hören«, wiederhole ich. »Selbst wenn du noch mit Knox reden würdest – er würde es dir niemals sagen, weil er dir auf keinen Fall noch mehr Schmerz zufügen will. Dan wird nichts sagen, weil er dich vor der ganzen Welt beschützen will, sogar vor dir selbst. Und Simon …« Ich schnaube und schüttle den Kopf. »Ich kann nicht zulassen, dass Simon es dir sagt, weil er zu wütend ist, viel zu verletzt. Also bleibe nur ich. Wir. Brauchen. Dich. Immer. Noch«, bekräftige ich. »Nach Connors Tod bist du nie wieder zu uns zurückgekehrt. Ich habe die Nächte nicht gezählt, in denen ich wach gelegen und mich gefragt habe, ob heute der Anruf von Dan kommen wird, der mir sagt, dass du … dass du …« Ich kann den Satz nicht beenden, Angst und Entsetzen lähmen meine Stimme.

»Nein«, schreit sie auf. Und statt weiter zu versuchen, sich mir zu entziehen, kommt sie näher, nimmt mein Gesicht in beide Hände und zwingt mich, sie anzusehen. »Nein«, sagt sie noch mal, diesmal mit großem Nachdruck. »Ich würde das auf keinen Fall noch mal tun.«

»Ein Teil von mir weiß das … oder zumindest möchte ich es gern glauben. Aber der andere Teil …«, flüstere ich und schüttle den Kopf. »Ich erinnere mich noch so gut daran, in welchem Zustand du nach Dads Tod warst. Jedes Mal, wenn wir uns treffen, bin ich so erleichtert, doch es dauert nicht lange, bis die Sorgen und die Angst wiederkommen. Du bist nicht mehr du selbst. Deine Trauer verstehe ich. Aber die Bösartigkeit? Wie du um dich schlägst? Die Gehässigkeit? Das bist nicht du. Die Mutter, die mich großgezogen hat, hätte niemals einen ihrer Söhne für den Tod des anderen verantwortlich gemacht. Hätte ihn niemals verstoßen. Die Mutter, die wir kannten, hätte ihn in den Arm genommen, ihn getröstet. Ihm gesagt, dass sie ihn liebt und ihn keine Schuld trifft.«

»Ich liebe ihn«, stößt sie rau hervor, lässt mein Gesicht los und presst die Hände vor ihrer Brust zusammen. »Ich kann nur einfach nicht … ich kann nicht …«

»Eden ist schwanger, Mom.«

Ich beobachte sie genau. Sehe den Schock, die Trauer, und, *Gott sei Dank*, das kurze Aufblitzen von Freude, das so rasch wieder vorbei ist, dass es mir gar nicht aufgefallen wäre, hätte ich sie nicht so genau beobachtet.

Aber es ist mir nicht entgangen.

Hoffnung flammt in mir auf, die ich rasch wieder ausbremse.

»Sie ist schwanger?«, fragt sie mit zitternder Stimme.

»Ja. Sie und Knox bekommen ein Baby. Sie und *Knox*, Mom. Du musst selbst mit dir ausmachen, ob du dich weiter an deine Trauer klammern willst, statt ihm zu vergeben und deinen Sohn wieder in der Familie aufzunehmen, der für uns alle so lange der Fels in der Brandung war. Wenn du lieber an deinem Groll festhalten willst, statt dein zukünftiges Enkelkind im Arm zu halten, dann ist das deine Sache. Aber ich kenne Connor, und er hätte ihnen gewünscht, dass sie glücklich sind. Auf welchem Weg auch immer.«

Ich ziehe sie erneut in die Arme, drücke sie fest an mich und atme ihren vertrauten Duft ein, bete insgeheim, dass ich bei meiner Rückkehr noch eine Familie vorfinden werde.

»Ich liebe dich, Mom.« Mit einem Kuss auf die Wange lasse ich sie los und gehe, lasse sie zurück bei dem Mann, dem sie einst ins Grab folgen wollte. Gehe und danke Gott, dass sie es nicht getan hat.

Eine Weile später erreiche ich den Parkplatz und werfe einen Blick über die Schulter.

Sie zieht gerade ihr Handy aus der Handtasche. Starrt es mehrere Sekunden lang an. Und dann berührt sie das Display und hebt das Handy ans Ohr. Sie ist zu weit weg, als dass ich hören könnte, wen sie anruft, aber verdammt …

Wieder keimt Hoffnung in mir auf.

Kapitel 15

CYPRESS

Ich atme tief ein und halte lange, sehr lange die Luft an.

Dann tippe ich auf das Touchpad des Laptops, bevor mein Verstand *Nein, nein, lass uns noch mal darüber nachdenken!* brüllen kann, und klicke auf Senden.

Meine Bewerbung für die pädagogische Hochschule von Chicago verschwindet vom Bildschirm, stattdessen ploppt eine Empfangsbestätigung auf. Mir ist zumute, als würde in meinem Bauch ein riesiger, aus seinem Glas gesprungener Goldfisch herumzappeln. Was so ziemlich genau meinem Lebensgefühl in diesem Moment entspricht – ich bin ein nach Luft schnappendes, verängstigtes, hyperventilierendes Tier, das aus seinem sicheren Umfeld in eine neue, erschreckende Welt gefallen ist. Scheiße, das ist echt morbide.

Andererseits fokussiert sich mein Hirn womöglich gerade mit aller Kraft auf diese düstere Metapher, damit ich nicht vor lauter Schreck über meine eigene Courage in Ohnmacht falle.

Denn ich – Magna-cum-laude-Absolventin der Leventhal-Uni in Kalifornien mit Bachelor und Master in Rechnungswesen, ehemalige Finanzmanagerin in einer der größten Versicherungsfirmen der Nation – werde wieder studieren. Und zwar nicht Finanzwesen, sondern Erziehungswissenschaft. Im Masterstudiengang. Ja. Ich werde Lehrerin.

»Ich bin davon überzeugt, dass man sich nie davon aufhalten lassen sollte, wer oder was man früher einmal war.« Die politischen Ansichten von Condoleezza Rice teile ich vielleicht nicht, aber in diesem Punkt hat sie recht: Ich muss damit aufhören, mich an meiner beruflichen Vergangenheit zu orientieren, und mich auf die Frage konzentrieren, wo ich hinwill. Auf meine Zukunft. Es wird Zeit, dass ich mich nicht mehr als ehemalige Finanzmanagerin sehe, die sich eine noble Eigentumswohnung in einem der besseren Viertel von L. A. leisten konnte, mit einem Kleiderschrank voll mit brandaktuellen Klamotten und teuren Schuhen an den Füßen. Ich bin Cypress Winters, momentan Kellnerin in einer Bar, bald wieder Studentin, zukünftige Dozentin im Fach Rechnungswesen, die auf eigenen Beinen stehen wird, über ihr eigenes Leben bestimmt, ganz gleich, ob sie Erfolg hat oder scheitert, und nie wieder dulden wird, dass ein anderer die Kontrolle an sich reißt. Falls ich auf die Schnauze falle, dann deshalb, weil ich gestolpert und dumm gefallen bin, und nicht, weil mir jemand den Teppich unter den Füßen weggezogen hat.

Oder zumindest bin ich auf dem Weg, jene Cypress Winters zu werden.

Ich schalte den Laptop aus und stecke ihn in seine Hülle, dann blicke ich zu Judes Wohnungstür – und den drei gepackten Koffern, die ich vor einer Stunde dort abgestellt habe. Mein Leben, nicht besonders ordentlich in drei Gepäckstücken verstaut. Wie traurig ist das? Nicht so traurig, wie es sein könnte. Oder es vor ein paar Tagen noch gewesen wäre.

Ich lege die Hand auf den großen weißen Manila-Umschlag, der auf dem Couchtisch liegt und bereits mit dem Namen und der Adresse meines Anwalts beschriftet ist. Darin befinden sich die Abschlussdokumente für den Verkauf meiner Wohnung. Ich muss nur noch unterschreiben, sie vom Notar beglaubigen lassen und zurückschicken, dann ist dieser Abschnitt meines Lebens vorbei. Sobald dann die Möbel geliefert werden, die ich bei meinem Umzug nicht verkauft habe, ist Kalifornien für mich Geschichte. In ein oder zwei Wochen ist das Geld auf meinem Konto, und dann bin ich nicht mehr pleite und obdachlos.

Seufzend stehe ich auf. Für jemanden, der an der Schwelle eines brandneuen Lebens steht, fühle ich mich eigenartig … teilnahmslos. Wahrscheinlich, weil mich beim Anblick der drei Koffer an der Tür eine eigenartige Leere beschleicht.

Ich habe mich der größten aller Todsünden schuldig gemacht.

Ich habe Gefühle für ihn entwickelt.

Weil ich den Anblick der Koffer nicht länger ertrage, wirbele ich herum und kehre in das Zimmer zurück, in dem ich seit vier Wochen wohne. Unwillkürlich wandert meine Hand zu meiner Brust und reibt über die Stelle, in der sich seit letzter Woche ein wechselnd starker Schmerz eingenistet hat. Genauer gesagt: seit ich mitten in der Nacht bei Mom gewesen bin.

In jener Nacht, in der ich mir eingestanden habe, dass das mit Jude aufhören muss.

Gar nicht deshalb, weil er das emotionale Wrack gesehen hat, das ich meine Mutter nenne. Na ja, jedenfalls nicht hauptsächlich deshalb. Sondern weil ich das ganze Desaster durch seine Augen auf einmal von außen gesehen habe, frisch und in seinem ganzen Schrecken. Wie ich aufgewachsen bin, immer in zweiter Reihe hinter einem Mann, der die ganze Breite der Bühne eingenommen hat, selbst nachdem er abgehauen ist, ohne einen Funken Reue oder einen Gedanken an die, die er zurückgelassen hat.

Wer ich werden würde, wenn ich mich jemals so entsetzlich verliebe, dass sonst nichts und niemand mehr zählt. Ein farbloser, geisterhafter Schatten meiner selbst. Wie ich meine Unabhängigkeit opfern würde, meine Träume, *mich selbst*, nur um auf einen Anruf zu warten oder auf irgendein anderes Zeichen dafür, dass jemand an mich denkt, sich um mich sorgt.

Ja, all das durch Judes Augen zu sehen, hätte mich fast in Stücke gerissen. Hat für meinen Zusammenbruch dort draußen auf dem dunklen, kalten Gehweg gesorgt. Mich aus Judes Armen zu lösen, ist unendlich schwer gewesen, war aber bitter nötig. Denn die Wahrheit hat mir so klar vor Augen gestanden wie der Kaminsims mit all den Bildern aus den besten Jahren meiner Mom.

Ich habe nur mich selbst.

Ja, ich habe mich selbst im Stich gelassen, habe versagt, mich sogar selbst verletzt. Aber nie, *niemals* würde ich mich verlassen. Dieses Versprechen kann mir niemand außer mir selbst geben.

Und deshalb stehe ich jetzt hier in dieser Wohnung, in der ich mehr Sicherheit und Frieden und schöne Momente gefunden habe als sonst irgendwo seit meiner Rückkehr nach Chicago – vielleicht sogar in meinem ganzen Leben –, und vergewissere mich, dass ich beim Packen nichts vergessen habe. Weil ich den Fehler begangen habe, die Wahrheit zu vergessen und mich auf Jude zu verlassen. Auf ihn zu vertrauen.

Jude zu lieben.

Als dieser blasphemische Gedanke durch meinen Verstand flüstert, zucke ich zusammen, körperlich wie emotional. Panik schießt in mir auf, kratzt mit langen Knochenfingern über mein Herz, meine Seele. Nein, an jemandem zu hängen und ihn zu lieben, ist nicht dasselbe. Und angesichts all dessen, was ich mit angesehen und erlebt habe, werde ich auf gar keinen Fall so dumm sein, mich in ihn zu verlieben.

Er ist so ein guter Mann. Gott, einer der besten Menschen, denen ich je begegnet bin. Aber ich darf mich nicht so sehr auf ihn einlassen, dass ich mich selbst verliere. Dass ich meine Träume wegwerfe, all meine Ziele, nur für seine Liebe und Aufmerksamkeit. Ich darf nicht so werden wie meine Mutter. Und es wäre möglich. Er ist wie eine Droge für mich. Es wäre ganz einfach, mich selbst davon zu überzeugen, dass er alles ist, was ich brauche. Und wenn er mich verlassen würde – und das täte er, denn das tun sie alle früher oder später –, dann würde es mich völlig zerschmettern. Dann würde von mir nichts mehr übrigbleiben, in dem man mich noch erkennt.

Nein. Ich darf das nicht tun.

Ich entdecke das Ladekabel meines Handys auf dem Nachttisch, nehme es mit und gehe ins Wohnzimmer. Die Türklingel gellt durch die Wohnung. Stirnrunzelnd lege ich das Kabel auf meine Handtasche und gehe zur Tür. Jude kann es nicht sein, er hat einen Schlüssel, und außerdem arbeitet er bis elf. Deshalb ziehe ich ja heute aus, an meinem freien Abend. Heimlich und feige, ja, aber so ist es eben.

Ich stelle mich auf die Zehenspitzen und sehe durch den Spion, dann plumpse ich wieder zurück auf die Fußballen.

Echt jetzt?

Grauen und Zorn mischen sich in meiner Brust. Die Tür zu öffnen, ist das Letzte, was ich jetzt tun sollte. Das kann zu nichts Gutem führen. Ich sollte einfach weggehen und warten, bis der Mensch auf der anderen Seite der Tür dasselbe tut, und dann hier abhauen und mich nicht umsehen. Dieses Kapitel beenden wie die erwachsene Frau, die ich bin …

Ich schließe die Tür auf und öffne sie mit einem Ruck.

Ana reißt die Augen auf, ehe sie sie zu gefährlich schmalen Schlitzen zusammenkneift. »Was zum Teufel machst du hier?«, faucht sie mich an.

Das Blut rast schneller durch meine Adern als bei einer Kaufsüchtigen auf dem Weg zum Sommerschlussverkauf. Trotzdem zwinge ich meine Stimme zu einer Ruhe, die in krassem Gegensatz zu meinem dringenden Bedürfnis steht, dieses Miststück mit einem kräftigen Tritt die Treppen wieder runterzubefördern, die sie gerade eben hinaufgestiegen ist – ungebeten und unerwünscht.

»Lustig, das wollte ich dich auch gerade fragen«, erwidere ich und lehne mich ganz beiläufig mit der Schulter gegen den Türrahmen, damit Judes verrückte Ex begreift, dass sie nur über meine Leiche Zutritt zu dieser Wohnung erhält. Und nein, ich habe nicht die geringste Absicht, Petrus an der Himmelspforte in nächster Zeit die Hand zu reichen. »Ich wohne hier.« Na, jedenfalls bis heute. »Du allerdings wohnst hier nicht. Und da Jude nicht zu Hause ist, gehe ich davon aus, dass er dich auch nicht eingeladen hat.« Ich schüttle den Kopf und gebe ein spöttisches »Tsk« von mir. »Man sollte meinen, deine Eltern hätten dir beigebracht, dass man nicht einfach uneingeladen irgendwo klingelt.«

»Für wen hältst du dich, dass du so mit mir redest?« Zornig mustert sie mich, begutachtet mein verblichenes T-Shirt und die ebenfalls abgetragene Jeans mit den löchrigen Knien. Ihr Stirnrunzeln vertieft sich. »Ich hab mich erkundigt. Du bist nicht mal mit Jude zusammen. Du bist sein Wohltätigkeitsprojekt, seine Stiefschwester, die er aus Mitleid bei sich aufgenommen hat. So ist er nun mal. Also tu nicht so, als wärst du mehr, als du bist – eine Streunerin, die er auf der Straße eingesammelt hat.«

Okay, das tat weh. Doch das werde ich sie auf gar keinen Fall merken lassen. Lächelnd richte ich mich auf. Ich bin froh, dass das Miststück die Samthandschuhe ausgezogen hat. In Judes Augen ist sie zerbrechlich, instabil – aber aus meiner Perspektive ist sie genau wie einige Frauen, die ich sowohl auf den Straßen Chicagos als auch in den Firmenbüros in Kalifornien kennengelernt habe: manipulative, hinterhältige, bösartige kleine Mädchen jenseits der Pubertät. Solche Geschöpfe bringen Frauen – richtige Frauen, die es nicht nötig haben, einander die Augen auszukratzen, um sich besser zu fühlen – in Verruf. Und da sie keine Hemmungen zu haben scheint, mir ihr wahres Gesicht zu zeigen, zeige ich ihr meins.

»Du warst also sehr fleißig, verstehe«, erwidere ich. »Ja, stimmt, ich bin seine Stiefschwester, und ja, er hat mir angeboten, bei ihm zu wohnen. Aber damit wir uns richtig verstehen – ich bin niemandes Wohltätigkeitsprojekt. Ich sorge für mich selbst, stehe auf eigenen Beinen, und das ist etwas, das ein kleines Mädchen wie du, das von Mamis und Papis Geld lebt und nur so tut, als wäre es eine Frau, nie begreifen wird.« Diesmal bin ich es, die sie begutachtet, von ihrem perfekt gestylten, gelockten Haar über den Mantel, der mehr kostet, als man in zwei Monaten im *Rabbit Hole* verdient, bis hinab zu den Spitzen ihrer teuren Stilettos. »Und noch etwas: Wenn du glaubst, ich würde mich wie eine rollige Straßenkatze mit dir um einen Mann prügeln, dann muss ich dich leider enttäuschen. Das wird nicht passieren. Aber …« Ich trete einen Schritt vor, dicht an sie heran. Mit ihren Stiefeln ist sie ein paar Zentimeter größer als ich, doch das macht gar nichts. »Die

Wahrheit, die kannst du von mir haben. Also ist heute wohl dein Glückstag.«

Ein hässliches, ausgesprochen unvorteilhaftes Rot steigt in ihre Model-Wangen. »Du bist nichts als menschlicher Abfall, der seinen Platz nicht kennt. Jude gehört mir, und ich lasse ganz sicher nicht zu, dass irgendeine Schlampe ankommt und ihn mir wegnimmt.«

»*Jude* gehört niemandem, er ist kein Spielzeug, auf das du deinen Namen schreiben kannst, damit die anderen Kinder nicht damit spielen. Er ist ein Mensch. Mit Gefühlen und einem manchmal zu großen Herzen, was dann selbstsüchtige, manipulative Leute ausnutzen. Klingt das irgendwie vertraut?« Ich rücke ihr noch ein wenig dichter auf die Pelle und senke die Stimme, obwohl außer uns niemand hier ist. »Er hat mir erzählt, wie das zwischen euch gelaufen ist.«

Sie ruckt mit dem Kopf, Überraschung in den Augen. »Das würde er nie tun«, entgegnet sie, doch in ihrer hochmütigen Stimme liegt ein Hauch Unsicherheit. Unsicherheit und noch etwas anderes. Schuldbewusstsein?

»Er hat es nur getan, weil er so durch den Wind war, nachdem du im Laden aufgekreuzt bist. Aber genau das war auch deine Absicht, oder? Ihn dafür zu demütigen, dass er nicht tut, was du willst. Du hast mit seinem Mitgefühl gespielt, hast versucht, ihm ein schlechtes Gewissen zu machen, damit er sich noch mal mit dir trifft. Du bist wie ein verwöhntes Kind, das seine Lieblingspuppe nicht haben darf. Und weißt du was? Mach doch, wie du meinst. Aber wenn du ihn absichtlich belästigst, indem du bei ihm auf der Arbeit auftauchst?« Mit zusammengebissenen Zähnen rücke ich noch dichter, und sie weicht einen Schritt zurück. »Du stalkst ihn, du gehst zu weit. Hör zu.« Seufzend drücke ich mit Daumen und Zeigefinger meinen Nasenrücken. Traurigkeit steigt in mir auf und spült über mich hinweg. Traurigkeit und Mitgefühl. Nie hätte ich gedacht, dass ich für diese Frau Mitgefühl empfinden könnte. »Ich rede nur selten über meine Familie, aber ich weiß, wie es ist, sich so hoffnungslos allein zu fühlen. Und ich habe mit einer Frau – meiner Mutter – zusammengelebt, die immer noch einem Mann hinterhertrauert, der sie vor dreizehn Jahren verlassen hat. Sie hat sich niemals davon erholt. Sie ist nur noch ein Schatten ihrer selbst, und weil sie die Vergangenheit nicht loslassen kann, verpasst sie seitdem alles, was das Leben zu bieten hat. Sie kann meinen Dad einfach nicht vergessen. Es ist eine erbärmliche Existenz, Ana. Erbärmlich für sie selbst und für alle, die ihr nahestehen. Jede Minute, die du damit verbringst, jemandem hinterherzujagen, der dich nicht mehr will, ist eine Minute zu viel. Glaub mir, das willst du nicht. Und auch die Menschen, denen du etwas bedeutest, deine Eltern, deine Freunde, wünschen sich sicher etwas anderes für dich.«

Sie blickt mich nur umso verächtlicher an. Obwohl mir die Frage durch den Kopf geht, weshalb es mich überhaupt kümmert, rede ich weiter.

»Ich weiß, dass ich die Letzte bin, von der du einen Rat möchtest. Und ich bin auch ganz sicher weder Therapeutin noch Psychologin, aber ich habe lange mit einer depressiven Frau zusammengelebt. Ich habe mich um sie gekümmert, also kenne ich mich mit dem Thema ein bisschen aus. Such dir jemanden, um darüber zu reden, ehe du zu tief drinsteckst. Die Organisation NAMI Chicago beispielsweise konnte zwar meiner Mutter nicht helfen, aber das lag daran, dass meine Mutter es nicht mal richtig versucht hat. Es kostet nichts, und wenn du nicht möchtest, dass jemand aus deiner Familie etwas davon erfährt, ist es ein guter Anfang. Sie haben eine Hotline. Probier es einfach mal aus.« Ich schüttle den Kopf und strecke die Hände aus, die Handflächen nach oben. »Schau mal – reich und privilegiert und selbstsüchtig zu sein … nichts davon macht dich zu einem schlechten Menschen. Und emotionale Schwierigkeiten zu haben erst recht nicht. Doch was du Jude antust, der Schmerz, den du ihm zufügst? Und dass du damit immer weitermachst, dass du nicht aufhörst, einen Mann zu quälen, der selbstlos und freundlich und einfach ein guter Kerl ist? Das schon.«

Sie wird bleich, und plötzlich weicht die Arroganz aus ihrem Gesicht. Sie blinzelt, ihre Augen funkeln. »Du hast doch keine Ahnung, wovon du da redest. Ich würde ihm niemals …«

»Wehtun? Du tust es jedes Mal, wenn du so einen Scheiß abziehst. Jedes Mal, wenn du deine eigenen Bedürfnisse über seine stellst. Wenn du ihn wirklich liebst, dann würdest du gehen. Und wegbleiben. Such dir Hilfe, um über ihn hinwegzukommen, um dich wieder zu sortieren, wenn du das möchtest. Aber Lass. Ihn. In. Ruhe.«

Sie hebt das Kinn, und zum ersten Mal kaufe ich ihr ab, dass die Tränen, die in ihren Augen schimmern, echt sind. »Weißt du«, sagt sie mit belegter Stimme, »ich hab dich weder um deinen Rat gebeten noch um deine Hilfe.«

»Ich weiß«, murmle ich.

»Ich wollte ihm nicht wehtun«, flüstert sie, als müsste sie sich selbst ebenso sehr davon überzeugen wie mich. »Ich würde niemals …«

Sie schließt die Augen und stößt hörbar die Luft aus. Dann, ohne ein weiteres Wort, macht sie auf dem Absatz kehrt und läuft die Treppe hinunter.

Lange starre ich auf die leere Stelle, wo sie eben noch gestanden hat. Ob sie bei NAMI anrufen wird? Auch wenn es verdammt seltsam ist, wüsste ich es wirklich gern. Und ich hoffe sehr für sie, dass sie es tut.

»Cypress.«

Beim Klang der vertrauten Stimme ruckt mein Kopf herum. Jude steht auf der obersten Treppenstufe; er muss so leise heraufgekommen sein, dass ich ihn nicht gehört habe. Oder ich war so tief in meinen Gedanken versunken, dass ich ihn einfach nicht bemerkt habe.

O Gott. Kann es sein, dass er gehört hat …? Mein Verstand rekapituliert die letzten zehn Minuten, spult das Gespräch mit seiner Ex noch mal ab.

Jude gehört niemandem, er ist kein Spielzeug, auf das du deinen Namen schreiben kannst, damit die anderen Kinder nicht damit spielen. Er ist ein Mensch. Mit Gefühlen und einem manchmal zu großen Herzen …

Aber was du Jude antust, der Schmerz, den du ihm zufügst? Und dass du damit immer weitermachst, dass du nicht aufhörst, einen Mann zu quälen, der selbstlos und freundlich und einfach ein guter Kerl ist …

So in der Zusammenfassung klang ich eher wie eine besitzergreifende Freundin als wie eine Mitbewohnerin oder Stiefschwester. Und auch wenn wir miteinander schlafen – geschlafen *haben* –, habe ich keinerlei Ansprüche auf ihn. Meine gepackten Koffer können das bezeugen.

Ich starre ihn nur stumm an. Fahre mit dem Blick seine Gesichtszüge nach, die dunklen Bögen seiner Brauen, den sinnlichen Schwung seines Mundes. Vielleicht hat er ja gar nichts gehört. Vielleicht … Ich stoße die angehaltene Luft aus.

O doch. Dem dunklen Lodern seines Blicks nach zu urteilen, hat er alles mit angehört.

Er setzt sich in Bewegung, legt mir behutsam eine Hand auf die Schulter und schiebt mich zurück in die Wohnung. Schließt die Tür hinter uns.

»Du hast mich verteidigt«, sagt er leise, und dieser unverwandte, viel zu wissende Blick wandert prüfend über mein Gesicht, als würde er nach dem Warum Ausschau halten.

Bei Menschen, die ich liebe, verstehe ich keinen Spaß mehr.

Es kostet mich meine ganze Willenskraft, eine undurchdringliche Miene zu bewahren, damit er nicht sieht, was seine Worte mit mir anstellen. Aber innerlich bin ich wie eine Palme im Sturm – vom Wind zerzaust und gebeugt, doch ich weigere mich, zu brechen.

Denn das kann ich mir nicht erlauben.

Ich zucke mit den Schultern. »Viel hat es ja nicht gebracht. Ich bin nicht mal sicher, ob sie mir richtig zugehört hat. Aber vielleicht dringt es ja zu ihr durch, dass du so weit wegziehst. Immerhin kommt sie dann nicht mehr an dich ran.« Bei der bloßen Erwähnung seiner bevorstehenden Reise nach London wird meine Kehle rau und wund. Noch ein Grund, weshalb ich zuerst gehen muss.

Wenn ich nicht hier bin, muss ich auch nicht zusehen, wie er packt und abreist.

»Kann sein«, stimmt er zu. »Egal, lass uns nicht mehr von ihr reden. Bist du …« Beim nächsten Schritt stößt er mit der Stiefelspitze gegen einen meiner Koffer und blickt nach unten. Meine Lunge scheint zu gefrieren. Ich höre die Sekunden heruntersticken, lauter kleine Explosionen, und mein plötzlich heftig rasendes Herz mischt sich ebenfalls in die Kakophonie. Langsam hebt er den Kopf und durchbohrt mich wieder mit seinem wissenden Blick. »Wolltest du irgendwohin?«

Den ruhigen, fast beiläufigen Tonfall kaufe ich ihm nicht ab.

Nicht, wenn seine Augen förmlich glühen. »Ja«, sage ich und bin selbst überrascht, wie fest meine Stimme klingt, obwohl ich innerlich zittere wie Espenlaub und gegen den Impuls ankämpfen muss, zu ihm zu laufen und mich in seine Arme zu werfen.

Kurz schließe ich die Augen und senke das Kinn. Die Vorstellung trifft mich mit der Wucht eines Faustschlags mitten in die Brust und bestärkt mich nur umso mehr darin, dass meine Entscheidung richtig ist. Dass ich wirklich dringend gehen sollte – nein, *muss*. Denn sonst verwandle ich mich am Ende noch in Ana und flehe ihn an, mich nicht zu verlassen.

Am Ende verlassen sie einen immer.

»Ja«, wiederhole ich und sehe ihn wieder an. »Ich ziehe ein, zwei Wochen zu Mom, bis meine neue Wohnung bezugsfertig ist.« Es gibt gar keine neue Wohnung, aber das muss er nicht wissen. Und sobald das Geld aus dem Verkauf meiner alten Wohnung da ist, kann ich problemlos einige Monate Miete zahlen sowie eine Kaution, selbst nachdem ich Moms Operationen bezahlt und Dan sein Geld zurückgegeben habe.

»Ich dachte, das kommt nicht infrage«, zitiert er, was ich ihm dazu in dem schäbigen Motel gesagt habe. Gott, ist das wirklich erst einen Monat her? Es fühlt sich an wie eine Ewigkeit. Und zugleich, als wäre es erst gestern gewesen.

»Damals nicht. Aber wenn man keine andere Wahl hat, kriegt man alles irgendwie hin. Zumindest für eine Weile.«

»Aber du hast eine andere Wahl, Cypress«, entgegnet er, kommt auf mich zu, dann hält er jedoch inne. Bei seinem plötzlichen Zögern blutet mir das Herz.

»Nein … ich muss es tun.« Ich schüttle den Kopf und strecke die Hände aus, die Handflächen nach oben gedreht, als würde ich darauf hoffen, dass die richtigen Worte wie durch einen

Zaubertrick auf einmal in mir aufploppen. »Jude, ich … danke für a …«

»Nein«, knurrt er. »Dank mir nicht für alles, was ich für dich getan habe, als wäre ich irgendein Fremder, den du auf der Straße getroffen hast.«

»Bitte«, flüstere ich. »Tu das nicht.«

»Was soll ich nicht tun?«, fragt er barsch, und in seinen zusammengekniffenen Augen funkelt Zorn. Er wendet sich ab, streicht sich mit den Fingern durchs Haar und stößt ein abgehacktes Lachen aus, das mich erschauern lässt. »Dich zwingen, mir ehrlich zu sagen, weshalb du deine Sachen gepackt hast und dich hinter meinem Rücken hier wegschleichen wolltest? Was hattest du denn vor, Cypress? Mir einen Zettel hinterlassen? Mir eine Nachricht schreiben? Ja, ich bin wirklich ein Arsch, dass ich eine Erklärung verlange.«

Vor Scham kribbelt meine Haut. Ja, ich wollte ihm einen Zettel schreiben, auf dem steht, was ich ihm nicht persönlich sagen kann.

»Es war ja nur eine Frage der Zeit«, murmle ich. »In wenigen Tagen fliegst du nach England. Was spielt es da schon für eine Rolle? Und je länger ich hierbleibe, desto größer wird das Risiko, dass Dan es herausfindet. Falls er meine Mutter noch mal anruft, wird er ganz sicher die richtigen Schlüsse ziehen und erraten, wer *Jay* ist. Ich kann nicht riskieren, dass er aufhört, Moms Rechnungen zu bezahlen.« Scheiße, selbst in meinen eigenen Ohren klingt das nach einer lahmen Ausrede.

In Judes Ohren offenbar ebenfalls, denn er schüttelt heftig den Kopf und fuchtelt mit einer Hand durch die Luft. »Komm mir nicht mit dem Bullshit.«

Jetzt kommt er doch auf mich zu, bleibt wenige Zentimeter

vor mir stehen. Mein Selbsterhaltungstrieb brüllt mich an, dass ich zurückweichen soll, mehr Abstand zwischen uns bringen, damit mir nicht sein frischer, erdiger Geruch in die Nase steigt. Damit ich nicht versucht bin, meine Hände mit gespreizten Fingern auf seine breite, tröstlich massive Brust zu legen. Damit ich mich nicht dem Drang ergebe, ihn zu küssen, in seinem Geschmack zu ertrinken und mich nicht darum zu scheren, ob ich Luft bekomme.

Aber ich rühre mich nicht. Denn so nah werde ich ihm vermutlich nie wieder sein. Und trotz der laut plärrenden Alarmsirenen in meinem Hinterkopf atme ich seinen unverwechselbaren Duft ein, ziehe ihn tief in meine Lunge. Wenn ich ihn schon nicht berühren kann, dann bade ich wenigstens in der Hitze, die sein Körper abstrahlt.

Ich sammle Erinnerungen.

Ich bestrafe mich selbst.

»Du haust ab. Schon wieder«, sagt er unverblümt, und ich zucke zusammen. »Dass ich nach London gehe, Dan das mit uns herausfinden könnte, die Rechnungen deiner Mutter … das ist nur ein Teil der Wahrheit. Das hier« – er deutet auf mein Gepäck – »bereitest du seit mindestens einer Woche vor. Ich habe den Fehler begangen, dir zu nahe zu kommen, einen Blick auf deine verletzliche Seite zu erhaschen. Deinen Schmerz. Deine Befürchtungen. Dein Herz. Ich mache dir Angst. Das, was zwischen uns ist, macht dir Angst. Und du verlässt mich, ehe ich dich verlassen kann.«

Erschüttert blinzle ich ihn an. Öffne den Mund, will alles leugnen, aber er nimmt mir sämtlichen Wind aus den Segeln, indem er eine große Hand an mein Gesicht legt. Das grüne Feuer in seinen Augen steht in krassem Kontrast zu der Sanftheit seiner Berührung.

»Ich kenne dich, Cypress. Die Menschen, die dich aufgezogen haben, die mit dir zur Schule gegangen sind, sogar die, die dich geliebt haben – sie können das nicht von sich behaupten, oder? Weil manche Menschen dich zu tief verletzt haben, und jetzt gibst du keinem mehr eine Chance. Du achtest darauf, dass niemand dir mehr wehtun kann, indem du niemanden nahe genug an dich heranlässt, und wenn dir doch jemand zu nah kommt, dann rennst du davon. Aber mit mir klappt das nicht. Du hast mich an dich herangelassen, und du stößt mich nicht wieder weg. Süße, ich gehe nirgendwohin.«

Das tust du eben doch, schreit es in mir, voller Qual und Verzweiflung. Er geht Tausende Kilometer weit fort, weg von Chicago, weg von mir, und ich weiß aus Erfahrung, dass Männer nicht treu sein können, sobald sie außer Sicht sind, und schon gar nicht in einem ganz anderen Land. Allein die kurz aufflackernde Vorstellung von Jude mit einer anderen Frau reicht, damit meine Knie anfangen zu zittern und sich mir der Magen umdreht.

Ich weiche zurück, seine Hand gleitet von meinem Gesicht, und ich ignoriere meinen verzweifelten Wunsch, sie wieder auf meinem Gesicht zu spüren.

»Was willst du von mir, Jude? Was soll ich denn sagen? Dass ich es selbst beenden will? Okay, na schön, das stimmt. Denn am Ende gibt es nun mal kein *Wir*. Lassen wir mal die Tatsache außen vor, dass du mein Stiefbruder bist und es sehr wahrscheinlich ist, dass deine Mutter und Dan nicht mehr mit uns reden würden. Würde mich das treffen? Nicht besonders, weil ich mit meinem Vater sowieso schon lange nicht mehr viel zu tun habe. Aber du? Du liebst deine Mutter viel zu sehr, um ihr wehzutun …«

»Verwechsel mich nicht mit Dan. Ja, ich liebe Mom, aber auf

gar keinen Fall würde ich sie über dich stellen. Sie hat ihr eigenes Leben, und ich erlaube weder ihr noch Dan, über das meine zu bestimmen oder darüber, mit welcher Frau ich es verbringe.«

Ich presse die Hand gegen die Brust, in der mein Herz rasend schnell klopft. Es tut so weh, als würde ich innerlich verbrennen. »Jude, du darfst so etwas nicht zu mir sagen«, flüstere ich, ganz kurz davor, ihn anzuflehen. Schüttle den Kopf, hebe abwehrend die Hand. Ich will das alles nicht hören. Seine Worte berühren etwas in mir – das Mädchen, das ich schon lange nicht mehr bin und das Hoffnung hat und gern das Märchen vom ewigen Glück glauben möchte. So wie es geglaubt hat, dass Leute ihr Wort halten. Dass Menschen, die einen lieben, bei einem bleiben.

Ich spüre eine harte Brust an meiner Handfläche, und dann schließen sich warme, starke Finger behutsam um meine. In meiner Kehle steigt ein Schluchzen auf. Nein. *Nein.* Ana und meine Mutter stehen mir nur allzu lebhaft vor Augen. *Das* ist Liebe. *Das* ist es, was Liebe anrichtet. Und Jude kann mich so leicht, einfach nur, indem er ist, wie er ist, in eine von ihnen verwandeln.

»Weshalb darf ich das nicht sagen, Süße?«, fragt er und hebt meine Hand an seinen Mund. Drückt sie an seine Lippen. »Weil du es so gern hören möchtest? Und ehe du mir einen zweiten Grund nennst, weshalb es kein Wir geben kann, lass mich den ersten widerlegen. Ja, ich gehe nach London. Aber ist dir schon mal durch den Kopf gegangen, einfach mitzukommen? Ich möchte, dass du mitkommst, Cypress.«

»Nein.« Ich reiße meine Hand los. Taumle zurück. »*Nein.*«

Mir ist, als würde sich zwischen uns eine Kinoleinwand spannen, auf der ich die Zukunft sehe. Ich sehe mich, wie ich in einer fremden Stadt, einem fremden Land darauf warte, dass er nach Hause kommt. Wie ich mich an ihn klammere, dankbar für jeden noch so kleinen Funken Aufmerksamkeit, den er mir zukommen lässt. Wie ich vollkommen von ihm abhängig bin – vom Dach über meinem Kopf über das Essen auf meinem Teller bis zu meinem Wohlergehen und meinem Glück.

Es ist ein Horrorfilm.

Mein schlimmster Alptraum.

Meine größte Angst.

»Ich liebe dich.« Die Worte selbst sind ebenso erschreckend wie die tiefe Gewissheit, mit der er sie ausspricht. Jude kommt nicht näher, versucht mich nicht zu berühren, aber er wiederholt sie noch einmal, diese Worte, die ich zugleich in mir verwahre wie einen Schatz und verzweifelt von mir stoße. »Ich liebe dich, Cypress.«

»Nein«, flüstere ich und schüttle den Kopf. »Das kannst du nicht. Ich kann nicht …«

»Du hast recht. Du wirst das nicht tun. Du wirst nicht die Möglichkeit in Betracht ziehen, dass wir vielleicht, ganz vielleicht, die Geschichte deiner Eltern nicht wiederholen müssen. Du wirst dir nicht erlauben, auf mehr zu hoffen, denn es wird dich zerschmettern, wenn die Realität deine Hoffnungen enttäuscht. Du wirst nicht den Gedanken zulassen, dass du zwar ganz sicher keinen Mann brauchst, um dich zu vervollständigen, aber trotzdem einen – mich – willst, weil wir gemeinsam zu einem Ganzen werden. *Befrei dich von der Vergangenheit, die dich zurückhält. Beginne eine neue Geschichte und schreibe sie selbst.* Das ist eins deiner Zitate, stimmt's? Vielleicht ist es an der Zeit, sie nicht nur aufzusagen, sondern sie auch zu leben.«

Ich schließe die Augen, als könnte ich mich so vor der Welt verstecken. Vor ihm. Wie unfair, ausgerechnet die Worte von Oprah Winfrey, einem meiner Vorbilder, gegen mich zu verwenden. Ja, er kennt mich. Weiß, wie man zielt, und auch, mit welcher Waffe.

»Sieh mich an«, verlangt er mit sanftem Nachdruck.

Nicht einmal jetzt kann ich ihm geben, was er will. Obwohl – nein, das stimmt nicht ganz. Er möchte von mir, dass ich meine Freiheit aufgebe, meine Zukunft, und das kann ich nicht. Aber das hier – ihn ansehen –, das kann ich. Wenigstens ein letztes Mal.

»Du liebst mich.« Ehe ich darauf etwas antworten kann, fährt er fort: »Ob du es zugeben kannst oder nicht, du liebst mich. Aber du hast zu viel Angst, dass du am Ende wieder verletzt und verlassen wirst.« Der Vorwurf, den er so sanft, fast zärtlich äußert, bleibt trotzdem ein Vorwurf.

Und es sticht. Nein, verdammt. Es brennt, hell und heiß. Weil es die Wahrheit ist.

»Ja.«

Er will, dass ich zugebe, ein Feigling zu sein? Okay. Bin ich. Ich habe eine Scheißangst. Und das Risiko, mich in meiner Verwirrung, Einsamkeit, Angst und Wut zu verlieren, die mich seit meiner Kindheit verfolgen, ist mir zu groß, um auf die winzige – praktisch nicht existente – Chance zu hoffen, dass er sein großes Harry-und-Meghan-Märchenende bekommt. In meiner Welt verlieben sich Prinzen nicht in Normalsterbliche, und Jude kann mir nicht die Ewigkeit versprechen.

Ich sehe Resignation in seinem Blick, und dann wird sein Gesicht vollkommen ausdruckslos. Er nickt und weicht zurück. Einen Schritt. Zwei. Drei. Noch ein paar Schritte, dann steht er neben meinen Koffern.

»Ich kann dich nicht zwingen, mir zu vertrauen, Cypress. Und ohne Vertrauen habe ich keine Chance, dich davon zu überzeugen, dass meine Liebe größer ist als deine Unsicherheit, deine Zweifel und deine Vergangenheit. Du bist *meine* Zukunft, mein Ein und Alles. Ich würde für uns kämpfen – gegen Dan, meine Mutter, die ganze Welt –, aber gegen dich kann ich nicht kämpfen. Dieses Mal bist du es, die jemanden verlässt, der sie liebt. Nicht umgekehrt.«

Er dreht sich um, öffnet die Tür, nimmt meinen Autoschlüssel vom kleinen Tisch im Flur. Steckt ihn in die Tasche, nimmt mein Gepäck in die Hand und unter den Arm und verlässt die Wohnung.

Er kommt nicht zurück.

Ich stehe da und starre die offen stehende Tür an, bis ... Himmel, ich weiß nicht, wie lange. In mir herrscht eine klaffende Leere, die mich fast verschlingt. Am liebsten wäre ich kopfüber hineingesprungen und nie wieder aufgetaucht.

Irgendwie schaffe ich es, mich in Bewegung zu setzen. Nehme meinen letzten verbliebenen Kleinkram mit, schultere meine Tasche und schließe die Tür der Wohnung hinter mir, die mir in den letzten Wochen mehr ein Zuhause geworden ist als alles, was ich bis dahin je so bezeichnet habe.

Tränen brennen mir in den Augen, und ich lasse sie einfach laufen, während ich die Treppe hinuntergehe. Es ist ja sowieso niemand da, der sie sehen würde. Ich zwinge mich dazu, weiterzugehen. Wegzugehen. Finde die Autoschlüssel unter dem Fahrersitz, wo Jude sie für mich zurückgelassen hat. Setze mich in den Wagen und starte den Motor. Sehe nicht zurück. Wenn ich es täte, könnte ich vielleicht nicht wegfahren.

Am Ende tu ich es aber tatsächlich.

Ich fahre los. Und fahre immer weiter.

Verdammt. Und ich hatte geglaubt, meinen Job zu kündigen und in einer kleinen Spelunke Drinks zu servieren, wäre der absolute Tiefpunkt meines Lebens gewesen.

Ich korrigiere mich.

Dies ist nicht nur der absolute Tiefpunkt, sondern ich habe mich mit dem Presslufthammer noch ein gutes Stück tiefer gegraben.

Kapitel 16

CYPRESS

Ich zittere im späten Märzwind, als ich ein letztes Mal an Dans und Katherines Tür klingle. Da ich vorher angerufen habe, weiß Dan Bescheid, dass ich komme. Gerade will ich noch mal klingeln, weil ich es kaum erwarten kann, diese Angelegenheit hinter mich zu bringen, da wird die Tür geöffnet.

»Cypress«, begrüßt mich Katherine mit einem herzlichen Lächeln. »Dan hat mir gesagt, dass du vorbeikommst. Bitte komm doch rein.« Sie tritt beiseite und winkt mich ins Haus.

»Danke, Katherine. Freut mich, dich wiederzusehen«, sage ich, während zugleich ein Pfeil mein Herz zu durchbohren scheint. Gott, ihr bloßer Anblick … ihr jüngster Sohn mag ihre Augenfarbe geerbt haben, aber die Form der Augen, ihr Lächeln – das ist ganz und gar Jude. Und die Erinnerung an diesen Sohn – an den Mann, den ich seit zehn Tagen nicht mehr gesehen habe – ist fast zu viel für mich.

»Bleibst du zum Essen?« Sie schließt die Tür hinter mir, berührt mich kurz am Ellbogen und führt mich den Flur entlang. Anders als bei meinem letzten Besuch werfe ich keinen Blick auf die gerahmten Bilder an den Wänden. Als trüge ich Scheuklappen, richte ich den Blick stur nach vorn, aber die Versuchung, die Bilder anzusehen, Jude zu betrachten, prickelt wie tausend Nadelstiche auf der Haut, schmerzt wie ein

Splitter, den man mit noch so viel Mühe nicht herausbekommt.

»Nein, heute nicht«, antworte ich verspätet. »Ich muss in einer Stunde auf der Arbeit sein.«

»Oh, das ist sehr schade. Vielleicht morgen? Zum Sonntagsessen?«

Und Jude gegenübersitzen? Auf gar keinen Fall. »Vielleicht«, murmle ich.

»Besser als nichts.« Wieder lächelt sie mich an und berührt mich kurz am Arm. »Ich hoffe, du schaffst es.«

Ich sehe sie an – sehe sie richtig an – und warte auf die Überreste der altvertrauten Bitterkeit und Abneigung. Tauche ganz tief danach, suche nach wenigstens dem kleinsten Bruchstück der Gefühle, die ich seit dreizehn Jahren mit dieser Frau verbinde.

Nichts.

Vielleicht liegt es daran, dass ich Jude in ihr sehe und an nichts, was mich an ihn erinnert, etwas Schlechtes finden kann. Vielleicht ist es auch deshalb, weil ich endlich eingesehen habe, dass sie nichts mit der Trennung meiner Eltern zu tun hatte und es meiner Mutter gegenüber nicht illoyal ist, Katherine zu mögen.

Vielleicht bin ich es aber auch nur leid, überhaupt irgendwas zu empfinden, und seien es nur diese alten Animositäten.

Als ich Judes Wohnung verlassen habe und zu Mom gefahren bin, hat mich eine gnädige Taubheit überkommen. Aber einige Tage später ist der Eispanzer geschmolzen, und seitdem bestehe ich nur noch aus dem reinsten Durcheinander aus Trauer, Schmerz, Einsamkeit und Wut. Auf mich selbst.

»Ist alles in Ordnung, Cypress?« Katherines Frage reißt mich aus meinen Gedanken. Ein Glück.

»Na klar.« Ich versuche mir ein Lächeln abzuringen, doch der Besorgnis in ihren blauen Augen nach zu urteilen, scheitere ich kläglich. »Ich bin nur müde. In letzter Zeit hab ich Extraschichten gemacht«, lüge ich. Aber ich kann ihr ja schlecht sagen, dass ich die Augen nicht schließen kann, ohne dass Erinnerungen an ihren Sohn auf mich einprügeln. Dass ich also lieber wach bleibe und an die Decke starre. Das würde ziemlich sicher nicht besonders gut ankommen.

Sie tätschelt mir die Schulter. »Du bist wie meine Jungs. Arbeitest zu hart. Ich sage ihnen immer, sie sollen langsamer machen, mehr auf sich achtgeben. Aber hören sie auf mich?«

»Nein?«, rate ich und ziehe eine Braue hoch.

Sie lacht leise. »Vollkommen richtig.« Wir bleiben vor der offenen Tür des Zimmers stehen, in der Dan und ich uns vor vielen Wochen unterhalten haben. »Da ist er und sieht sich das Baseball-Spiel an.« Sie verdreht die Augen, und ihr Mund verzieht sich zu einem nur allzu vertrauten Lächeln. Rasch sehe ich weg. Atme gegen den Schmerz an, der rot und wütend in meiner Brust pulsiert.

»Danke, Katherine.«

Ich gehe hinein und entdecke Dan auf dem Sofa. Die besockten Füße hat er über Kreuz auf dem Couchtisch ausgestreckt, auf dem Bauch hält er ein Bier. Es erinnert mich so sehr an früher, wenn ich in unsere alte Wohnung kam und ihn genau so vorfand – ein Bier in der Hand und wild auf die Cubs fluchend –, dass ich fast gestolpert wäre. Damals kam ich immer hineingerannt, nachdem ich draußen mit den Nachbarskindern aus der Wohnung unter uns gespielt hatte, und bin neben ihm aufs Sofa gesprungen. Dann hat er den Arm um mich gelegt, mich an sich gezogen und mir einen Kuss auf den Kopf gegeben. Wir haben es uns gemütlich gemacht und gemeinsam das Spiel angesehen, obwohl ich nichts über Baseball wusste – daran hat sich bis heute nichts geändert. Es ging ja nie um den Sport, es ging darum, Zeit mit meinem Dad zu verbringen. Papas kleines Mädchen zu sein.

Ich habe mich lange geweigert, mich an die guten Zeiten zu erinnern. Aber seit ich bei Mom wohne, funktioniert das nicht mehr. Ich kann keinen Fuß vor die Tür meines alten Zimmers setzen, ohne mit Erinnerungen bombardiert zu werden, und das liegt nicht nur an ihrem Kaminsims-Altar. Es ist, als würde ich direkt in die Vergangenheit treten, die mich von allen Seiten überschwemmt, so dass ich gar nicht anders kann, als sie zu analysieren, sie aus der Perspektive einer sechsundzwanzigjährigen Frau zu betrachten statt aus der eines Kindes.

Meine Erkenntnisse waren … erhellend.

»Hi Dan«, sage ich und bleibe neben dem Sofa stehen.

Er löst den Blick vom Fernseher, sieht mich und steht rasch auf. Stellt die Bierdose auf den Tisch, kommt zu mir, zögert und schließt mich dann kurz und linkisch in die Arme. Lässt mich los, ehe ich die Umarmung erwidern könnte. Falls ich mich denn dazu entschieden hätte.

Kurz herrscht Schweigen im Zimmer, und die einzigen Geräusche sind der Zusammenprall von Ball und Schläger und die begeisterten Anmerkungen des Kommentators.

»Also.« Er räuspert sich und deutet auf das Sofa und den Sessel daneben. »Ich war überrascht, dass du anrufst. Was kann ich denn für dich tun?«

Ich entscheide mich für den Sessel, und er setzt sich wieder aufs Sofa. Ich ziehe einen Umschlag aus meiner Handtasche und reiche ihn ihm.

»Das wollte ich dir zurückgeben. Darin ist ein Scheck über die Summe, die du für Moms Rechnungen ausgelegt hast«, erkläre ich, als er ihn öffnen will. »Danke dafür.« Der Scheck für den Verkauf meiner Wohnung ist gestern angekommen, und ich habe ihn sofort eingelöst. Gott, was für eine Erleichterung der Anblick dieser sechsstelligen Zahl ist. Zum ersten Mal seit Monaten lasten mir keine Geldsorgen mehr auf den Schultern, und das ist unglaublich befreiend.

Er öffnet den Umschlag, blickt aber weder hinein, noch zieht er den Scheck heraus. Stattdessen sieht er mich stirnrunzelnd an. »Cypress, das musst du nicht tun. Ich will das Geld doch gar nicht zurückhaben.«

»Ich weiß. Aber wie du mir sagtest, war der ursprüngliche Verwendungszweck dieses Geldes ja nicht, Moms Arztrechnungen zu zahlen. Und Mom fällt auch nicht mehr in deine Verantwortlichkeit. Also sind wir hiermit« – ich deute mit einem Nicken auf den Umschlag – »quitt.«

»Hier.« Er hält ihn mir hin und schüttelt ihn, um der Geste Nachdruck zu verleihen. »Steck das wieder ein.«

»Nein«, sage ich und schließe meine Tasche. »Na komm schon, Dan. Ist ja nicht so, als wäre das Geld ein Geschenk gewesen.« Okay, also schlummern offenbar doch noch Bitterkeit und Groll in mir. Ich stehe auf und zucke mit den Schultern. »Lös den Scheck ein oder nicht. Ich nehme ihn jedenfalls nicht zurück.« Ich gehe auf die Tür zu.

»Cypress«, sagt er in einem Ton, wie ich es von ihm seit *langer* Zeit nicht mehr gehört habe, und unwillkürlich bleibe ich stehen. Drehe mich perplex um. »Ich hab mit deiner Mutter telefoniert.«

»Ich weiß«, antworte ich, ziehe die Brauen hoch und versuche, mir meinen Ärger nicht anhören zu lassen. »Ich war nach deinem Anruf bei ihr und hab die Scherben aufgeräumt.«

Er zuckt zusammen, und seltsamerweise bereitet mir das keinen Funken Freude. »Es tut mir leid. Mir … mir tut eine ganze Menge leid.« Er wirft den Umschlag auf den Sessel, auf dem ich eben noch gesessen habe, und lässt den Kopf sinken. Als er nach einer ganzen Weile wieder zu mir hochblickt, hätte ich fast nach Luft geschnappt. Seine Augen sind so voller Schatten und Traurigkeit, dass mir die Worte fehlen. »Was ich mit am allermeisten bereue, ist die Entwicklung unserer Beziehung. Im Lauf der Jahre habe ich mir so oft gewünscht, ich könnte zurückgehen, um dem Mann, der ich mal war, in den Hintern zu treten und ihm zu sagen, er solle nicht so selbstsüchtig sein, solle seinen Stolz und seine Angst über Bord werfen und sich bei seinem kleinen Mädchen entschuldigen. Ich hab mir immer eingeredet, du wärst noch zu jung, um meine Entscheidungen zu verstehen, und dass sie mit dir ja auch gar nichts zu tun haben. Ich war ein Idiot. Ich habe dein Zuhause zerstört und erwartet, dass du das einfach hinnimmst und akzeptierst – etwas, das selbst Erwachsenen schwerfällt. Ich wusste, in welchem Zustand deine Mom war, und habe nicht darüber nachgedacht – wollte nicht darüber nachdenken –, was für eine Last das dir aufbürdet. Und als du nicht mehr herkommen wolltest, da habe ich mir gesagt, dass du darüber hinwegkommen wirst, wenn du älter bist, und dass wir uns dann wieder nahestehen werden. Aber so ist es nie gekommen. Und daran bin ich allein schuld.«

Niemals – niemals – hätte ich je geglaubt, diese Worte aus seinem Mund zu hören. Ganz glauben kann ich es auch immer noch nicht. Aber andererseits … andererseits sehne ich mich schon so lange danach, sie zu hören, dass ich ihm förmlich an den Lippen hänge und atemlos lausche. »Dan«, sage ich heiser, noch immer wie gelähmt.

Wieder zuckt er zusammen. »Weißt du, wie sehr es mir jedes Mal wehtut, wenn du mich so nennst, statt Daddy zu sagen, so wie früher? Und dass ich weiß, dass es meine eigene Schuld ist, macht es nur noch schlimmer. Ich bin daran schuld. Ich bin schon lange nicht mehr dein Daddy, Cypress, und dafür bin ich ganz allein verantwortlich. Ich hab mir so lange gesagt, das Telefon funktioniere ja in beide Richtungen und dass du dich ja auch nicht bei mir meldest. Aber ich bin dein Vater. Ganz egal, wie alt du bist, du wirst immer mein Kind bleiben. Und es ist meine Aufgabe, dich wissen zu lassen, wie sehr ich dich liebe, wie sehr ich mir wünsche, dich wieder richtig kennenzulernen und wieder Teil deines Lebens zu sein.«

»Meine aber auch«, bringe ich mühsam heraus. In meiner Brust flattert Hoffnung wie ein unbeholfener Vogel, dem gerade erst neue Flügel gewachsen sind. Doch da ist auch Angst – die Angst, dass die Hoffnung abhebt und fliegt und gleich darauf von Ablehnung und Enttäuschung wieder zu Boden geschmettert wird.

»Als du vor ein paar Wochen zum Sonntagsessen gekommen bist, habe ich gehofft, das könnte ein neuer Anfang sein. Dann habe ich hier, in diesem Zimmer, auf einmal deutlich gemerkt, dass wir uns noch immer so fremd sind wie in der ganzen Zeit, als du weit weg gelebt hast. Ich habe wieder Angst bekommen. Dich anzusehen – alles in deinem Gesicht zu sehen, was ich verloren habe –, es hat mir Angst gemacht. Du hast mir vorgeworfen, dass ich Katherine über dich gestellt habe, und du hattest recht. Meine einzige Entschuldigung ist, dass ich außer ihr niemanden mehr habe, und ich hatte Angst, sie auch noch zu verlieren, so wie ich dich verloren habe.«

Angst. Verlust. Weglaufen.

Das ist unsere Familientradition.

Aber so muss es nicht sein. Dieser Fluch kann hier und jetzt enden. Mit mir.

Befrei dich von der Vergangenheit, die dich zurückhält. Beginne eine neue Geschichte und schreibe sie selbst. In meinem Kopf zitiert Judes Stimme flüsternd Oprah Winfrey. Es war schon immer eins meiner Lieblingszitate. Vielleicht, weil ich all die Jahre geglaubt habe, genau das würde ich tun; weil ich mir voller Stolz eingeredet habe, ich würde mich von meiner Vergangenheit nicht beherrschen, nicht zurückhalten lassen. Dass ich meine Gegenwart und Zukunft selbst bestimme. Aber als ich jetzt vor meinem Vater stehe und in mir das kleine Mädchen mit der emotional vernarbten Erwachsenen ringt, da kann ich die Wahrheit nicht länger leugnen: Ich habe mir mein Leben von der Vergangenheit diktieren lassen, so sehr, dass sie mich regelrecht lahmgelegt hat.

Sobald mir jemand zu nah kommt, rattern meine Mauern hoch, um ihn fernzuhalten. Wenn jemand Intimität möchte, gebe ich ihm Sex und werfe ihn danach raus.

Wenn mir jemand – Jude – die Ewigkeit anbietet, dann laufe ich davon, weil ich glaube, dass ich nur ein »hier und jetzt« wert bin. Und ich habe Angst davor, mir mehr zu wünschen.

Es ist noch nicht zu spät, mich zu ändern. Das darf nicht sein.

Denn ich bin verdammt nochmal nicht mehr die verlorene Frau, die ich war, als Jude ins *Rabbit Hole* gekommen ist und sich an den von mir bedienten Tisch gesetzt hat. Er hat mir Freundlichkeit erwiesen und Selbstlosigkeit, Akzeptanz; während meine leibliche Familie mir nicht helfen konnte oder wollte, hat er seine Wohnung mit mir geteilt und dafür nichts verlangt.

Bei meiner Ankunft in Chicago war ich völlig desillusioniert. Verletzt. Und er hat sich dieser Verletzungen angenommen, mein Vertrauen in Menschen wiederhergestellt, zumindest zum Teil. Es ist ein verdammt weiter Weg, aber ohne ihn wäre ich immer noch eine Zynikerin mit vergifteter Seele. Seine Güte, seine … Liebe hat meine Wunden gereinigt, ist wie eine Salbe, die heilt, was die Zeit allein nicht zu heilen vermochte.

In meiner panischen Angst habe ich mir eingeredet, Jude würde wollen, dass ich meine Freiheit für ihn aufgebe, meine Zukunft; ich habe mir diese Lüge erzählt, um eine Ausrede dafür zu haben, vor ihm wegzulaufen. Doch die nüchterne, nackte Wahrheit ist, dass er mich nie darum gebeten hat, meine Zukunft aufzugeben – sondern sie mit ihm zu teilen.

Mein Leben mit ihm zu teilen.

Mich durchrinnt ein Schauer.

Denn dieser Erkenntnis folgt noch eine andere: Ich möchte es. Möchte viel lieber eine gemeinsame Zukunft mit ihm als eine einsame Zukunft in der Gesellschaft meines Stolzes. Trotz meiner Angst vor dem Verlassenwerden.

»Ich hoffe, es ist noch nicht zu spät, um etwas zu ändern«, sagt Dan, als hätte er meine Gedanken gelesen. Womöglich habe ich sie aber auch laut ausgesprochen. »Oder immerhin einige meiner Fehler wenigstens ein bisschen wiedergutzumachen. Und deshalb hab ich deine Mutter erwähnt.« Er macht eine Pause, reibt sich mit den Fingern der einen Hand über die Knöchel der anderen, eine nervöse Bewegung, an die ich mich noch gut erinnere. »Ich hab ein paarmal mit deiner Mom gesprochen, zum letzten Mal vor ein paar Tagen. Sie hat mir erzählt, dass du wieder bei ihr einziehst. Aber sie hat mir auch erzählt, dass du mit einem jungen Mann bei ihr warst. Sie hat ihn Jay genannt, doch aus ihrer Beschreibung hab ich geschlossen, dass es Jude war.«

Noch vor einer Woche hätte ich ihm irgendeine Ausrede aufgetischt, aber jetzt nicke ich nur. »Ja.«

»Dann gehe ich davon aus, dass du dich nicht von ihm ferngehalten hast, so wie ich dich gebeten habe.«

»Nein«, sage ich und will gerade hinzufügen, dass es mir auch nicht leidtut. Denn Himmel, es tut mir überhaupt gar kein bisschen leid.

»Ich bin froh darüber«, kommt er mir zuvor. Eigentlich hätte ich gedacht, er könnte mich heute nicht mehr überraschen, doch das war anscheinend ein Irrtum.

»Was?«

Er schüttelt den Kopf. »Ich bin froh darüber«, wiederholt er. »Ich hatte kein Recht, dir dieses Ultimatum zu stellen. Und es klingt ganz danach, als wäre Jude für dich da gewesen, als ich es nicht war. Das ist gut so. Du verdienst es, dass jemand für dich da ist, dich unterstützt und dich nicht im Stich lässt.« Er blickt finster drein, doch es ist offensichtlich, dass sein Stirnrunzeln ihm selbst gilt, nicht mir. »Gott weiß, dass ich nicht für dich da war. Katherine … Connors Tod und dann die Beziehung zwischen Knox und Eden – das war unglaublich hart für sie. Veränderungen fallen ihr schwer. Aber irgendwann muss sie sich damit arrangieren. Und sie von allem abzuschirmen, hilft ihr nicht, sondern schadet ihr. Außerdem ist Liebe nicht nur schwarz und weiß. Wer wüsste das besser als wir alle? Deine Mutter und ich. Knox, der die Frau seines Bruders liebt. Du, die du dich in deinen Stiefbruder verliebt hast. Wenn diese Familie von irgendetwas wirklich eine Ahnung hat, dann von komplizierter Liebe. Aber …« Er zuckt mit den Schultern. »Ich weiß gar nicht, ob das unbedingt was Schlechtes ist. Also was ich, glaub ich, gerade zu sagen versuche: Wenn du Jude liebst, werde ich euch nicht im Weg stehen.«

Nein, er steht mir nicht im Weg. Das tu ich allein. Doch damit ist jetzt Schluss.

»Danke«, sage ich. Nicht, dass ich seine Erlaubnis bräuchte, aber es ist schön zu wissen, dass ich seinen Segen habe. Es ist wirklich … schön.

Er steckt die Hände in die Hosentaschen. »Ich werde deinen Scheck zerreißen, Cypress.«

»Okay.« Ich lächle, und diesmal ist es ein echtes Lächeln. »Ich muss jetzt los, sonst komme ich zu spät zur Arbeit.«

»Ja.« Er nickt und räuspert sich. »Wir reden später?«

Es klingt wie eine Frage, und zwar eine zögerliche. »Ja, okay«, sage ich, und dann, ehe ich es mir anders überlegen kann, gehe ich auf ihn zu und umarme ihn. Er schließt ebenfalls die Arme um mich, und diesmal ist es überhaupt nicht komisch oder linkisch.

Eins der größten Geschenke, die du dir selbst machen kannst: Vergebung. Vergib jedem.

Maya Angelou war eine sehr weise Frau und wusste, wovon sie spricht. Als ich gleich darauf in meinen Wagen steige, bete ich zum ersten Mal seit langer Zeit um etwas: Darum, dass Jude mir dasselbe Geschenk machen kann.

Doch vorher muss ich mir selbst etwas schenken. Etwas, das längst überfällig ist. Freiheit.

Ich werde zu spät zur Arbeit kommen, aber damit muss Ben leben. Ich suche in den Kontakten auf dem Handy die Nummer meiner Anwältin heraus, die sich um die juristische Seite des Wohnungsverkaufs gekümmert hat. Sie antwortet nach dem dritten Klingeln, und ich rede nicht lange um den heißen Brei herum.

»Hi, Ms. Charles, hier spricht Cypress Winters. Ich möchte Sie um einen Gefallen bitten. Könnten Sie mir einen der besten Anwälte in Sachen Arbeitsrecht empfehlen, und zwar in Los Angeles?«

Okay, ja, es ist ebenso ein Geschenk für mich selbst wie auch für all die Frauen, die unter meinem ehemaligen Chef bei der Universal Health Group gearbeitet haben. Und für alle, die in Zukunft dieselbe Demütigung und denselben Schmerz erfahren würden, wenn ich nichts unternehme.

Dies ist ein Geschenk an uns alle.

Kapitel 17

JUDE

Ich verberge ein Gähnen hinter meiner Hand. Die Schlange vor dem Sicherheitscheck auf dem O'Hare-Flughafen schiebt sich so langsam vorwärts, dass selbst eine Schnecke mich überholen könnte. Wenn sich eine Schnecke und eine tausend Jahre alte Schildkröte mit Schlaftabletten volldröhnen und sich paaren würden – was auch immer für ein Geschöpf dieser unnatürlichen Vereinigung entspränge, es wäre wohl so langsam wie diese Schlange.

Es ist sieben Uhr morgens, und ich bin selbst wirklich kein Morgenmensch – aber verdammt, manche dieser Leute hier *verabscheuen* die frühe Stunde regelrecht, wenn ich nach dem ganzen Gezicke, Geknurre und Gemaule ringsum gehe. Mann – wenn dieser Typ von der Flughafensicherheit mehrmals sagt, dass Laptops und Handys aus ihren Hüllen genommen und in separate Schalen gelegt werden sollen, was gibt es dann für einen Grund, überrascht zu tun und darüber zu schimpfen, wenn man es auch wirklich machen soll? Diese armen Sicherheitsbeamten verdienen Heiligenscheine – und Antidepressiva.

Endlich, nachdem ich zweimal durch den Metalldetektor gelatscht bin und mit einem Detektor abgetastet wurde, weil ich, jawohl, selbstverständlich irgendwo zwischen den Beinen eine Massenvernichtungswaffe versteckt habe, bin ich endlich fertig und mache mich auf zu Terminal 3, von dem mein Direktflug nach London geht. Der Flieger startet erst in zwei Stunden, aber ich brauche einen Kaffee in der Größe »Dem nächsten, der mich anrempelt, reiß ich den Kopf ab«. Ich bin früh dran und höllisch müde. So müde, wie man eben ist, wenn man eine Woche lang praktisch nicht geschlafen hat.

Ich strebe auf ein Leuchtfeuer der Hoffnung zu, genauer gesagt, einen Dunkin' Donuts, und stelle mich folgsam – verzweifelt – schon wieder in einer Schlange an. Fünf Minuten später habe ich einen großen schwarzen Kaffee in der Hand, wandere durchs Terminal zu meinem Gate und lasse mich, den Seesack zu meinen Füßen, auf einen der unbequemen schwarzen Plastiksitze sinken, wie man sie auf allen Flughäfen findet.

Das elektronische Schild hinter dem Tresen verrät mir, dass das Boarding um 9:30 Uhr beginnt. Also muss ich anderthalb Stunden rumbringen. Hoffentlich bleiben die Stühle neben mir frei, ich bin überhaupt nicht in der Stimmung für Small Talk. Das hat weniger mit der frühen Stunde zu tun als damit, wohin meine Gedanken abwandern, sobald sie nicht mehr mit der Reise beschäftigt sind. Oder, präziser gesagt, zu wem.

Cypress.

Himmel nochmal. Ich reibe mir mit einer Hand fest übers Gesicht. Dann noch einmal. Wenn ich sie doch nur einfach aus meinem Hirn wischen könnte. In den letzten zwölf Tagen habe ich es nach Kräften versucht. Beim Tätowieren fällt es mir ein bisschen leichter. Was der Grund dafür ist, dass ich seit einiger Zeit immer als Erster im Laden bin und ihn als Letzter wieder verlasse. Am Abend nach dem Sonntagsessen – bei dem wir übrigens *alle* anwesend waren – bin ich noch hingefahren, da hat Knox mir befohlen, nach Hause zu gehen und nicht mehr wiederzukommen. Und ja, ich musste packen und alles für meine Abreise vorbereiten, aber in meiner Wohnung ist es zu laut – die Erinnerungen an Cypress hallen durch sämtliche Zimmer, und ich kann ihnen nicht entkommen. Kann *ihr* nicht entkommen.

Je weniger Zeit ich dort verbringe, desto besser.

Ich trinke einen Schluck von meinem heißen, starken Kaffee, doch selbst das hilft nichts, weder gegen meine Stimmung noch gegen die Gedanken. Ich bin … leer. Seit ich meine Wohnung verlassen habe, ihre Koffer in der Hand, und das Gepäck in ihrem Wagen verstaut habe, klafft ein tiefes Loch in meiner Brust. Als ich später zurückkam und die Wohnung leer vorfand, war es sogar noch schlimmer. Die Einsamkeit, die ohrenbetäubende Stille, das Zimmer, das anscheinend ihren Rosen-und-Äpfel-Duft in den verdammten Wänden konserviert hat – ich kam damit überhaupt nicht klar, und für mehrere Nächte schlossen Knox' Sofa und ich eine innige Bekanntschaft.

In mir steigt Zorn auf – ich habe ihr gesagt, dass ich sie liebe, und trotzdem ist sie abgehauen –, aber fast im selben Augenblick sehe ich, wie sie an jenem letzten Tag in meinem Wohnzimmer vor mir stand, und der Anblick lässt die Wut verfliegen.

Cypress liebt mich, daran hege ich keinen Zweifel. Sie hat es nicht geschafft, ihren Schmerz und ihre Traurigkeit vor mir zu verbergen. Was ich ihr gesagt habe, stimmt – ich kenne sie. Und im Grunde wusste ich schon an jenem Tag, dass ich mit auf den Rücken gebundenen Händen in die Schlacht gezogen bin. Es gibt keine Worte, die den Sieg über ihre Angst hätten davontragen können, über ihre Vergangenheit, ihr gebrochenes Herz. Aber ich habe es versucht – und bin selbst verletzt worden.

Ich würde es sofort wieder tun, verletztes Herz hin oder her.

Für sie würde ich über jede Mauer klettern oder auch mitten hindurchgehen. Doch ein weiser Mensch weiß, wann die Zeit für Rückzug und Neuformierung gekommen ist. Dafür bräuchte ich ihre Zitate gar nicht. Sie braucht Raum. Muss herausfinden, was sie will, wer sie sein möchte und wie die Zukunft aussehen soll. Und diesen Raum gebe ich ihr, denn wenn ich den nächsten Anlauf wage, muss sie wissen, dass ich sie nicht in die Falle locken oder ihr die Unabhängigkeit rauben will. Und dafür muss sie zuerst ihre eigenen Dämonen besiegen. Das kann ich nicht für sie erledigen. Wenn ich das könnte ... Tja, dann könnten sich die Winchester-Brüder mal gepflegt hinten anstellen.

Aber die Warterei bis dahin? Das wird die reinste Qual.

Ich stelle den Kaffeebecher zu meinen Füßen ab, öffne den Seesack und ziehe ein paar London-Reiseführer heraus, die ich vor ein paar Wochen gekauft habe.

Gerade als ich mich zurücklehne, lässt sich jemand auf den Sitz neben mir plumpsen. Ich beiße die Zähne zusammen und unterdrücke ein gereiztes Knurren. Ist ja nicht so, dass es noch mindestens fünfundzwanzig freie Sitze gäbe. Und die allermeisten davon teilen nicht die verdammte Armstütze mit meinem.

»Ich hab gerade dieses Buch hier gekauft. Das London Eye wird definitiv einer meiner ersten Anlaufpunkte.«

Meine Muskeln spannen sich. Selbst mein Verstand erstarrt, ich kann keinen Muskel regen. Das Einzige, was noch funktioniert, ist mein Herz, das losjagt wie ein hochgetunter Wagen in einem Straßenrennen.

Diese Stimme.

Diese *verdammte* Stimme.

Mein Verstand hat endgültig dem verzweifelten Wunsch nachgegeben, sie noch mal zu sehen, und jetzt bilde ich mir ein, ihre Stimme zu hören, wenn fremde Leute mit mir sprechen.

Ich hebe den Kopf.

Cypress lächelt mich an.

O Scheiße.

Ich starre sie an, verschlinge sie förmlich mit Blicken, kann nicht glauben, dass sie wirklich und wahrhaftig neben mir sitzt. Dass diese blauen Augen mit den Mondlichtsprenkeln darin wirklich meinen Blick erwidern. Dass dieses schöne Gesicht mit seinen eleganten Zügen so nah ist, dass ich nur die Hand ausstrecken muss, um es zu berühren. Trugbild oder nicht, ich streiche mit einem Finger über das sinnliche Grübchen in ihrem schmalen, aber ihre Sturheit verratenden Kinn. Erschauere, schließe die Augen. Atme tief den Duft ein, der mich seit Tagen verfolgt.

Der mich jetzt umgibt.

»Was tust du hier?«, frage ich heiser. Ich fühle mich wie ein Waschlappen, weil mir ein knoxfaustgroßer Klumpen aus Schock, Hoffnung, Freude und, ja, Angst in der Kehle sitzt. Und mein Herz … mein verdammtes Herz setzt alles daran, mir die Rippen zu zertrümmern.

»Das ist eine lange Geschichte.« Obwohl sie es ganz leichthin sagt, passt ihr Blick nicht dazu. Er ist dunkel, unverwandt, forschend, und es liegt etwas darin, das mir die Brust eng werden lässt. Ich lasse die Hand sinken, aber dann gebe ich dem Impuls nach, mit dem Daumen über die blassen Schatten unter einem Auge zu streichen. »Um es kurzzumachen …«

»Mach es nicht kurz«, brumme ich. »Ich will keine abgekürzte Version.«

Sie nickt, holt tief Luft und stößt sie wieder aus, und die Spitzen ihres Bobs wehen im Windzug. Stumm sage ich meinen Händen, nein, sie dürfen jetzt nicht diese dicken Strähnen fassen oder darüberstreicheln.

»Okay, dann die lange Version. Als ich aus deiner Wohnung abgehauen bin, war ich auf der Flucht, genau wie du es gesagt hast. Du hast mir Angst eingejagt – nein, das stimmt nicht ganz. Ich habe mir selbst Angst eingejagt. Durch dich bin ich weniger egoistisch, weniger auf mich selbst fokussiert geworden und habe mir mehr Gedanken um dich gemacht. Ich weiß, wie verrückt und arrogant das klingt, aber es ist wahr. Ich wollte dir gefallen, wollte dich lächeln sehen, diejenige sein, die dich tröstet, die dir zuhört. Du bist schleichend, und zwar gegen alle Lektionen meines bisherigen Lebens … unverzichtbar geworden. In der Nacht, als wir zu meiner Mom gefahren sind, habe ich mein eigenes Spiegelbild in ihr gesehen, und das hat mir unglaubliche Angst gemacht. Als ich klein war, hat sich in ihrem Leben alles nur um ihn gedreht. Sie hat sich nach seinen Wünschen gekleidet, die Arbeitszeiten so gelegt, dass es für ihn passte, sein Lieblingsessen zubereitet. Es ging immer um seine Vorlieben und Abneigungen, seine Launen. Sie hat versucht, ihm alles zu geben, was er brauchte und wollte. Und als er sie verlassen hat, ist sie zerbrochen. Sie wusste nicht, wer sie ist, wusste nicht, wie sie weitermachen soll. Von dem Tag an, als er weg war, hat sie nicht mehr gelebt, sondern nur noch existiert. Und ich habe meine eigene Zukunft in ihr gesehen. Wie ich selbst auf dem Sofa sitze und darauf warte, dass du nach Hause kommst, damit ich mich lebendig fühle. Damit mein Herz schlägt. Damit ich glücklich sein kann.«

»So könnten wir nie werden, Cypress«, unterbreche ich sie. Himmel, dafür ist viel zu viel Feuer in ihr, zu viel *Leben*. »Eine Frau, die alles, was ihr vertraut ist, hinter sich lässt und in einen völlig anderen Bundesstaat zieht und dort Erfolg hat, ist kein Mensch, der sich über einen anderen definiert. Du bist nicht deine Mutter.«

Ihr Gesicht wird weicher, und ein kleines Lächeln zupft an ihrem Mundwinkel. »Ja, das ist deine Version. Und ... danke«, flüstert sie. »Aber genau deshalb hab ich die Flucht ergriffen. Die Sache ist die: Vor sich selbst kann man nun mal nicht davonlaufen. Wo immer ich hinziehe – ich nehme mich mit. Ich habe mir die ganze Zeit eingeredet, dass schon alles gut wird, sobald ich erst das Geld aus dem Verkauf meiner Wohnung habe. Dass ich dann wieder Geld habe und einen viel besseren Job finde, während ich an die Uni gehe ...«

»Moment mal. Moment.« Ich hebe eine Hand, um sie zu stoppen. Die Informationen ballern mir wie eine Kugelsalve um die Ohren, und ich komme nicht mehr mit. Zum Teufel nochmal, die Hälfte meines Hirns ist noch völlig damit ausgelastet, überhaupt zu begreifen, dass sie *hier* ist. *Bei mir.* »Verkauf deiner Wohnung? Uni? Ich hab irgendwie was verpasst. Und zwar eine ganze Menge.«

Ihr Lächeln wird breiter, und vor Freude funkeln die Sternensplitter in ihren Augen hell auf. »Ja, ich habe mich ins Masterstudium eingeschrieben. Ich warte nur noch auf die Bestätigung, dass sie mich auch annehmen.«

»Das ist ja wohl sonnenklar, Süße.« Der Drang, sie zu berühren, wird so stark, dass ich den Rücken fest an die Lehne drücke. Sie ist hier, aber ich weiß immer noch nicht weshalb. Und solange ich das nicht weiß, steht es mir eigentlich nicht zu, sie anzufassen.

»Liebe Güte, du tust meinem Ego so gut.« Sie lacht leise und schüttelt den Kopf. »Also ja, das ist das eine, und dann war da noch der Verkauf meiner Eigentumswohnung in Kalifornien, der jetzt endlich fertig abgewickelt ist. Aber jetzt kommt's: Ich war also endlich wieder in einer sehr viel besseren Situation als schon seit einer ganzen Weile, trotzdem war ich nicht glücklich. Ich habe mich immer noch leer gefühlt.« Ihre leisen Worte sind wie ein Echo meiner eigenen Gedanken von vorhin. »Bevor ich dich getroffen habe, war mir nie bewusst, wie einsam und allein ich eigentlich war. Und ich wollte es genau so. Ich wollte in diesem Gefängnis aus Angst, Unsicherheit und Einsamkeit bleiben – weil ich nie wieder verletzt werden wollte. Ich wollte, dass die Familientradition der *Liebe* in meiner Familie mit mir endet. Aber ich habe sie nicht beendet, ich habe sie fortgeführt. Habe mich von dem Menschen abgewandt, an dessen Seite es mir besser ging, der mir geholfen hat, zu heilen, der mir gezeigt hat, dass ich es wert bin, geliebt zu werden. Du …«

»Wenn du jetzt sagst, dass ich dich vervollständige, kriegen wir aber Ärger miteinander.« Ich weiß selbst nicht, wie ich es fertigbringe, sie aufzuziehen, während ihre Worte donnernd in meinem Schädel widerhallen.

Ihr Lachen ist laut und klingt wie befreit, so höre ich es zum ersten Mal. Mir ist, als würde sich eine Hand ganz fest um mein Herz schließen und nicht mehr loslassen.

»Nein.« Sie rückt auf mich zu, nimmt mein Gesicht in beide Hände. »Du vervollständigst mich nicht. Ich mache das für mich selbst. Aber du …« Sie streicht mit den Daumen über meinen Mund, über meine Wangenknochen. »Du ergänzt mich. Ich hatte beschlossen, allein durchs Leben zu gehen, und das war in Ordnung. Bevor du in diese Bar gekommen bist, war mir nicht klar, dass ich Liebe überhaupt will. Ein Teil von mir war tot, aber als ich dich kennengelernt habe, mit dir zusammen war … dich geliebt habe, da wurde mir klar, dass er in Wirklichkeit gar nicht tot ist, sondern nur schläft. Und du hast mich aufgeweckt. Deinetwegen will ich nie wieder schlafen. Danke.«

Die Zuneigung, die Bewunderung für diese Frau explodiert mit einer solchen urtümlichen Wucht in mir, dass es mir unmöglich ist, sie *nicht* zu berühren. Ich streiche ihr durchs Haar, ziehe sie ganz dicht zu mir heran und küsse sie. Ihre Lippen öffnen sich für mich, ohne jedes Zögern, heißen mich willkommen, nehmen mich auf. Mir ist zumute, als wäre es Wochen her, Monate, seit ich sie zum letzten Mal geschmeckt habe, nicht nur Tage. Und ich bekomme nicht genug davon. *Ein Teil von mir war tot, aber als ich dich kennengelernt habe, mit dir zusammen war … dich geliebt habe, da wurde mir klar, dass er in Wirklichkeit gar nicht tot ist, sondern nur schläft.* Mit einem verzweifelten Knurren küsse ich sie noch wilder, tiefer. Nein, ich werde niemals genug von ihr bekommen.

Ein diskretes Hüsteln hinter uns durchdringt den Nebel aus Liebe und Lust, der uns einhüllt. Mit gewaltiger Anstrengung hebe ich den Kopf, allerdings erst, nachdem ich sie noch einmal sanft auf den Mund geküsst habe. Ich sehe mich nicht um, wer sich von uns gestört fühlt; es ist mir egal. Solange ich noch ihren Geschmack auf den Lippen habe, kümmert mich nichts anderes. Solange ich ihren Duft einatmen kann. Sie haben darf.

»Sag es schon«, sage ich – verlange, verdammt, *bettle* ich – an ihren Lippen. »Na los, Süße.«

Mit den Fingerspitzen streicht sie über meine Brauen, über

die Wangen, die Kieferlinie, meinen Hals. »Ich liebe dich. Dein Engelsgesicht mit den Augen eines Kriegers. Deinen Körper, der mich gegen den Wind abgeschirmt hat, als ich fror, und mich gehalten hat, als ich völlig verloren war. Dein Herz, das mir gehört hat, selbst als ich zu viel Angst hatte, um es anzunehmen. Ich liebe dich, Jude Gordon. Und dank einer romantischen Frau im Reisebüro, die ein weiches Herz hat für dumme, sture Frauen, die eine große Geste brauchen, um den Mann wieder für sich zu gewinnen, den sie lieben, habe ich ein Ticket für denselben Flug wie du.«

Erschüttert grabe ich die Hände tiefer in ihr Haar. »Was?« Zum ersten Mal, seit sie hier ist, blicke ich nach unten und sehe den Rollkoffer zu ihren Füßen. Rasch schaue ich sie wieder an. »Süße, was ist mit der Uni? Ich kann nicht zulassen, dass du …«

Sie schüttelt den Kopf. »Das ist meine Entscheidung. Ich gebe nichts auf. Ganz im Gegenteil. Und falls, nicht *wenn*, ich angenommen werde, fange ich im Herbst an. Falls du beschließt, dass du länger in London bleiben willst, kann ich im ersten Semester auch Online-Kurse besuchen. Und ich war noch nie in England. Übrigens habe ich meine Anwältin in Kalifornien um einen Gefallen gebeten, damit sie in einer Nacht-und-Nebel-Aktion meinen Reisepass aus einem Bankschließfach holt. Wenn du wieder in den Staaten bist, fliegst du nach L. A., um meinen Rechtsbeistand zu tätowieren.«

Grinsend hebe ich sie hoch und auf meinen Schoß. Schließe ganz fest die Arme um sie und schmiege das Gesicht an ihren Hals. »Sie bekommt Sonderrabatt.« Ich nehme ihr Kinn zwischen Daumen und Finger und ziehe es nach unten, so dass mich ihre herrlichen blauen Augen anblicken.

So, wie ich es am liebsten für immer haben möchte. »Cypress, ich liebe dich. Danke, dass du mir hinterhergekommen bist.«

Sie senkt den Kopf, streift mit den Lippen meinen Mund.

»Für dich immer.«

Epilog

CYPRESS

Drei Monate später

Ich kuschle mich an Jude, sitze zwischen seinen Beinen; seine Brust und die hochgezogenen Knie sind besser als jeder Stuhl. Es ist Sonntagmorgen, und wie wir es uns seit unserer Ankunft in London angewöhnt haben, faulenzen wir im Bett herum und trinken Kaffee – sosehr ich diese Stadt auch liebe, *niemals* wird aus mir eine Teetrinkerin –, nachdem wir betäubend großartigen, alles versengenden Sex hatten.

Nein. Nachdem wir uns geliebt haben.

Seit ich ihm im Boardingbereich des O'Hare-Terminals meine Liebe gestanden habe, hatte ich keinen *Sex* mehr und habe auch nicht *gevögelt.* Um genau zu sein, hat er mich den Unterschied schon vorher gelehrt, aber ich war zu verbohrt, um es zu begreifen. Doch dieser schöne Mann mit dem Herz eines Löwen und der Seele eines Künstlers hat mir die Zeit gelassen, um doch noch darauf zu kommen.

In dieses Flugzeug nach London zu steigen und in ein fremdes Land zu fliegen, nur mit ihm an meiner Seite als einzige Unterstützung und Familie, hat mir entsetzliche Angst eingejagt. Den ganzen achtstündigen Flug lang, während unserer Ankunft in Heathrow und der U-Bahn-Fahrt zu unserer neuen Einzimmerwohnung in Camden Town habe ich damit gerechnet, dass mich jede Sekunde Zweifel anspringen. Mir ungefähr elf Versionen von *Was zum Teufel?* in die Ohren kreischen. Darunter beispielsweise: *Was zum Teufel denkst du dir dabei, alles für einen Mann aufzugeben?* Und: *Was zum Teufel tust du denn da, du machst dich von einem Mann abhängig?* Und mein persönlicher Favorit: *Was zum Teufel? Kein Schwanz der Welt ist es wert, zuzulassen, dass ein Mann dich als sein persönliches Spielzeug betrachtet!*

Und ja, sie sind über mich hergefallen. Mit einer Vehemenz, die normalerweise der Bekämpfung von Superschurken vorbehalten ist.

Aber zum ersten Mal in meinem Leben habe ich ihnen nicht nachgegeben. Denn um sie zu zerstreuen, musste ich nur den Mann an meiner Seite ansehen. Jude. Gemeinsam mit ihm kann ich niemals weniger sein als die, die ich bin und sein will. Und das ist nicht meine Mutter oder die einsame, kaputte Frau, die zu werden ich im Begriff war, bevor ich ihn kennengelernt habe.

Bevor ich ihn geliebt habe.

Und ihn zu lieben hat mich über den großen Teich geführt, in eine Stadt, in die ich mich mit jedem Tag mehr verliebe. Ihn zu lieben hat mir eine Wohnung inmitten von Camden Town geschenkt, einer lebhaften, bunten, wuseligen Nachbarschaft, die ich monatelang erkunden könnte, ohne jemals all ihre Reize und Überraschungen ausgekostet zu haben. Durch die Liebe zu ihm habe ich einen neuen Job, während ich auf den Semesterbeginn warte – am Empfang desselben Tattoostudios, in dem er auch arbeitet.

Ihn zu lieben, schenkt mir Freude.

Ich weiß nicht, was uns erwartet, wenn wir irgendwann nach Chicago zurückkehren. Eine richtige Familie, hoffe ich. Dan und ich telefonieren mindestens einmal pro Woche, und unsere anfangs recht steifen Gespräche werden immer entspannter und lockerer. Knox und Eden haben sich mit Katherine ausgesöhnt, ihre Beziehung beginnt wirklich zu heilen. Gott sei Dank. Mom ist immer noch … Mom. Inzwischen hat sie ihre hochmoderne Operation überstanden, und die Ärzte sind sehr optimistisch, was ihre Genesung betrifft, aber emotional ist sie immer noch in demselben Zustand. Mir bleibt nichts anderes übrig, als das zu akzeptieren.

Und so langsam lerne ich es.

»Worauf wartest du?«, fragt Jude, greift um mich herum und streckt die Finger nach der Tastatur des Laptops aus, der auf meinen Oberschenkeln liegt. Ich schlage seine Hand weg. »Cypress, verdammt«, grunzt er und küsst mich auf die Schulter. »Ich halte das nicht mehr aus. Jetzt mach schon.«

»Na gut. Himmel, du bist schlimmer als ein Kleinkind«, necke ich ihn und grinse, obwohl mir zumute ist, als würde sich in meinem Bauch ein ganzes Knäuel Schlangen winden. Dann klicke ich auf den Link in der E-Mail von Grace M. Rowland, der Anwältin, die mir empfohlen wurde. Oder auch Grace die Keule, wie Jude sie nennt – aber nur hinter ihrem Rücken. Denn diese Frau ist *beängstigend*. Und eine der Besten.

Damals, vor Monaten, als ich in Dans und Katherines Einfahrt in meinem Auto gesessen habe, habe ich beschlossen, kein Opfer mehr zu sein. Nicht mehr zu dulden, dass meine Vergangenheit und meine Erfahrungen über meine Zukunft bestimmen. Oder, genauer gesagt: meine Zukunft ruinieren. Ich habe aufgehört, davonzulaufen, und mich entschieden, es mit der Universal Health Group und meinem ehemaligen Vorgesetzten aufzunehmen. Darrin Locket.

Inzwischen kann ich seinen Namen sagen.

Früher konnte ich ihn nicht einmal denken.

Aber jetzt haben sie keine Macht mehr über mich – weder dieser Mann noch die Firma. Ich habe mich von ihm befreit, indem ich mich von meiner Geschichte befreit habe. Und mit Grace an meiner Seite bin ich damit an die Öffentlichkeit getreten.

Ich habe mir meine Macht zurückerobert.

Und mein Leben.

Gleich nachdem ich auf den Link geklickt habe, öffnet sich der Browser, und die Website der *New York Times* wird aufgerufen.

»Sexuelle Belästigung und Vergeltung. Einschüchterung am Arbeitsplatz.«

Und darunter … ein Bild von mir. Denn auch wenn eine Journalistin den Artikel schrieb – es ist meine Geschichte. Sie erzählt von meiner Ausbildung, meiner Karriere und wie alles geendet hat. Sie erzählt davon, jeden Tag in ein Umfeld zurückzukehren, das sicher sein sollte, in dem man aber am allerverwundbarsten ist. Von den systematischen Bemühungen eines Unternehmens, eine Mitarbeiterin zu erniedrigen und ihren Ruf zu zerstören, ihr Selbstbewusstsein und ihren Stolz zu untergraben. Vom Aufgeben unter dem Druck und der psychischen Folter. Und dann davon, wie ich für mich selbst einstehe und mir meine Stärke und Macht wieder zurückhole.

Die Geschichte einer Weigerung, einfach zu schweigen.

Grace war es, die mir geraten, mich regelrecht gedrängt hat, die Universal Health Group zu verklagen. Anfangs habe ich Nein gesagt. Ich wollte ihr schmutziges Schweigegeld nicht, denn darauf lief es mit Sicherheit hinaus – auf einen außergerichtlichen Vergleich, der ganz sicher auch eine Geheimhaltungsklausel beinhaltete. Nein, ich wollte *dies* hier.

Meine Stimme.

Aber dann habe ich darüber nachgedacht, was ich mit dem Geld alles tun könnte. Nicht für mich selbst, sondern für all die Frauen, die dieselbe Erniedrigung erlebt haben wie ich. Ich stellte mir vor, welche Unterstützung ich mit diesem Geld würde leisten können, und habe Grace gesagt, sie solle loslegen. Als ich ihr Lächeln sah, nachdem ich ihr grünes Licht gegeben hatte, tat mir UHG fast leid.

Fast.

Okay, nein, das ist gelogen.

Jude und ich lesen den langen Artikel schweigend, und als ich zum Ende scrolle, streicht er mir übers Haar, fährt mit den Fingern hindurch und zieht meinen Kopf nach hinten. Ich begegne dem Blick seiner smaragdgrünen Erzengel-Augen – mein Erzengel, der mir während dieser ganzen Zerreißprobe den Rücken gestärkt hat –, und die Liebe in seinen Augen beruhigt die Schmetterlinge, nein, die verdammten *Greifvögel*, die in meinem Bauch wüten.

»Gut gemacht, Süße«, flüstert er. »Ich bin so stolz auf dich.«

Ich lächle, und er küsst mich sanft und zärtlich auf die Lippen.

»Ich habe Angst«, gestehe ich ihm, die Lippen immer noch ganz dicht an seinem Mund. Nur ihm gegenüber kann ich es zugeben. Ich bin nicht dumm – natürlich wird es einen Gegenangriff geben. Von UHG und auch von irgendwelchen Trollen auf Twitter. Und das habe ich akzeptiert, als ich mich für den Angriff entschieden habe. Aber dieses Wissen bedeutet nicht, dass ich keine Angst habe.

»Juristisch können die dir gar nichts, dafür hat Grace gesorgt«, sagt er und streicht mir mit dem Daumen über die Wange. »Und dank dir melden sich jetzt auch noch weitere Frauen, die den Mut gefunden haben, den Kampf aufzunehmen. Also scheiß auf diese Leute. Du stehst für dich ein, für dich und all die anderen Frauen, die es nicht getan haben oder es nicht konnten. Wen interessiert, was diese ignoranten Arschlöcher sagen? Du bist mutig. Du bist stark. Du bist *du*.«

Aus seinem Mund klingt dieses »Du bist du« wie das größte Kompliment, das er sich nur vorstellen kann. Und meine Liebe zu ihm, die mich manchmal zu versengen droht, wird noch stärker, tiefer. Noch *mehr*.

»Ich liebe dich.« Ich stelle den Laptop weg, drehe mich um und klettere über seine Beine, setze mich rittlings auf ihn. Vergrabe die Finger in seinem dichten goldbraunen Haar und flüstere noch einmal: »Ich liebe dich. Ich danke dir.«

»Wofür denn?« Er umfasst meine Hüften und hält mich fest. Als würde ich auch nur daran denken, hier wegzugehen.

»Dafür, dass du mir deine Stärke geliehen hast, als meine gewankt hat. Dass du mein Herz warst, als ich glaubte, mein eigenes wäre so kaputt, dass man es nicht mehr reparieren kann. Und dafür, dass du mein Krieger bist.«

Er schnaubt. »Ich bin hier nicht die Frau, die sich als David gegen Goliath stemmt.« Sein Lächeln schwindet, er lässt meine Hüften los und legt die Hände stattdessen um mein Gesicht. »Und ich will jederzeit alles für dich sein, was du brauchst. Was immer du willst. Solange ich nur dein sein darf.«

»Und solange ich *dein* sein darf.«

Ich küsse ihn. Lange und hart zuerst, und dann ganz sanft.

So wie auch unsere Liebe ist.

Danksagungen

Ich danke meinem Vater, der mich niemals im Stich gelassen und mich nie verlassen hat. Wo meine Vorstellungskraft begrenzt ist, ist Deine endlos, und ich danke Dir dafür, dass Du sowohl mein Herz als auch meinen Geist stets mit Deiner kreativen Liebe erfüllst. Niemals will ich ein Buch schreiben ohne Dich an meiner Seite!

Für Gary. Du bist mein Fels in der Brandung, mein Cheerleader (und ja, Du hast auch die Beine dafür!), mein Selbstvertrauen und meine Zuversicht. Danke, dass Du immer für mich da bist, mein wahrer Held.

Für Juliette Cross. Danke, dass Du mir immer zur Seite stehst, wenn ich Dampf ablassen oder lachen muss, und ich mit Dir so wunderbar die Ergreifung der Weltherrschaft planen kann. Das ziehen wir durch!

Für Tammy McGowan und Angel Mystique. Danke für Eure Zeit, Eure buchverliebten Herzen und Eure scharfen Augen beim Lesen der Rohversion. Ich weiß Eure Zeit und Geduld sehr zu schätzen. MUAH!

Für Hakim Alston. Danke, dass Du mir all meine Fragen rund um Tattoos beantwortest. Ich liebe Dich, mein Cousin, aber Du bekommst trotzdem kein eigenes Buch. Nope.

Für Tracy Montoya. Jaja, jetzt fang ich an zu heulen. Moment. So, ich hab mich wieder gefasst. Danke dafür, dass Du so eine wunderbare Lektorin und Fürsprecherin bist und wie eine Löwin für mich kämpfst. Du bist in den letzten fünf Jahren so wichtig für mich geworden, hast mich als Autorin so sehr geprägt. Danke dafür, dass Du so bist, wie Du bist. Übrigens bin ich schon dabei, unser #TerribleLifetimeMovieMonday-Line-up zusammenzustellen!

Für Rachel Brooks aka meine Agentin Extraordinaire. Superagentin. Du bist so ein Badass. LOL! Danke, dass Du mir hilfst, aus allem rund ums Veröffentlichen das Beste zu machen und mich immer auf den Boden der Tatsachen zurückholst, wenn es nötig ist. Du bist einfach großartig, und ich freue mich so sehr auf all die Bücher, die wir noch zusammen machen werden!

Für die *Saints and Sinners!* Ihr seid allesamt meine Mädels! Danke, dass ihr immer da seid, lieb, aber lustig, und ich bei euch einfach ich selbst sein kann. Ich liebe euch, Leute!